Meet you
at the balcony

[韩]金柱希————著

张静怡，丁鑫——————译

阳台见

下

北京联合出版公司
Beijing United Publishing Co.,Ltd.

目录 CONTENTS

\> 阳台见：全二册

肆 从时间另一边吹来的风 333

伍 数千数万个小时的时光长河 451

陆 两个人的阳台 581

作者后记 661

肆

从时间另一边吹来的风

她通过倒车镜与卫衣男对视了,他那眼神阴冷至极。她的身体始发抖,不自觉地蜷缩了起来。随即,块头男就紧紧抓住了她的胳膊。因为块头男的力气太大,她痛苦地呻吟了起来。

孔作家没有接电话。异彩几番犹豫之后，又按下了拨号键。电话再次转接到ARS。

"应该会来吧。"她心想道。

网上的回帖渐渐朝着恶意的方向发展。即便是为了平息舆论，这次采访也必不可少。

"嗯。他肯定会来的。"她内心肯定道。

异彩为了接孔作家，走到了地下停车场。闭馆时间已到，停车场渐渐变得冷清。此时，异彩看到一辆熟悉的车停在那里。

那是孔作家的车。

"既然来了，为什么不接电话啊？"异彩心里抱怨道。

她收起脸上的不满，走上前去。她打开副驾驶的车门，双手交叉抱在胸前的孔作家转过头，看向她。

宛若要打一架的眼神。

"既然您来了，怎么还坐在这儿啊？电话也不接。到时间了，快走吧！"

虽然异彩催促了他，但他看上去似乎没有要下车的想法。他那深邃的褐色眼睛打量着异彩。

"你先上车。"

孔作家平静低沉的声音，莫名让异彩心生胆怯。她顺从地坐到副驾驶座位上，迎来的是他锐利的问题。

"我在你家遇到过柳河吗？"

这问题出乎她的意料。惊慌失措的异彩眼睛骨碌碌转了起来。

"呃。那个……您这是说什么呢啊？您是在买完感冒药，来我家的路上偶然遇到了吗？"

"老实交代！"

一脸难堪的她偷偷看了眼孔作家的脸色。

"就是说啊，怎么突然问这个啊？"

他冷笑了一声，看上去心气非常不顺。

"我收到了柳河发来的信息，内容很奇怪。"

异彩大脑变得一片空白，身体内的血液像被抽干了似的。

"信息里说什么了？"

"你觉得他会说什么？"

她眉头微皱。

"没有提到我和姐姐吧？"

"没有。"

这真是不幸中的万幸。孔作家看到她明显变安心的模样，心气更加不顺了。

"目前是。"

"我相信您会一直帮我保守秘密的。"

"你解释一下。我得清楚为什么柳河会说在你家见到了我。"

那天，是5月1日。那天，项链到了她的手上。那天，她第一次遇到了阳台对面的道河。那天，柳河伪装成强盗闯入了她的家。

事情的由来掺杂了玄幻，所以无法跟他实话实说。

"孔柳河那样说了吗？说他在我家见到您了？怎么会呢？哦，他是不是认错人了啊？"

"你现在是想把我弟弟当作精神病患者吗？"

在孔作家严厉凶狠的目光下，她只能收回刚才信口编造的谎言。

"不是的。"

她深深叹了一口气，说道："这个问题，能不问吗？"

"不能。"

他语气决绝。异彩接连叹了好几口气。她不能明确掌握柳河到底发了什么内容，所以她完全找不到头绪，不知道该如何编下去。

"是啊,肯定得问啊!我知道了,所以先接受采访吧。采访完之后,我会告诉您所有的事情。"

"你别想着拖延时间。"

她之前就这么觉得,这个男人真的很敏锐。

"到采访时间了啊,先走吧。"

孔作家一脸不悦,转过头去。她是有目的地接近他的。他明明可以利用她之后,直接无视她,但他还是会在意她。

"请您消消气,毕竟我们扮演的是'恋人'角色。"

"好。"

他不情愿地回答道。异彩使劲儿挤出微笑,先下了车。

"采访是在博物馆庭院里进行,请这边走。"

异彩给孔作家指明了方向,加快了脚步。走在前面的异彩的背影看上去非常疲惫。

"你为什么接受采访?也没有非接受不可的必要啊!你是因为有目的地接近了我,对我感到愧疚?"

"也不是没有这部分原因。再加上,被爆恋爱绯闻,不也是因为我吗?我只是想尽自己应该尽的责任。"

"你不是在打着自己的'小算盘'?"

"我的'小算盘'已经被您发现了。"

异彩转身苦笑。

"你知道自己很厚脸皮吗?"

"孔作家也把自己家人的性命赌上试试看啊!姐姐生死未卜,我可以再厚脸皮一点儿。"

"你直接把'绑架'和'死亡'联系在一起,是不是太极端啊?一般人不都是往好的方向去想吗?好像一般人都想要相信家人肯定会安全归来的。"

异彩真后悔自己多嘴。她活动了一下手指,小心翼翼地问道:"那个,如果我说出一些不太像话,也无法证明真伪的话,您会相信吗?"

"不,不会。"

"那您就别问了。先解决眼前的问题吧！"

异彩再次加快了脚步。

博物院的庭院里，各样的树木和五彩的花朵交相辉映。透过树枝缝隙，他们看到了摄影组和允亨。再往后看，还有以崔科长为首的战略宣传室的职员。

说是小型网络新闻社，但看这连灯光组都配置齐全的样子，可是相当正式啊！异彩悄悄地向孔作家问道："采访本来就都是这样的吗？跟电影拍摄场地似的呢。"

孔作家调整了一下步伐，与异彩并肩而行。

"允亨哥没跟你说吗？"

"说什么？"

"Datpatch。"

异彩微微张大了嘴。

Datpatch是网络新闻社当中最有影响力的。说是小新闻社，结果没想到……

"……已经到这个地步，也别无他法了。"

异彩虽然嘴上这么说，但她看向允亨的视线却很不友好。

可能是感觉到后脑勺火辣辣的，允亨转过身。他发现了他们两个之后，笑逐颜开地走了过来。

"您来了啊，异彩小姐。"

"您好。这可真是小型新闻社啊！"

异彩用力瞪了瞪允亨，允亨假笑了几声。

"哈哈哈。是啊！"

孔作家也一脸不快地看向允亨。

"你不是说去同窗会了吗？怎么还在这儿？"

"我要见到异彩小姐之后再走啊！我先看看采访进行得怎么样，过程中视情况再走。你放松点儿，不是采访过很多次吗？别紧张。我就在前面的十字路口附近，有什么事就联系我。"

说着这话的允亨看上去似乎更紧张。

"我没紧张。"

允亨又对异彩嘱咐了几句。

"异彩小姐,谢谢您能答应我这的请求。不用紧张,您就在旁边一直美美地微笑就可以了。太为难的问题这个家伙会回答,所以您不用担心。"

"好的。"

"好,请往那边走。"

进行采访的人介绍自己是边记者。但他"(大)便记者"的这个绰号更加有名,他在文化部记者中也是独一无二的人物。

大家并不是因为害怕他而躲着他,是因为他太"肮脏"才躲着他。"(大)便记者"是出了名的收钱写报道的人。不管真相如何,在往他存折转账的同时,他就能写出报道来。露骨的题目和具有爆炸性的内容经常使他的报道坐拥高点击率。他的文笔功力极其深厚,有着"以假乱真"的天赋。

边记者用丰富的表情,搭配助兴叹词,开始了采访。大部分提问都是针对孔作家的。

异彩和孔作家并肩而坐,勉强地挤出微笑。但比起要回答那些为难的问题,还是像人偶一样坐在旁边一直微笑比较好。尽管她的脸笑得快要抽筋了。

一直引导着话题的"(大)便记者"突然将视线转向了异彩。负责拍照的记者和战略宣传室的职员随即也将目光集中到异彩身上。

"一开始咱们就先来个比较轻松的问题吧。两位第一次相遇是在什么地方呢?"

问题一开始,难度就很高。她刚要苦恼如何作答,孔作家替她回答了问题。

"第一次相遇是在这张长椅上,我对她是一见钟情。"

异彩将目光转移到孔作家的侧脸上。

她和他第一次相遇是在便利店前。虽然对于当时喝断片儿的异彩来说,她根本不记得那个场面。但她至少确定一点,肯定不是在这个地方。

边记者的脸上充满了好奇。

"在这里吗？"

"是的。所以我把采访的地点定在了这里。"

"能否仔细跟我说说呢？"

"就是在这张长椅上。当时异彩小姐就坐在这儿抬头看着天空。那天的天气非常晴朗，十分明净。"

异彩倾听着这个被完美包装的初遇故事，不由自主地点了点头。然后后知后觉地发现自己表现得就像是在听别人的故事一样，于是立刻恢复了笑盈盈的表情。

边记者瞟了一眼异彩，幽幽地笑了。

"那我写成两位一见钟情可好？"

他试探性地向孔作家问道。

"事实的确如此。"

"那肯定是的。孔作家原来的理想型是什么样的？"

"麻烦的女人？异彩小姐就是我的理想型。"

异彩听到后，身体不由得颤了一下。

"您很特别啊！"

"准确地说，是能让我连麻烦的事情都愿意做的女人。"

异彩听后，身体又颤了一下。

"您指的是非常有魅力的女人吧？郑异彩小姐是那样的女人吗？"

"算是吧！"

边记者的视线又打量了下异彩。因为要写新闻，所以被注视和被提问都不是什么奇怪的事情。但是奇怪的是，异彩就是觉得心里隐隐冒火。

采访继续进行着。

"我听说两位是因为新作认识的。"

"是的。"

"关于新作的介绍我们一会儿再聊。两位第一次一起去的地方是哪里呢？"

这次边记者又把视线投向了异彩。异彩努力地想着该怎么回答，但是满脑子浮现的都是"酒店"这个词。

这时，孔作家开口帮她渡过了危机。

"博物馆前面有个咖啡馆，我们在那里聊了很久。恋爱绯闻新闻里的照片也是在那里被拍到的。异彩小姐很喜欢喝那里的咖啡，所以我们经常去。"

只一起去过一次的咖啡馆瞬间变成了经常去的地方。

"这样的美女喜欢喝的咖啡，我很好奇会是什么味道。我一定会去尝尝看的。"

当边记者幽幽的视线又看向异彩时，孔作家的脸上闪现过了一丝不悦。

"我担心又会被记者拍到照片，看来得换咖啡馆了。"

"哈哈哈，我会把两位拍得很好看的。"

边记者一边开玩笑地说着，一边把准备好的问卷翻过去一页。

"我不知道问这样的问题合不合适。在两位交往的过程中，还传出了孔作家和罗睿熙的绯闻。异彩小姐有没有很在意这个事情？"

这次是孔作家不能帮忙回答的问题。异彩只好咽了咽口水，回答道："当然在意了。而且又不是其他人，是人气超高的罗睿熙。但是我知道那不是事实。他是一个值得信任的人。孔作……"

差点儿习惯性地叫出"孔作家"的异彩急忙闭上了嘴巴。还不如叫"道河先生"呢。不管怎么解释，叫男朋友"孔作家"的话实在是太奇怪了。

看到变得慌张的异彩，孔作家打断了她的话。

"啊，孔作是昵称。突然叫出了昵称，所以异彩小姐才变得有些慌乱。"

"昵称很特别啊！"

"以前异彩小姐都是叫我孔作家，不过最近一直简称我为孔作。而我叫她'My lady'。最近异彩小姐沉迷于中世纪电视剧，所以即使肉麻了点儿也没办法。恋爱初期大家不都这样吗？"

"啊哈哈哈，当然。"

边记者豪爽地笑起来，异彩握了握拳头，也跟着尴尬地笑了。虽然是应付的话，但是"My lady"也太……这次采访的新闻发出去的话，异彩觉得自己在今后十年间都要被成洙和珠雅取笑。

孔作家适时地搂住异彩的肩膀。异彩惊慌地扭了扭身体，看向孔作家。虽然她用眼神质问他这是干什么，但是他并没有松手。

紧接着，异彩的心跳也不受控制地加速起来。

"我最喜欢异彩小姐从这个角度回头看我。因为从这个角度看她最漂亮。当然，从其他角度看时也同样很漂亮。"

异彩倒抽了一口气。

她心想：怎么会这么甜蜜。

两人的脸靠得很近，而且孔作家的眼神里充满深情，这让异彩觉得特别有负担。她知道这些都是为了采访。本来承认恋爱绯闻就是无可奈何的决定，而且现在他正生着异彩的气。

这些都是在演戏。孔作家眼里的深情也分明是在演戏……

但是，为什么感觉这么真实呢？

"两位真的是非常相配。那么我们现在来聊一聊新作吧。"

说完这些客套话，边记者一边翻着问卷，一边说道："异彩小姐可以继续坐在这儿。当然，如果有事儿的话，也可以先离开。"

"啊，那我就先去那边了。"

异彩轻轻地推开了孔作家的手臂，指了指后面战略宣传室的员工们。她毫不犹豫地站起来，离开了采访现场。她走向崔科长，交叉着双臂说道："这又不算什么大事儿，我为什么这么紧张？"

"辛苦了，不过你们真的是在这里的长椅上认识的吗？"

异彩摆了摆手。

"不是，那是瞎编的。"

"这确实是个很不错的主意。"

异彩看着变和蔼的崔科长，顿时安心了。

"那我从明天开始就可以休假了吧？"

异彩用这次采访换来了半个月的休假。

本来她都考虑辞职了，正好允亨提出接受采访，说来还要谢谢他呢！异彩把采访地点改为博物馆，以此和崔科长达成了一项协议，让异彩把剩下的年假和月休假都休完。

崔科长眼含笑意地说道："约定肯定是要遵守的，我已经跟人事部说过了。组长也不在，那你们组要成洙一个人去庆州了。"

异彩的耳边似乎传来了成洙的痛哭声。

"为什么突然决定参与庆州的项目了？"

"与其任由被别人挖掘，还不如我们自己投入进去。这是为了避开最坏的情况。你不会要跟郑多彩组长一起示威吧？"

异彩心想，要是真能跟姐姐一起示威就好了。

"不是的。"

"那就好。那么好好回去休假吧。"

伴随着一阵喧闹的声音传来，异彩回头一看，好像是采访结束了。

打完招呼转过身来的孔作家露出了犀利的眼神。异彩还没想好怎么跟他解释柳河的事儿，于是避开了他的视线。

异彩又抓起崔科长的手臂，笑嘻嘻地问道："科长，您还有什么事情要我做吗？"

"没事儿了，今天你已经做得很好了。"

"不会的，肯定还有什么事情要做的。"

虽然异彩恳切地向崔科长请求着，但是他却笑着去迎接走过来的孔作家了。

"孔作家辛苦了。啊，那这样吧。异彩你带孔作家去参观下博物馆吧。"

"什么？可是已经过了关门时间了啊！"

"没关系。我会去打个招呼，你们慢慢参观。"

崔科长挤眉弄眼地笑着。异彩还没来得及回答，孔作家就插话道："谢谢。参观博物馆肯定会非常有趣，而且很有意义。"

异彩的嘴里不由自主地发出了一声叹息。她先转身向前走去，突然感到有人搂住了她的肩膀。与此同时，边记者的声音传了过来。

"谢谢两位今天接受采访。"

两人向所有人打过招呼后，自然地朝博物馆那边走去。离开人群之后，孔作家的眼神重新变得炯炯有神。

异彩故意加重语气说道："幸好采访顺利结束了。"

"虽然某人失误了。"

"我有点儿内疚哦！孔作家很会写爱情故事嘛。看到您今天的表现，觉得有点儿浪费人才了！"

"除了这些，你应该还有话跟我说吧。"

"……是的，我是有话对您说的。"

异彩变得有些焦急。自己本来就没有说谎的本事，还不如实话实说呢！当然，关于时间旅行的奇迹不能说。

孔作家放下搂着异彩肩膀的手臂，看了看周围。

"直接出去的话不太好。有没有可以安静说话的地方？"

"我们去屋顶的庭院吧。"

去屋顶庭院要绕着走廊走，异彩觉得可以稍微拖延点儿时间。但很快她的希望就破灭了。

"一边走一边说吧。"

异彩被逼得没办法，只好开始回想第一次见到柳河的情景。

"半个月前，孔柳河来过我家。也就是5月1日。"

异彩开始按照实际情况讲述。

"你和孔柳河到底是什么关系？"

孔作家问起了自己最疑惑的问题。

"现在暂时是绑匪和被害人家人的关系。5月1日那天是强盗和被害人的关系。"

"你是说你入侵了柳河的公寓？"

异彩顿时无语，谈话内容怎么会突然变成这样。

"不是。不是我，孔柳河是强盗。我现在住的TOMATO公寓原来是我姐姐的家。虽然很难让人相信，但确实是孔柳河闯入了我家。他应该是来找软玉项链的。"

走在前面的异彩停住脚步，回头看了看孔作家的表情。

"您之前问我最害怕哪一天时，我回答说是强盗入侵的那天。那天就是5月1日，而强盗就是孔柳河。"

孔作家并没有追问异彩的话是不是谎话，而是注视着她走上去的楼梯。

"这是去哪儿？"

"这条是近路。"

跟着异彩爬上楼梯，二楼的陈列室出现在眼前。这里是普通人参观路线的一部分。

孔作家一时被光线集中照射的展品吸引住了视线。

"这个跟那条项链看上去差不多。那条项链也是百济时代的文物吗？"

孔作家指着陈列在玻璃盒子里的百济时代的软玉项链问道。

"有可能是百济时代的。制作年月无法估算。"

它最初就是一条穿越于时间的项链，所以无法推测它的制作时间。

"这是不是意味着它的年代已经很久了。"

"可能比孔作家想象的还要久。"

又往前走了几步，皇龙寺和九层木塔的模型展现在他们眼前。异彩想到了由东宫和月池的复原工程引出的话题，不由自主地叹了口气。

孔作家的视线也跟着异彩移到了模型上。

"我查过资料，看到有很多人反对皇龙寺和九层木塔的复原工程。"

"因为不是复原，是修建。"

"有什么区别？"

"连原型都不知道，怎么复原。那只能成为挂着皇龙寺和九层木塔名字的新建筑物，是一种创作。"

"比起就剩下个地基，重新创作不会更好些吗？"

"如果能够真实地反映当时的时代面貌，那当然也不错。可是现在一部分复原工程就像修建主题公园一样修建遗址。他们就等于新建了个景区,迅速而华丽。那里没有历史。"

看到孔作家并不认同的样子,异彩继续解说道:"现在有个正在复原的新罗遗址。如果看复原效果图的话,它采用了朝鲜时代的建筑样式。但是新罗和朝鲜之间隔了千年的时间,在这么长的时间里,建筑样式没有变化有点儿说不通吧?"

"这个确实有问题。"

"漂亮而华丽的东西自然好。但是如果打着复原的旗号,就应该努力去展现那个时代的美。即使需要大量的时间和努力。"

孔作家突然停止了脚步,凝视着走在前面的异彩的背影。接着,有点儿走远的异彩转过头来。

"怎么了?感觉平时疯疯癫癫的女人突然认真地讲话,让您觉得奇怪了?"

"嗯。"

异彩"噗"地笑了,然后继续往前走去。

因为已经过闭馆时间了,所以屋顶庭院里没有人。异彩靠着玻璃栏杆,向下俯视着博物馆的全景和两人一起接受采访的那张长椅。

异彩的头发在风中飘散,这时,孔作家的声音传了过来。

"你怎么知道强盗就是柳河呢?"

异彩咽了一口唾沫,转过来倚靠着玻璃栏杆。孔作家坐在长椅上,双手交叉抱在胸前。

"我看到他的脸了。不光是那个强盗,还有后来跟踪我的人,还有那个偷我东西的人,我全看到了。他们都是同一个人——孔柳河。"

孔作家的眼神里满是怀疑。

"你报警了吗?"

"在遇到强盗和小偷的时候,我报警了。但警察并没有进行什么特别的搜查。"

"那,柳河为什么说在你家见过我呢?"

"可能是他看错了吧!"

"看错了?"

"家里来强盗的时候，住在旁边的那个男人过来帮了我。那个人和孔作家您长得很像，侧影也很相似。可能他是因为屋里暗，认错了吧。你们两个太像了。我有时候看到你们也很吃惊。"

异彩信口瞎编了一通，看了一下孔作家的眼色。一直沉默的孔作家开口说道："你看清了柳河的脸，而柳河却因为屋里太暗，没看清我？"

异彩后背冒出一阵冷汗。她松了松因紧张而紧紧攥着的手。

"虽然很黑，但我也看清了，只是当时不能确认就是他。我是在公园里认出那个人就是孔柳河的。当时我遇到小偷的时候，公园里很亮，那可是大白天。"

孔作家叹了口气。她的辩解听起来有些拙劣。

柳河怎么可能会把别人误认成孔作家呢？这怎么也说不通。柳河肯定不会做出那样的事儿，他如果想要什么东西，肯定会自己花钱买的。

他怎么会变成强盗或者小偷呢？这种偶然性太低了。

"好。就算强盗和小偷都是他，那你看到他绑架你姐姐了吗？"

"我没有亲眼看到，但是嫌犯确实是孔柳河。"

她斩钉截铁地说道，眼神没有丝毫闪烁。对此，孔作家更加怀疑了。

"那换个角度问吧，你是怎么知道强盗和小偷就是柳河的呢？你之前就认识他吗？"

"这个，哦……"

这真是个打破砂锅问到底的男人。

"有什么理由让你有口难辩吗？这个问题难道你也要蒙混过去吗？要不然就是'你不要再问了''你也不要再怀疑这个事情了'，是这样吗？"

异彩说过的话又原封不动地被反问了回来。她犹豫了一下，大声反驳道："我看姐姐的SNS时，看到了孔柳河的留言，他让姐姐跟他见一面。就在那天，我姐姐失踪了。孔柳河的模样，我也是通过他的SNS见到的。"

异彩的回答比想象的要更加有条理。然而，孔作家尖锐的质疑依旧在继续。

"那你是怎么知道你姐姐被绑架了呢？"

"通过手机啊！姐姐去旅行之后，和我对话的内容有些奇怪。给我回信息的人根本就不是我姐姐。我还确认过她的出入境记录，也曾试探性地给她发信息，从她给我回复的情况看，她肯定是被绑架了。"

孔作家歪着头，一言不发。看到他这样，异彩有些着急。这件事儿可不能这样辩解几句就结束了，她得抓住这个机会，得到他的帮助才行。

他再次迎上她的目光。

"你知道你的话里有很多漏洞吗？"

"有很多话我不能说，即便让你怀疑我也没办法。"

"最让我怀疑的，就是你。"

"我吗？"

"举行结婚仪式那天，你故意来找我，当时的你自始至终都很游刃有余。"

那时，她还不知道多彩失踪的事情。她一心只想着帮助别人，这应该算是一种"英雄"心理吧，再加上自己马上要中彩票大奖了，心情当然不错。

异彩沉默下来，孔作家继续说道："你现在也一样，你在叙述你姐被绑架的事情时，也太泰然自若了，不是吗？"

"因为哭，太容易了。"

"什么？"

如果她哭的话，目前的状况应该会更好解决吧。只要她满脸不安，惶恐地求他把姐姐救出来就可以了。

因为他说过自己喜欢她。

"但我现在不能哭。我不能哭。虽然我不知道姐姐现在的处境，但我会竭尽全力扛下去的。因为姐姐就是这样的人，所以我也要忍住。我不能先倒下，流眼泪这件事儿等以后再说，等以后见了姐姐，我要抱着姐姐哭。"

她的声音有些颤抖，压抑的感情喷薄欲出。

"到那时我才会哭。在那之前，我不能哭，必须得控制住自己的感情。"

孔作家闻此，又叹了一口气。不知道到现在，他叹了多少口气了。

不知从哪儿飞来了一只蝴蝶，拍着翅膀打破了两个人的僵局。异彩的视线追随着那只深红色的蝴蝶，渐行渐远。微风徐来，拂乱了两个人的头发。

"好吧，就当你说的是对的。那你希望我为你做什么？"

异彩那追随蝴蝶的视线旋即转了回来。

"首先，您要和我去个地方。"

"AYUGO壁画？这是什么啊？"

成洙将脸凑到手机屏幕前面。

他冷不丁地收到这么一条信息。难道是自己漏看了和多彩的聊天内容吗？成洙把聊天记录翻到前面，重新浏览了一遍。多彩的大部分回复都比较短，但在某一刻，回复突然中断了。很长一段时间里，她都杳无音信，而再次收到她的回复，已然是两天前了。

看到多彩终于对自己敞开了心扉，他兴奋得差点儿蹦起来。他给多彩发的信息里，满满的都是他对她的情意。然而，他继续往下浏览聊天内容，感觉到了一丝丝违和感。

"这语气不一样了呢。"他心想。

在他们的聊天信息里，一些多彩从来都不会用的单词随处可见，而且她肯定不会祝贺他去庆州。相比起这些"反话"，她接下来的话更让人觉得奇怪了。

——听说有人挖掘到了消失的"AYUGO壁画"？这个壁画完美地融合了谷仓地带和天空的景色，你如果去庆州，帮我确认一下是不是真的。

成洙来到电脑前，搜了一下"AYUGO壁画"。然而，一条相关的信息也没搜到。他再次拿起手机，在珠雅和异彩所在的小组对话框里问了一句：

——知道"AYUGO壁画"的,举手。

首先看到信息的珠雅回话了。

——我第一次听说。

成洙感觉到的违和感越来越强烈了。

他再次打开与多彩的聊天窗口,尽管他也可以直接问多彩,但他又觉得不能那样做。一股莫名的不安感阻止了他的行动。

"怎么回事儿?自己为什么这么不安呢?"他暗自嘀咕。

就在这时,成洙的眼前蹦出来一个格格不入的单词。这个明显不搭调的单词一下子刻进了成洙的脑海里。

"消失的"。

文物是唯一的,能将消失的文物救回来的唯一方法,就是"修复"。所以,这个被称为"AYUGO壁画"的消失的文物,是不可能被再次"挖掘"到的。

成洙感到自己的头发一下子竖了起来。

多彩平时遣词用句非常讲究,句子里连错别字都极少见到。

修复师的工作就是走进物质的本源,倾听文物中蕴含的故事,找回它原本的模样。文物是在何处诞生,由谁创造,又有谁用过,根据这些因素的不同,文物中蕴含的故事也会各不相同。所有的一切都有它的起因。

那这次的失误,应该就是多彩故意而为之的。她之所以发这样的信息,肯定也是有缘由的。

成洙眼前又出现了另外一个单词。

"AYUGO"。

如果这条信息是多彩故意编造出来的,那"AYUGO"这个单词里的深意便应该是她这样做的缘由了。

儿子的"儿"、我们的"我"、亚军的"亚"、雅亮的"雅"、丘阿的"阿"[①]……

[①] 儿、我、亚、雅、阿在韩语中的写法是相同的,发音同为 'a'。

成洙将"a"音对应的129个汉字、"yu"音对应的498个汉字以及"go"音对应的244个汉字全都检索了一遍，将其中很难一下就想起来的汉字用红笔画掉排除出去。

这些汉字能搭配组合的情况实在太多了。但是，他毫无遗漏地不断搭配着。他将单词的语序放到一边，简单直译着这些搭配在一起的句子。即便博物馆走廊的灯全都熄灭了，复原室里的"拼图游戏"却仍在继续。

他一直调换着印在A4纸上的汉字，突然他手上的动作停住了。

"我有库——'我在仓库'！！"①

他的不安感瞬间达到了顶峰。他又将视线转向手机。

"是不是多彩姐啊？"他自言自语道。

他的脊梁骨上像被浇了一盆冷水一样，抖个不停。

"AYUGO"如果是这个意思，那她肯定是在传递跟自己处境相关的信息。

成洙为了验证这个假设，看向了下一条聊天信息——"完美地融合了谷仓地带和天空的景色"。他不管怎么苦思冥想，仍然体会不出其中的深意。

在韩国，除了江原道的部分山川地区，大部分都是可种植水稻的平原。如果这里代指特定的地点的话，那范围可就太大了。

"难道是利川？"他思忖道。

如果这里指的是大米闻名的地方，那利川是最有可能的。

"那，'天空'指的是什么呢？"

成洙开始筛选和天空有关的谷仓地带。他不停地做着记录，希望所有事情都是他自己在杞人忧天。他更希望等以后再见到多彩的时候，说起今天的事情，多彩会觉得自己完全不可理喻，然后指责数落自己一番。

他又浏览了一遍谷仓地带的目录。

---

① "a"音对应汉字"我"；"yu"音对应汉字"有"，也有"在"的意思；"go"音对应汉字"库"。

"我需要一点儿提示。"他心想道。

他深思过后,往聊天对话框里写了一条新信息。

——姐姐,你在干什么呢?

——想你呢。

所有的一切都让他更加确信了。

成洙怒视着聊天窗口对面那个伪装成多彩的黑影。他知道自己被那人给耍弄了。顿时,他感到一阵阵虚脱如波涛般涌来。但马上,恐惧盖过了他的虚弱感。

他按键的手指渐渐地加重了力气。

——真是心有灵犀啊!我现在也在想姐姐呢。天气终于好起来了,我正在仰望夜空呢。姐姐,你在看什么呢?

——我这里,刚好能看到教会呢。

"教会"。他又得到了一个提示。

异彩拉着孔作家来到了时间塔公园。尽管不知道要去哪里,孔作家还是静静地跟在她后面。

听到有人走进了公园的事务管理所,坐在里面的职员抬起头来。异彩将一盒人参饮料放在桌子上,颔首向那个职员问候道:"您好。请您尝一下这个。"

那个职员马上认出了异彩。

"哦?你是前几天遇到小偷的那个姑娘吧。犯人抓到了吗?"

来这个公园事务管理所的信访人并不多。一周之内,一般也就会来一两个人,大部分的情况都是他们来帮忙播一条寻找走失儿童的寻人启事。因此,前不久异彩在这里遭遇的小偷事件,就成了发生在这个公园的为数不多的重大犯罪案件之一。

"没有,还没抓到。我之前打电话问过那个监控视频的事情。"

"那个电话是姑娘你打的吗?我虽然找到了,但是有个地方很奇怪。姑娘,我觉得你还是先看看,再决定要不要报警吧。跟我来。"

"好的,谢谢。"

异彩跟着那个职员往里面走。孔作家也静静地跟着走过去。里面的空间里，安装着一个大大的显示屏。

通过这一个个分割开来的小画面，可以清楚地看到公园各个角落的实时情况。这时，那个职员点了几下鼠标，一个新的视频覆盖了所有的画面。

异彩确认了视频中出现的人，咽了一口干唾沫。起初还傲气十足的孔作家看到视频中出现的人物，一下子攥紧了拳头。

这个视频是从公园某个角度拍摄到的。

一个女人正坐在长椅上，看到一个戴着平沿帽的男人来到自己身边，尴尬地打了个招呼。那个男人将手里拎着的两杯咖啡中的一杯递给了那个女人，并肩坐在了她的旁边。两个人你一言我一语地说了好一会儿。

异彩早知道这个事情，所以看到视频内容中的多彩并没有很吃惊。道河给她看的资料中，曾经附上过这些相关视频的截图。

然而，孔作家却大为震惊。他的一只手紧攥着。因为视频中出现的男子正是柳河。尽管他的平沿帽压得很低，但孔作家还是能分辨出来他的脸庞。

孔作家的不安感随着视频的播放更加强烈了。多彩的身体向一边倒去，而柳河抱着她消失在了画面中。

那个职员将画面暂停，说道："我也找了其他监控的视频，中间都断断续续的。看起来那个男人像是去了东面的出口方向，但我再也没有找到他。如果你要报警的话，告诉我一声，到时候我把这些监控视频都给你调出来。"

"我先多调查一下再说吧。多谢您了。"

异彩恭敬地道过谢，走出了事务管理所。孔作家跟着走出来，一言不发。

公园里，夜幕降临，耳旁吹来了一阵凉爽的风。照明灯下，影影绰绰的树叶随风摇曳着，在这里散步或运动的人随处可见。

一个正在散步的女人牵着一只白色小狗，从异彩和孔作家面前经过。异彩看着那只白色小狗被脖子上的绳子拉着，迈着碎步往前走，便开口说道："您要和我去喝杯酒吗？"

他没有做任何回答。

"走吧，附近有一个安静的地方。"

异彩走在前面，他跟在后面，好像刚刚见到的白色小狗一样，不知道要去哪里，只是跟着她。

穿过商业街就来到了她选的地方，一个精致的小酒馆。里面只有五六张桌子，客人并不多。

异彩在角落的位子坐下，点了菜单上推荐的下酒菜和烧酒。坐在对面的孔作家不说话，异彩只好先开口道。

"你可能已经看出来了，孔柳河带走的女人是我姐姐。"

"……"

他是惊讶到说不出话来了吗？

"你是不是很震惊？"

孔作家又干抹了一把脸，注视着异彩的眼睛。

"你为什么要给我看视频？"

"为了给你解释我为什么一定要找到孔柳河。"

这时服务员端来烧酒和下酒菜，两人的对话中断了一会儿。

"我承认，确实值得人怀疑。"

终于，让他说出了自己想要的答案。异彩深呼吸了一下，开始吐露自己的想法。

"不管孔柳河是不是犯人，我都要找到他。因为我姐姐是在那天之后不见的。今天我们看到的视频是我姐姐最后的行踪。"

"你为什么不报警？"

"我有我的原因。而且我不相信警察。"

把警察卷进来的话搞不好会刺激到柳河，导致多彩的死亡提前。何况三年后警察也没找到柳河的任何线索。

"如果我不帮你呢？"

"那我只好一个人去查。"

孔作家倒吸了一口气。

"情况我理解,但绝对不会是柳河。肯定有别的原因。"

"我没打算强迫你怀疑他。但是依目前的情况来看,谁都会觉得孔柳河的嫌疑最大。你想的话,我还可以给你看其他证据。如果你相信自己的弟弟,那就算是为了帮他洗脱冤屈,和我一起合作怎么样?"

听她说还有其他证据,孔作家不得不投降了。

"你希望我怎么帮你?"

"孔柳河现在不住在公寓,我想弄清楚他现在在哪儿。"

"你想好方法了吗?"

"你说过收到了孔柳河的短信吧?请你帮我把他叫出来。"

"然后呢?"

"我打算跟着他。"

"跟踪?"

"是的。"

孔作家摸着下巴,低垂着视线。看上去他需要一点儿时间。异彩没有催促他,而是环顾了一下小酒馆。

酒馆里,人们三五成群地在谈笑,异彩的视线在这个朴素的空间里游移,然后停留在桌子上方。她刚刚就觉得这个烧酒瓶有点儿碍眼。酒瓶的包装贴纸上罗睿熙正在灿烂地笑着。

异彩把酒瓶转过来,让包装纸对着墙那边。

"我去一下洗手间。"

狭小的酒馆里没有厕所,一问酒馆的主人,主人说要去外面的公用厕所,并告诉了她厕所门的密码。

虽然这个密码只是简单的"0000"。

独自留下的孔作家很快就下定了决心。其实从一开始,他就没什么选择的余地。他烦躁地打开烧酒瓶盖,给自己倒了满满一杯,抬起头一口吞了下去。紧接着又喝了第二杯,第三杯。

等发热的头脑冷静下来之后,他才想到异彩已经出去很久了。烧酒瓶不知不觉已经空了。

他看了一下时间，她已经离开二十多分钟了。

他拿出手机打给她。这时桌子角落里她的手机发出了亮光。像下雨那天第一次见面时那样，她的手机里显示来电人"孔道河作家"。

很奇怪，那春天般的手机铃声，听起来却异常萧瑟。

过去又变了。因变化幅度太大，难以承受的痛苦汹涌而来。道河抓着玄关门趔趄了一下，倒在了门的内侧。

如果说过去改变之后，确认变化内容的过程就像用石头砸脑袋，那接收实时发生的变化则好像用斧头把脑袋劈开。

异彩的一句话动摇孔了作家的心，相应地，道河的现在也地动山摇。

他爬着离开玄关，躺倒在客厅的地板上。虽然疼痛渐渐平息，但可能是身体疲乏，他不怎么想站起来。

道河凝视着天花板，仔细回忆变化的内容。他整理完记忆，闭上眼睛。这时茶几上的手机刺耳地响起。道河撑起沉重的身躯，把手机拿来放在耳边。

"我是韩国最棒的情报商人！迈向世界的快速迅速极速姜LAN。孔道河顾客！您好。"

真是轻狂到顶峰的声音。

"看来有成果了吧。"

"顾客先生，我找到绑架郑异彩那伙人的痕迹了。"

那伙人？这话意味着不是柳河，或者是共同作案，又或者是雇佣关系。这样的话，异彩的危险就更不可预测了。

"请继续说。"

"确定是老手作案。我们同行中的某一团伙嫌疑最大。我发现了只有我们内行才能打听到的痕迹。"

"痕迹？"

"是的，我们通过这个痕迹确认了是哪个团伙绑架的郑异彩。至于绑架以后交给了谁，还需要一点儿时间才能知道。"

"是哪个团伙？"

LAN带来的情报是解密异彩绑架事件的重要钥匙。

"对不起，顾客先生。业内有不成文的规定，这种情况下，我们不会透露跑腿的人。重要的是头，也就是委托人，不是吗？等找到委托他们绑架的人，我再跟您汇报。"

"我只是想知道是哪个团伙。你应该也知道案件初期我同时委托过好几个地方，我在想会不会就是其中一个。即使真的是其中一个，我也不会采取什么行动的。就像你说的，他们只是'跑腿'的。"

"可业内有不成文的规定……"

"只要你告诉我，我可以给你一张。你把税单寄给我。我再说一遍，我不会采取任何行动。"

对话暂时中断了一下。

"是TOP。您应该听说过这个名字。两年前核心人员独立出去以后，这个团伙在业界的信誉度就触底了。他们做事只看眼前，只要答应不公开情报的出处并给他们适当的报酬，他们就会出卖委托人的信息。"

道河在脑海里记住"TOP"这个名称，然后叮嘱道：

"请一定要帮我确认一下郑异彩小姐的生死。"

"今天整好是她失踪满三年。她还活着的概率非常渺茫，您要做好心理准备。不过我会尽力的。"

"你刚刚说什么？"

"她活着的概率非常渺茫，这是无可奈何的事实。"

LAN的嗓音充满了为难。

"不是，前面那句。"

"整好三年吗？"

"郑异彩小姐的失踪……"

"不就是三年前的今天吗？5月17日。看来您忘记了。"

道河感觉眼前一片漆黑，不祥的预感让他透不过气来。

"在哪里，在哪里被绑架的？"

"不就是小酒馆的厕所吗？您当时就和她在一起。"

过去又变了。刚刚去月池外确认的时候还没有发生。在短短的几分钟之内，异彩的绑架时间点就提前了。

道河的语气里充满了焦急。

"你有没有查到绑架的路线？"

"有，之前发给过您了啊！"

"再发一次，请再发一次给我。现在马上。"

"好的，马上给您发过去。快速迅速极速姜LAN会永远陪伴在您左右，请不要担心。再见！"

道河的心跳无比剧烈。异彩有危险。他冲出玄关门，忍着如波涛般汹涌的痛苦，确认变化的过去。

"小酒馆。"

他急忙越过阳台，进到异彩家里。

阳台的门和往常一样没有锁。道河坐在书桌前打开了她的笔记本电脑。和过去联络的唯一方法就是利用异彩房间的网络。

他打开网站点击了注册。画面上跳出了注册新邮箱的页面。

"怎么还不回来？"

孔作家隐隐开始担心起来。她已经去卫生间二十分钟了，还没回来。

"到底在干什么？"

决定再等一会儿的他拿起手机浏览最新的新闻。没有什么特别的内容。有人被骗，有人遇到交通事故，有人因以权欺人而落人口实，还有人结束公开恋爱恢复同事关系。

这个世界在不停重复。感到无聊的孔作家放下了手机。这时伴随着邮件提示音，弹出了一个窗口。

孔作家再次拿起手机打开邮箱。是一封匿名邮件，标题是"郑异彩小姐被绑架了"。

他像着了魔一样点开邮件，正文却一句话也没有。

"……这是什么？"

他并不是看不懂这句话,但这短短的标题里包含的内容却令他惊慌失措。

何况孔作家有一般邮箱和工作邮箱,两个分开使用。工作邮箱是不对外公开的。知道这个邮箱地址的人极少,一只手都数得过来。所以连广告邮件都很少有。

"绑架?"

他转头看向小酒馆门口。还是不见她的人影。新邮件到达的提醒让他再次把视线转回了手机。

——是在卫生间被绑架的,然后被带往了钟楼公园方向。

原以为这次也只有标题,没想到下面还有一句话。

——非常紧急,请抓紧时间。

对方准确地提到了"郑异彩"这个名字,而且还知道她去了卫生间。孔作家确认了一下发件人的ID。

"resemble man,相似的人?"

这是一个非常让人在意的ID。

"是有人在开玩笑吗?"

他心中暗想。本来就很担心了,如果这真的是一个玩笑,那真是相当令人不快。

此后发来的内容更令人匪夷所思。是"绑架预想路线"这样短短的一句话和一张照片。照片上是一张用箭头标出移动路线的地图。

相信这邮件的话心情会很不爽,无视的话又放不下。他似乎能理解为什么有人会被电话诈骗了。他拿起异彩的手机和包包走向结算台。

结完账的孔作家掏出名片放在结算台上。

"如果和我一起来的那位女士回来的话,请打这个电话通知我。"

"她刚刚去了卫生间还没回来吧?"

"我打算去找她,如果她回来拜托您联系我。"

"好的,我一定联系您。看来她醉得不轻吧。晚上很危险呢!"

一般喝着喝着对方不见了的话,大都是因为喝醉了。但异彩一杯都没有喝。

从小酒馆里出来的孔作家来到了女厕所门口。大楼走廊的中间有一个应急疏散楼梯，女厕所就在楼梯边上。

"异彩小姐！"

他在厕所外面大声喊她的名字。

"异彩小姐！"

连喊了几声都没人回答。等不及的孔作家进了女厕所。里面总共有四个隔间。

"异彩小姐！"

还是没有任何回答。他敲着隔间的门逐一确认。

打开第一个隔间门看到白色坐便器时还没什么感觉。打开第二个甚至第三个的时候，他渐渐焦躁起来。第四个是多用途室，看到银色铁桶里拖把的瞬间，他的焦躁逐渐变成了害怕。

她去哪儿了啊？

他惊慌失措地转过身，看到洗手台镜子中的自己一脸慌乱。

他从洗手间里出来，往小酒馆方向走去。他迫切期望着，在他去找她的这段时间里，她已经回到小酒馆。但当他回到小酒馆时，在他们坐过的位置，看到的只有在收拾桌子的店员。

孔作家想起了邮件，其中有一个词蓦地在他脑海中鲜明起来。

是绑架。

他加快脚步，走出了小酒馆。从小酒馆出来就是大马路。路上车辆络绎不绝，车的前照灯发出的光和周围商店里的照明灯光交相辉映着，即便现在已是深夜，人走在路上也不会觉得黑暗。还有不少的行人来来往往。

显然，这并不是个适合绑架别人的地方。即便说把人拉上车，那未免有太多的人能看到，也会被停在应急车道的车上的行车记录仪拍到。

郑异彩，你到底去哪儿了？

在看到写着"钟塔公园方向"的指路标的那一刻，他又收到了一封新邮件。

发来的邮件并没有题目,其内容是几张照片。照片好像是用什么机器拍的手机画面,画质并不好。他皱着眉头放大了照片。

第一张照片上是设置在路灯上的监控摄像头,但奇怪的是,摄像头的镜头被漆黑了。后面的照片解释了一切。

喷漆?

几瓶喷漆散落在地上。那是常见的"Laccaic"喷雾型油漆。看来是有人对着监控摄像头喷涂了这种油漆。

下一张照片上是一辆黑色ＲＶ面包车。照片上面还写着车牌号和"套牌车"字迹。

孔作家又点开了第四张照片。这是一张交通事故现场的照片,他弄不明白这张照片有何意义。他看到照片下面还写有一句很简短的信息。

——现在马上去公园。大路那边因为交通事故正一片混乱。

他环顾了一下周围,发现散布在街道和楼房各处的监控摄像头都还在正常运转着。

这真的只是在开玩笑吗?

孔作家的思绪更加混乱。

不着边际的邮件内容和异彩的失踪,还有最近发生的一连串案件混在一起,显得很不协调。

……柳河?

这是柳河的恶作剧吗?

连这个叫"resemble man"的发信人也有可能就是柳河。但柳河并不知道孔作家的业务邮箱地址。

古语有云:"世上无难事,只怕有心人。"他一定要找出这个人是谁。

孔作家找出来柳河的电话号码,打了过去。

把手机放在耳边,他的视线追随着路边飞驰而过的比萨配送员的摩托车。配送员乱闯前面人行道信号灯的那一瞬间,来不及减速的摩托车按Z字型路线向前移动着。已经走上人行道的那位女士被吓得僵在原地。配送员好不容易避开了她,但他由于失去平衡从摩托车上滚了下来。倒下的摩托车顺着沥青路，滑到了十字路口。

就在那一瞬间，摩托车滑到了正经过十字路口的公交车的后轮上。被剧烈的冲击吓到的公交车司机紧急踩下刹车。跟在公交车后面的三辆轿车来不及躲闪，连撞在一起。后面的第四辆车紧急转动方向盘，更是引发了旁边车道车辆的一连串碰撞。

所有人的视线都齐刷刷地向事故现场投去，现场顿时变得沸沸扬扬。其中几辆车发出刺耳的声音，四处传来警笛声，乱作一团。

孔作家摸不着头绪，瞳孔剧烈晃动着，失去了焦点。耳边的手机里只是反复传来熟悉的提示音。

"您拨打的用户，暂时无法接通，请稍后再……"

孔作家蒙了。这只是单纯的交通事故，只是偶然的交通事故。但他的手却一直颤抖着。

这个画面。

他挂掉电话，重新打开了手机邮箱。他再次一一查看了"resemble man"刚才发来的邮件。

他打开了第三封邮件。

那里面写着"绑架预想路线"的信息，并附加了一份地图。他放大了那张地图。

"不可能。"他颤抖着说道。

地图上标示出了公园和附近的道路路线，也同时标示出了刚才发生的事故现场。而且，上面还用红色字体明确标记着"九连撞交通事故现场"。而下一封邮件内容是一张照片。

交通事故现场。

孔作家确认了邮件的接收时间。

——5月17日晚上9：12。

这是七分钟前收到的邮件。

他的脸上血色全无。真的无法理解。明明是刚刚发生的事情，照片却提前发送了过来。

"这到底……"

他再次确认了一下标记着绑架预想路径的地图。孔作家的眼睛随着地图上标记着的红色箭头移动着。

天空一片漆黑,这个夜晚连月亮都不见了踪影。男人的脚步紧紧地跟上异彩"嘎达、嘎达"的皮鞋声。她加快脚步,男人猛地凑上前来。

"慢慢走。"

异彩"咕嘟"咽了一口唾液。

另外一个男人走在前面,用黑色喷雾漆涂黑了安装在各处的摄像头。"恭候"在公园林荫道的各个岔路口的那些人,也刺激着她的神经。他们带着她,只往人迹罕至的路上走。

"二,三……"

单是她看到的男人就有三名。他们全都一副泰然自若的样子,仿佛绑架一个人根本不是什么大事儿。

即便如此,异彩也没有畏缩,反而是语气犀利地盘问身后的男人。

"是孔柳河指使的吗?"

男人没有回答,而是加大了抵在异彩腰间的刀子的力度。

"别出声。"

虽然那力度不足以使人受伤,却足够让人闭嘴。

异彩的脊背上冷汗直流。她努力使自己保持理性。已被老虎咬在口中叼走,她必须打起十二分的精神。

我要不呼救?异彩不禁在心里想道。

公园里并不是完全没有人。远处还传来谈笑声。如果跑到空地上大声呼救,肯定会有人回头看的。

她的耳目不停地寻找着可以逃跑的机会。转过前面的拐角,应该就会有机会了。那儿有一片宽阔的空地,是为了专供轮滑使用而打造的,也是她曾经被偷的地方。

但是异彩的期望在转过拐角的瞬间彻底幻灭了。

四散的男人们聚集在空地上。并不是三个人,而是四个人。她的视线依次扫过男人们的脸。

是谁,为什么?

他们甚至连脸都没有遮。也就是说,他们不是单纯为了谋财。

是想杀了我吗?不想死。不想就这样死去。

不能就这样消失,会失去救姐姐的机会。朴女士会因为失去两个孩子而备受打击。

她还放不下孔作家。从此,他四处奔走寻找的不仅有柳河,还有自己。他的人生无疑会颓废掉。

还有阳台那边的他。

异彩暗下决心准备逃跑。

与其就这样被带走,迎来人生最后的时刻,还不如寄希望于在这里活下去的可能性。

如果被刀捅了,肯定会很疼吧。好吧,不过是疼一点儿罢了!

她边想边估摸着紧紧抵在自己腰间的刀子的长度。

她没有自信跑得比一个大男人还快。即便如此,还是要做。曾经不是为了躲避强盗,还越过了阳台吗?放在鞋柜上的护身三件套,真是可惜了。去洗手间的时候,起码带上手机呀。

一边跑,一边尽可能大喊吧!

她用力地攥紧了拳头,下着决心。恰巧这时,她看到了一个沿着跑道慢跑的男人。那个男人身穿连帽卫衣,耳朵上戴着耳机。为了等他靠自己再近一些,她放慢了自己的脚步。

但是,从身后靠过来的大块头的男人抓住了她的右臂。

"靠右。"

用刀抵着异彩的男人也缠住了她的左臂。

她的脸上掠过一丝绝望。男人们轻轻地抓着她的胳膊,看起来并没有被绑架的感觉。任谁看了都像是一行过路人。

现在能期待的,就只有穿着连帽卫衣慢跑的男人了。当他靠近到恰当的距离时,异彩发现他手里拿着一瓶喷漆。

他转过身走在前面,似是要把异彩挡住。就这样,四个男人变成了五个。

怎么办？

异彩的内心变得焦躁起来。

是想往东门那边走吗？

公园东侧是密集的产业园区，晚上罕有人迹。也没有可以求助的地方。

现在，必须要逃跑！

想到这儿，异彩的身体和胳膊暗暗用力。她扭动着身体，试图从身材看起来相对较小的男人那边逃走。事情发生在电光石火之间，她轻松地挣脱了左臂。也看到了那些男人惊慌的表情。但是没跑几步，她的身体就向后仰去。她的右臂被牢牢地抓住。

"救命啊！！救……"

她倾尽全力大声呼救，抓着她胳膊的男人更加用力地拉着她。她失去平衡摔倒在地，持刀的男人恶狠狠地向她走了过来。他用手背抽了异彩的脸。

随着"啪"的一声响，异彩的头扭到一边。她顿时觉得浑身无力，犹如整个人浮在空中。摔在公园冰冷的地面上的她勉强撑起自己的上身，瑟瑟发抖。

持刀的男人咧嘴笑了。

"想往哪儿跑？"

他高高地举起手，似是要再来一拳。正在此时，有人抓住了他的肩膀。

"哥，不要引起骚乱。"

身穿连帽卫衣的男人似有不满地摇了摇头。持刀男一放下手，大块头的男人便强行把异彩拉了起来。

周围看不到可以帮助自己的人。只能期待有人能够听到自己的惨叫声。

她的肩膀一直不停地发抖。这种刻骨的疼痛不同于一般挨打。失控的心脏也在狂跳。嘴中噙着的血水也让她阵阵作呕。

紧抓着她双臂的男人们，再次拉拽着她。

地图上标着的箭头从小酒馆穿过公园，一直延续到东门外。箭头穿过产业园区后，沿着大路一直向前，路口右转以后，便消失了。

孔作家努力按捺下自己的惊慌。

是恶作剧吗？

还是说……他正在看着？

两者都不是。若说是单纯的玩笑，这信息也太过于详细了。若说他是因为看着感到担心才提供了信息，那也非常奇怪。因为如果是那样，他直接报警应该更好吧，而不是找孔作家。

信息的意图令人难以捉摸，可信度也有待考量。

但问题是，他无法置之不理。

最糟糕的情况就是，resemble man是绑架犯……

想到这儿，孔作家收起手机，赶紧迈开步子。

进入公园后，黑漆漆的林荫路蜿蜿蜒蜒地展现在眼前。零星的路灯灯光之间，夜风萧瑟。

孔作家一边疾步如飞，一边拨打了"112"[①]。如果不是绑架，那便是万幸，但若属实，就需要借助警察的力量。无疑的是，这件事定有蹊跷。

"您好，这里是警察局。"

"和我同行的人好像被绑架了。我的位置是钟楼公园。"

是因为边跑边说的缘故吗，还是因为他比想象的更加紧张呢？他的声音听起来非常嘶哑。

"您目击了绑架吗？"

指挥中心接警员的亲切让人心生反感。

"她说去下洗手间以后就消失了。包和手机都没带。"

"如果不是亲眼目击，请您不要认定为绑架，还是耐心等待为好。

---

① 韩国的报警电话112。

我们会派遣巡视人员到附近……"

孔作家听着老套的服务说明，停下了脚步。他那拿着手机的手无力地垂了下来。

他看到地上滚落的喷雾漆桶，愣住了。和照片里拍到的是相同的商标。他不由自主地抬起头。

安装在路灯杆上的监控器的镜头被漆成了黑色。

他加快了脚步。其他地方安装的监控器也是如此。孔作家感到的违和感瞬间变成了恐惧。他跑了起来，往他和异彩曾经去过的公园管理办公室跑去。

头一点一点地打着瞌睡的员工听到动静吓得抬起头。

"有，有什么事儿……咦？您刚刚和那位小姐一起来过吧？"

孔作家没有回答，径直走向办公室里面，看向监控画面。

"喂，喂！"

跟着进来的员工惊得瞪圆了眼睛。他难以理解眼前的情形，只是"吧嗒"着嘴。

"咦？啊啊？！"

分割开的监控画面多半是黑的。因为镜头上喷了喷雾漆，所以没有捕捉到任何影像。看画面中的时间轴还在继续，也就是说录像是正常进行着的。

"不是，怎么会这样？这可不行啊！"

不清楚画面为什么变黑的员工手忙脚乱地对着闭路监控的设定装置乱摸一气。在此期间，又有两个监控画面变黑了。

孔作家在分割画面中，迅速地查看着有人出现过的几个画面。并注视着刚刚变黑的一个画面。

"白色！"

虽然一闪而过，但确实出现了一个白衣女子。异彩今天穿了芥末色西裤和白色衬衫。

孔作家喊道："19号监控器！"

"什么？"

"19号画面，请往前回放一下！"

"那是什么……"

"快点儿！"

听到孔作家焦急的声音，员工的身体不自觉地行动起来。他移动鼠标，把变黑的19号监控画面切换成全屏。把画面往前回放的瞬间，画面亮了起来，画面中出现了一个喷漆的男人。帽檐压得很低，无法看清脸。

"这，这，这坏家伙！！"

气愤的员工找来巡查的帽子戴上，看他那架势似是要立刻冲出去。但是，孔作家一把抓住了他的胳膊。

"再一次！请再把画面往前回放一下！"

画面一直不停地往前倒。员工面露不满地使画面正常播放。

"到底是怎么了？"

眼神犀利地注视着画面的孔作家喊了起来："这儿！暂停一下。"

员工立刻暂停了画面。这个画面捕捉到了喷漆男人的样子。

"是您认识的人吗？"

但是，孔作家并没有在看那个男人。

他的视线越过男人的肩膀，看向被拍到的那一群人。画面里，两个男人把一个女人带上一辆黑色面包车。男人们抓着女人的双臂，女人似乎是被强迫的。

"啊，啊？那不是那位小姐吗？"

员工后知后觉地发现了孔作家注视着的场景，瞪大了眼睛。他也认出了异彩今天穿着的衣服。

孔作家连忙问道："那是什么地方？"

"哦，啊，是东门。"

"从这儿过去要多久？"

"大概五分钟。"

孔作家再次确认了一遍邮件的内容。地图上的箭头也是从东门出去的。他接着观察了一下后续箭头的路径。判断好应该去哪儿后，孔作家指着监控画面说道:"请帮忙报警!"

"你也经常出来聚聚吧。好久不见,甚是想念啊,虽然这么说有点儿肉麻。"一个系着紫色领带的男人拍了拍允亨的肩膀。

"我整天为了维持生计,都快忙死了。哪像你们,医院每个月都会按时给你们发工资。我得每天来回跑才能养活自己啊!"

允亨摇了摇头,一口干了杯子里剩余的烧啤①。随即,那个系着紫色领带的男人又给他满上了。

"装什么可怜啊!谁不知道你出版社搞得红红火火。"

"以前是挺红火的,但最近,因为恋爱绯闻都快不行了。"

听到恋爱绯闻,旁边坐着的朋友们纷纷转过头来。

"那位作家和罗睿熙是真的吗?劈腿?"

"道河可不是那种人。这都是我的报应啊,报应!"

在罗睿熙请求他帮忙制造偶遇时,他就该拒绝的。允亨想要夹起已经焦得粘在烤架上的烤肉,他把火关小。

"都煳了。"

正当他想要再次拿起筷子去夹烤肉时,系着紫色领带的男人阻止了他。

"咱们去第二轮吧。这个现在已经不是烤肉而是'苯并芘'②块了。"

微醺的允亨解开了领带,同意了他的提议。

"是啊!不要吃煳的!要活得长长久久!去第二轮吧!"

喝了那么多酒而烂醉的人却祈愿着健康长寿,这听起来有点儿讽刺。但和他一起喝醉的一行人都欣然认同了他的话。

"就是,去第二轮吧!谁先订个场所吧。"

能够一次性容得下将近四十个人的场所并不多。坐在桌子尽头的某人站了起来。

---

① 烧酒和啤酒混合而成的酒。
② 是一种常见的高活性间接致癌物和突变原。

"咱们第二轮去吃生鱼片怎么样？"

"听说最近真鲷比较新鲜。"

"真鲷好啊！第二轮去吃生鱼片吧！"

在大家一致赞同去吃真鲷生鱼片的时候，允亨插了一句：

"我吃不了生鱼片……"

叹气声和揶揄声从各处传来。最终，大家决定找个一般的扎啤店进行第二轮。同届中的两个人为了给大家物色场所，先行走了出去。

随后，系着紫色领带的男人指着允亨抱怨了起来。

"什么！怎么了！也有就是吃不了生鱼片的人啊！"允亨抗议道。

"你来电话了。"

"嗯？"

桌子上的手机在振动着。看到打来电话的是"我的爱"，允亨咧开嘴笑了起来。他接电话的声音也高了八度。

"嗯。道河啊，采访还顺利吗？"

"你怎么这么晚才接电话！！"

突然大声喊叫的孔作家听起来气喘吁吁。

"看来还是挺顺利的。哥哥我喝了一杯。"

"你说过同窗会在中央路十字路口附近，是吧？"

"怎么了？你要来？"

"你立马出来！异彩小姐被绑架了！"

"异彩小姐也要一起来，什么？"

"我说异彩小姐被绑架了！"

"你说什么呢？异彩小姐怎么会被绑架？"

"黑色ＲＶ面包车，正从工园路沿着中央大路往你那边移动着。我正在追赶他们的路上。"

"喂，喂！你这是说什么呢？说清楚点儿！突然说什么绑架啊？"

"我会想方设法在十字路口前让那车停下，你到时候带着人出来。"

"什么？"

"你如果能帮我救下异彩小姐，我下一个作品的版税就降低3%。"

电话被道河单方面挂掉。此时，允亨脑海中只剩下一个词。

"3%？"

管它绑架还是什么的，3%的话，他必须得出手了。允亨突然从座位上站了起来，一口喝尽杯中的酒并大喊道：

"Emergency！全员备战！！"

异彩被强制绑上八座的ＲＶ面包车，明显感觉到双方力量悬殊后，她绝望了。

她好像打不过这些男人，她似乎无法从这些男人手里逃出去，消极的想法掠过她的脑海。他们把异彩安置在中间那一排座椅的中间位置上，都显得那么悠闲自在。他们也早收起了之前一直抵在异彩身上的折刀。

夜色灰暗，窗外什么也看不见。车窗上贴着深色的车膜，从外面也根本看不清车内的情况。从车内贴满了凹凸不平的海绵来看，隔音效果似乎也很好。

再加上——

"……一共五个人。"她暗自气馁道。

她偷偷瞥了瞥，察看着他们所坐的位置和他们各自的特征。

坐在驾驶位上的男人染了黄色头发，特别显眼。穿着连帽卫衣的男人坐在副驾驶座上。坐在她左边的男人是曾持刀抵着她的那个人。坐在她右边的男人在这几个人中块头最大。在第三排还坐着一个人。与其他人相比，异彩对这个人的印象很模糊，感觉他若不张嘴说话，根本无法感知到他是个什么样的人。

飞速行驶的面包车在人行横道前停了下来。看样子，好像是从人迹罕至的工业园区开到了繁华的商业区。

异彩觉得现在是她能逃走的最后机会。她转动了下眼珠，环视了一下四周，只要她能想方设法地得到周围人的帮助的话……

卫衣男突然"咔咔"地笑了起来，他一直在通过倒车镜注视着异彩。

"哥，她看起来好像没挨够打。"

异彩被吓得蜷缩了身子。看到她这么紧张，其他人都"哧哧"地笑了起来。坐在左边的持刀男张口说道："等钱进账了，咱们换个沙发吧。现在的那个就是个便宜货，我躺那睡午觉睡得腰疼。"

他好像对异彩的图谋没有多大关心。黄发男补充道："咱们要是还能接到这样的活儿就好了。时间又短，给钱又多。多简单啊，干净利索。"

卫衣男听着他俩悠闲的谈话，长叹了一口气，说道："咱们这次只是运气好而已。"

绿灯一亮，黄发男踩下了油门。

"老幺，你哪儿都好，就是太过于担心了。"

"我能不担心吗？我就离开了一小会儿，你们就突然接下了这样的委托。又不是什么快递，隔日送达算是什么啊？隔日送达！绑架是拿来开玩笑的吗？"

车内的气氛渐渐变得尴尬起来。他们刚才还嬉笑着，现在脸上却全是一副烦躁的表情，都闭上了嘴巴。虽然持刀男叫卫衣男老幺，但能看出来，他们的实际掌权者似乎就是那个卫衣男。

异彩注意到卫衣男刚才话中提到了"委托"和"隔日送达"。他们的目的是把异彩送到某人那儿去。

"送到谁那儿？"异彩暗自疑惑。

最大的可能性就是柳河。但若就此断定，还有些疑问留在异彩心里。柳河需要的是项链，并不是异彩。他不可能发现异彩和项链之间的关联。

"因为孔作家？"她猜疑道。

从表面上来看，柳河和异彩只是孔作家作为中间人，他俩才得以连接起来的关系。

"或者是想利用我来威胁姐姐吗？"她不禁想道。

虽然异彩现在满脑子都是要逃跑，但她却想不出办法。她感觉到绝望一点儿一点儿在车内蔓延，空气都变得沉重。就在这时——

"妈的！"

黄发男骂骂咧咧地踩了急刹车。由于方向盘的紧急转动，车内的男人们身体全倾向一边。

呲嚓嚓，咣咣！

绑架异彩的ＲＶ面包车撞上了拦在前面的轿车的侧面。根本没有办法避开从路上，不，从人行道上突然冒出来的车。

没有系安全带的他们身体前倾，向前撞去。待车停稳后，他们又都坐回了原位。虽然车辆碰撞严重，但对他们的冲击并不大。

咣！

再一次发生了车辆碰撞。这一次是撞到了车后方。后面跟着的车像是没来得及避开才撞上来的。

长长的警笛声刺耳。

"那个疯子！"黄发男骂喊道。

拦住路的轿车车主踩下油门，空转着汽车发动机，然后突然就那样向前冲去。

咣咣！

那辆轿车最终撞上了左侧车道行驶的SUV车的侧部。受到冲击的轿车再次向后倒，停在ＲＶ面包车前，正好挡住了它的去路。

霎时间，周围一带变得一片混乱。

ＲＶ面包车里的男人们的表情变得很难看。卫衣男一脸烦躁地扶着额头，似是很为难。黄发男看上去一副要立马冲出去，向轿车车主大打出手的样子。

"你去把他打到满地找牙。"

"是啊！老子今天就打得他找不到北！"

异彩左边的持刀男揉着肩膀，对黄发男说道。

黄发男正打算开车门下车，卫衣男抓住了他的胳膊。

"别把事情闹大，先考虑一下再出手。"

他用平静的语气说道。块头男补充道："是啊，先等等，这种时候你就听老幺的吧！"

　　听了块头男的话，黄发男关上车门，坐回了驾驶座。虽然坐回了原位，但他控制不住内心的怒火，狠狠捶击着方向盘。

　　卫衣男通过倒车镜观察着异彩，手指敲打着仪表板。

　　他们所处的状况比想象的还要严峻。他们现在向前、向旁边、向后都无法移动。十字路口就在前面，但就是处于进退两难的状况。

　　显而易见，再这样下去几分钟，恐怕来的不光是牵引车，还会有保险公司职员和警察。没有什么比现在带着绑架人质更难堪的处境了。

　　从旁边车道的SUV车上下来的男人扶着后颈，向轿车走去。撞到RV面包车车尾的车主也下了车。碰巧那还是个出租车。出租车司机敲着RV面包车驾驶位的车窗，示意让其出来。

　　黄发男开始发脾气。

　　"妈的！我们现在怎么办啊？"

　　卫衣男渐渐加快了敲仪表板的速度。

　　黄发男不下车，出租车司机见此，不知所措地挠了挠后脑勺。他看见SUV车主扶着后颈，也跟着扶起了后颈。

　　他变换了对象，向着拦在前面的轿车走去。虽然有两个人在敲着轿车的车窗，但轿车车主并没有下车。因为轿车贴着深色的车膜，所以他们看不到里面，也无法得知里面人的负伤程度。

　　在一番深思苦虑之后，卫衣男指着那辆轿车，说道：

　　"去跟那边说，会给他想要的保险处理。留下他的联系方式。先把他的车移了。"

　　"简单。先把他拉出来，再把车开走不就行了吗？"

　　黄发男打开了车门。卫衣男对黄发男嘱咐道："别把事情闹大。这儿有很多双'眼睛'在看着。还有……"

　　他指向的正是监控所在的地方。

　　黄发男咋了咋舌，一脸不快地走向轿车。

　　正在与保险公司通话的SUV车主和出租车司机突然闭上了嘴。因为黄发男给人的印象太强烈了。

一直屏住呼吸的异彩稍微活动了一下手指。后面排了一列的车，车主纷纷走下车来，人行道上的过路人也开始围观起来。

"现在是机会。"异彩心想道。

但她的决心很快就化成了泡影。

"别想耍花招。"

她通过倒车镜与卫衣男对视了，他那眼神阴冷至极。她的身体开始发抖，不自觉地蜷缩了起来。随即，块头男就紧紧抓住了她的胳膊。因为块头男的力气太大，她痛苦地呻吟了起来。

现在，她只能寄希望于轿车车主能够多坚持一会儿。

"……坚持到警察来就好。"她内心期盼道。

黄发男走近轿车，敲了敲车窗。然后，他神经质般将手击打在车窗上。

"这位大哥，先出来一下。你到底是怎么开车的啊！"

出租车司机敲车窗的时候，轿车车主还没有什么反应，黄发男一敲，车窗就下拉打开了一点儿。轿车车主将车窗下拉到只能看见眼睛的位置，语气生硬地说道：

"我会通知保险公司来处理。"

"不是，你没看见后面一直堵着车吗？我让你先把车往后撤，让出路来。"

"等保险公司来了之后，我会撤的。"

"这是你的过失，你知道吧？但咱们也私下解决吧！各自修好各自的车！所以你先把车往后撤。"

"因为是我的过失，所以全部都用保险来处理。"

见沟通无果，黄发男皱起了眉头。

他真想砸碎车窗把车主拉出来。就在他为了平息涌上来的怒火，仰望着夜空深呼吸的那一瞬间，跟在后面出来的卫衣男抓住他的肩膀，摇了摇头。大发脾气的黄发男吐了一口痰，回到了车里。

卫衣男对轿车司机说："那么，你就那样待着吧！"

轿车司机没有回答，只是关上了窗户。

卫衣男无功而返，坐到副驾驶座位上。块头男说道："那怎么办？保险公司来的话情况就会变得更糟糕了。"

"人行道不是空着吗？我们先穿过去吧。"

这时大家才注意到空空荡荡的人行道。现在想来，出事故的那辆轿车也是从人行道上冲出来的。

黄发男一边发动汽车，一边大声吼道："他妈的！把那个兔崽子的车牌号记下来。"

RV面包车开始倒车，准备转到人行道那边。同时把发生碰撞的出租车也一起往后顶去。出租车本来只有轻微刮痕，这一倒，保险杠都掉了下来。出租车司机气得脸都扭曲了。

正当黄发男转动方向盘准备冲向人行道时，前面的轿车迅速后退，又一次撞上了RV面包车。面包车左边的车灯被撞碎了，每个人都受到了冲击。

"呀，那个兔崽子！干吗对着我们耍酒疯？！"

卫衣男沉下脸，问道："酒驾？"

"刚才他开窗户的时候，我闻到了酒味。那个兔崽子肯定是喝了酒在这儿发疯呢。"

黄发男重新倒车，把方向盘往人行道方向打足，用力地踩下了油门。但是这轿车仍旧往后退，挡住了他们的去路。而且轿车横跨了一半的人行道和车道。

"他妈的！！"

黄发男拉起手刹，跳出车外。卫衣男后知后觉，朝他叫道："啊，大哥你别！"

这时，对面的人行道上出现了四十多个男人，朝着事故现场走来。他们像一群醉汉一样从容不迫地横穿马路。他们松散着领带的样子看上去像是刚刚结束聚餐的公司员工。

一直挡着路的轿车司机从车里下来，朝他们挥了挥手。

"在这里。"

面对突如其来的变化，黄发男一时愣住了。而卫衣男则皱起了眉头。异彩看到那群男人后简直不相信自己的眼睛，心想："是代表？！"

领着一群男人走过来的允亨也举起了手。

"哦，道河啊！"

异彩随着他的视线看去，熟悉的脸孔映入眼帘。一直在前面挡路的轿车司机竟然是孔作家。

即使害怕也一直忍着没哭的异彩顿时泪如泉涌。

从周围一拥而上的男人们和孔作家说了几句话之后，齐齐看向面包车。

刚才还气势汹汹地走向孔作家的黄发男猛然停住了脚步。即使自己再有能耐，也斗不过四十多个男人啊！而且周围的目击者也越来越多。

虽然卫衣男也进行了劝阻，但是黄发男自己也清楚，不能在这样的公共场合斗殴。

"什，什么事儿……"

黄发男向逐渐靠近的男人们问道。但是允亨和四十名醉汉并没有回答，而是开始包围面包车。

黄发男眼看气氛越发奇怪，急忙重新回到了车里。当他关上车门时，卫衣男小声地嘀咕道："完蛋了。"

所以说不能随便什么活儿都接。增加新客户固然好，但这确实是个力不从心的任务。昨天晚上刚接到的任务要求今天就完成，实在是不合理。

黄发男还没有把握到事情的严重性，气愤地问道："那些兔崽子又是怎么回事儿？"

卫衣男从后视镜里看到了异彩那眼泪汪汪的眼睛，说道："应该是来救这个女人的。"

听了卫衣男的话，黄发男、块头男、持刀男全都惊呆了，谁也没想到会是这样的情况。

块头男先问道："为什么？那些兔崽子是什么人？"

"在博物馆的时候不就看到那个司机了？他是孔道河。"

男人们一个个开始骂骂咧咧或者唉声叹气。

随着对峙时间变长，允亨爬到ＲＶ面包车的引擎盖上躺了下来。然后唱起了一首自创的叫《3％，3％，3％》的歌曲。

"怎么办？我们这下真的完蛋了。"

黄发男向卫衣男问道。要是在平时卫衣男会立刻提出解决方案，现在却也开始发愁。这时持刀男说道："直接把他们撞开。"

"就这样做。不就是这么点小事儿吗？"

块头男也极力表示同意。反正是套牌车。不管会有多少人受伤，就目前的情况来看撞开人群冲出去是上策。

但是问题是，现在连这个方法也没用了。

"妈的，已经晚了。到底怎么办？"

黄发男从汽车后视镜里看到后面已经有警车来了。不仅是后面，前面的十字路口里面也开进了两辆警车。

卫衣男一边用手指敲着仪表台，一边指挥着：

"等等看。我们再想想办法。"

"任务是肯定完不成了，我们把这个女人当成人质冲出去吧。"

块头男提出了自己的意见。

"那不行。"

卫衣男立刻摇头反对。这不是个好办法。如果把这个女人带出去，外面的男人们肯定会把他们团团围住。如果是一两个人还好对付，但是现在的人数实在是太多了。

这些人全都可能成为目击者，所以现在的情况对ＴＯＰ非常不利。如果核心成员都被列入通缉名单的话，公司就要倒闭了。

卫衣男做出了决定。

"车子，扔掉吧！"

"什么？"

"想今天就死吗？我们只能放弃这次任务，先躲避一下。"

持刀男抓住异彩的手臂问道："那这个臭女人呢？"

"把她扔到反方向的车道上。等到外面男人们的注意力被转移时，我们各自分开逃跑。然后安静地躲避一段时间，明天下午在办公室碰头。"

听了卫衣男的计划，大家都点了点头。目前来看，没有其他更好的办法了。当大家准备逃跑时，持刀男用手指敲了敲异彩的脸，说道："你们先走。总得有人出去拖延时间。"

卫衣男回头看了看他。

"你没关系吗？"

如果能有人去拖延时间，其他人就能更加顺利地逃走。但是出去拖延时间的人肯定会被抓住。

"没关系。反正总会有一两个人曝光的。其他的不管，我要去把那个兔崽子的头拧下来。万一我被抓住了，记得到拘留所给我送饭。我要大份的排骨汤。"

持刀男打开了左边的门，把刀架在异彩的脖子上，然后把她的头推出车门外。

"大家看上去玩得很有意思啊！让我也来玩玩呢。"

靠在汽车引擎盖上的允亨停止了唱歌。三三两两地聚在一起的男人们和孔作家也看向了持刀男。

"把刀放下。"

听到最先走过来的孔作家的话，持刀男"噗"地笑了。

"我就不。"

他用手臂圈住异彩的脖子，从车上下来。在车上听到他们谈话的异彩着急地喊道：

"不要过来！危险！"

孔作家并没有后退，而允亨和醉汉们也把周围包围了起来。

刚从警车上下来的警察们还没能够了解清楚现场情况。因为现场被四十多个人包围着，警察们看不清楚里面的情况。

但是通过形势剧变的氛围，可以推测出事态的严重性。当其中一名警察正通过对讲机请求支援时，RV面包车的门突然都打开了。车里面的男人们都跳了出来，开始分散着四处逃窜。而醉汉们则一边喊着

"抓住他们！""站住别跑！"，一边到处追赶。

警察反而因为不了解情况而变得有些慌乱。

今天晚上，警察同时接收到了好几通举报。第一个举报是交通事故。附近大路边的十字路口发生了九辆车追尾事故。发生事故的十字路口目前还处于交通管制中。接着在离那儿不远的地方又发生了一起汽车追尾事故。

第二个举报是有个女人被绑架了。在收到第一个举报后，又收到了公园管理事务所相同的举报。

第三个举报是有四十多名醉汉占领了交通事故现场。而那些醉汉现在在追赶另外一群人。

等到大部分醉汉消失后，更荒唐的场景出现了。居然有人正挟持着人质。警察们全部拿出了电击枪。其中一名警察在对未从警车上下来的其他警察发出指示后，朝着持刀男走去。

"不许动！把刀放下！"

其他的警察也保持着一定的距离，慢慢靠近着。

持刀男嘴角上扬，算是达到目的了。只要拖住这些警察，其他人就能安全逃走。

持刀男突然把异彩一把推开。异彩尖叫着倒在了柏油马路上。当孔作家正要去扶异彩时，持刀男突然扑向了他。而警察则表现出一副毫不在意的态度。

持刀男又"噗"地笑了一声，举起了刀。

围在周围的人们和警察顿时瞪大了眼睛。道河抱着异彩迅速扭转了身体。

持刀男看到孔作家转过来的背，暗自称快。他的眼里露出了杀气。

当持刀男大声叫着把刀刺向孔作家时，允亨拿包砸向了他。持刀男的手臂脱离了原来的方向。

孔作家感觉到了一阵令人眩晕的刺痛感，他紧紧地抱住了异彩。

警察后知后觉地发射了电击枪。

"往后退！！"

其他警察也朝着持刀男的大腿发射了电击枪。倒下的持刀男一边破口大骂，一边因为电击而不停地颤抖着。

两名警察用膝盖压住他的背，把他的脸按在了柏油马路上。接着其中一名警察把他的手臂扭到后面，戴上了手铐。警察同时也传达了米兰达警告①。

允亨和醉汉们急忙去查看孔作家和异彩。刀掉落在了异彩前面，孔作家的手臂上渗出了鲜血。

"血，血，血！！"

允亨一惊一乍地叫道，犹犹豫豫地往后退了退。系着紫色领带的男人无语地说道："你真是很适合出版社的工作。晕血症还没治好啊？"

"那，那，那，血，血，血。"

系着紫色领带的男人扶住了因晕血症而失魂落魄的允亨，然后走向前去查看孔作家的伤势。

"您没事儿吧？"

"是的。应该没事儿。"

幸好当时孔作家稳住了身体，被他抱在怀里的异彩看上去安然无恙。

异彩擦了擦簌簌落下的眼泪，问道："怎么……"

她心里想的是："怎么找过来的？"

孔作家就在眼前。异彩一直忍着的不安和害怕此时喷涌而出，和他给予的安全感掺杂到一块儿。

当看到异彩抬起的脸孔时，孔作家的表情沉了下来。异彩嘴唇上干涸的血迹刺激了他的神经。

"你没事儿吧？"

冷淡的声音传入耳边，异彩却觉得此时他的声音比任何声音都要温柔。

她顿时泪雨如下。虽然下过决心在找到姐姐前绝对不会哭，但是

---

① 米兰达警告是指犯罪嫌疑人、被告人在被讯问时，有保持沉默和拒绝回答的权利。

在这种情况下，又如何能够忍住眼泪。

系着紫色领带的男人对呼叫救护车的警察问道："有应急箱吧？"

"是的。"

"那么就不用叫救护车了。麻烦把应急箱给我。"

警察露出了惊讶的表情。虽然警车后备箱里配有应急箱，但是没有多少市民知道这一点。而且竟然说不用叫救护车了……

"您是医生吗？"

"这里的人都是医生。"

"什么？"

"因为今天我们开同窗会……不管怎样，不需要叫救护车。"

"好的……"

警察暗暗嘀咕着，从后备箱里拿出了应急箱。这次的案件让人完全摸不着头脑。难道这四十名醉客全部都是医生吗？

一个系着紫色领带的男人接过应急箱，拍了拍背过身去的允亨的肩膀。

"伤口没有想象中的那么深，只是轻伤。"

允亨听到他的诊断结果，安心地长舒了一口气。尽管允亨很想去确认一下孔作家的状态，但自己的晕血症让他望而却步。

这会儿，几个半醉半醒的男人围成一个圈，站在孔作家的周围。有几个还算清醒的人，好胜心驱使着他们去追赶绑架犯了，而剩下的几个男人喝得酩酊大醉，几乎动弹不得了。

"嗯，确实是轻伤。"

"伤口一点儿也不深，割得很浅。"

"也不需要缝合。"

"血也会马上止住的，贴一个创口贴吧。"

围成一圈的男人们你一言我一语地平静地谈论着。

异彩对于如此平静的气氛有些不适应。明明有人被刀刺伤了，他们却丝毫没有惊慌失措，而且他们看起来都像完全喝醉了一样。

异彩独自恐慌不已，拉了拉转过身去的允亨的衣角。

"请再打一次'119'①急救电话吧。"

"啊,异彩小姐,不要担心,就算现在拨打'119',把他送去综合医院的急诊室,那里的诊疗环境也不会比这里好多少!"

异彩完全无法理解允亨所说的话。

这时,那个系着紫色领带的男人拿出急救箱里的剪刀,将孔作家的衬衫剪开,然后用生理盐水将伤口清洗干净。孔作家轻轻地呻吟了一声。异彩更加心急如焚了。

异彩再次环顾了下四周,发现这些喝醉酒的男人的目光突然间专注起来。异彩这才想起"同窗会"三个字。听说允亨也是从医大毕业的。

那就是说,现在自己眼前的这些人全都是医生。就像那个系着紫色领带的男人说的,孔作家的伤好像不是什么大伤口。孔作家也没有再继续喊疼了。

孔作家看出了异彩的担心,嘴唇慢慢嚅动着说道:"我不痛……吓到你了吗?"

异彩用力点了点头。

确实吓到她了。不,她是怕得要死。虽然自己被那个从洗手间尾随而来的男人用刀抵住后腰的时候,她也很害怕,但刚刚得知孔作家受伤的时候,她怕得要死。

"没事的。"他用沙哑的声音说道。

他的头发被汗水打湿了,在路灯光线的掩映下熠熠地发着光。他的嘴角微微上扬着。异彩见此,虽然嘴唇止不住地颤抖着,但心底却涌出一丝安心。

"好了!你们这些'电影桥段'以后再演吧。你把手臂这样放着试试。"

孔作家按照指示换了个姿势,那个系着紫色领带的男人拿出一次性敷药包。已经消过毒的药盒里,装着医用镊子和纱布等。他用镊子

---

① 在韩国,'119'既是火警报警电话,也是急救电话。

夹起纱布，给孔作家的伤口进行消毒。

异彩脸上再次浮现出不安的神情，那个系着紫色领带的男人"噗"的一声笑出来。

"这算是'过度治疗'。请您不要担心。"

他按照孔作家伤口的模样剪出了泡沫敷料创可贴，给他贴上。就在这时，那些去追赶绑架犯的医生中有一部分返回来了。看他们唉声叹气的样子，应该是没抓住坏人。

那个系着紫色领带的男人整理了一下急救箱，向孔作家问道："你的手臂活动起来有什么不方便的地方吗？"

"嗯，没关系的。"

"你就这样养着也会痊愈的，不过，如果你觉得不放心，明天还是去医院再看一下吧！"

"这应该就足够了。多谢。"

通过两个人的对话已经掌握了情况的允亨插话进来："结，结束了吗？"

"可以活动胳膊了。"

那个系着紫色领带的男人话音刚落，允亨便朝孔作家跑去。

"没事儿吧？痛吗？"

"你问得可够早的。"

孔作家无奈地笑了。虽然听允亨说过他晕血，但孔作家不知道允亨会晕得这么严重。如果以后允亨再说自己不干出版社而要回医院，他知道怎么调侃了。

就在孔作家想着怎么捉弄允亨时，异彩向允亨表达了感谢。

"允亨代表，真的非常感谢您。"

"哪有，我更感谢您。您是我们出版社的恩人。"

"啊？"

允亨对着茫然不知缘由的异彩，眨了下眼睛。

"确实是这样的，哈哈哈。您不要担心道河了。他身体这么健康，一周左右就会痊愈的。到时候他写稿子都没问题的。"

就在那时，又回来了一群医生。他们和警察一起回来，一副得意扬扬的样子。看样子，他们是抓到了某个人。允亨看到大部分的人都回来了，便大喊道："来，有要跟警察陈述案情的人，快点儿去跟警察说吧。后续的收尾就交给这对情侣了，我们先走了！第二轮我来请客！"

允亨像凯旋将军一样大喊着，连同四十个醉客像退潮一样从现场撤了出去。

警车沿着下坡路驶去。那个只是把他们送回来的警车的背影，就这样清晰地留在了异彩的脑海里，因为她的这一天都是那样的疲累和孤单。

异彩转过身，仰视着孔作家。

"您真的可以不去医院吗？"

"你刚刚不是看到我接受治疗了吗？"

"虽然是这样，但……对了，车的修理费我来付吧。"

孔作家的车完全报废后，被拖车拖走了。这个时候，他的车估计已经进了工业所的仓库了。

"按保险进行理赔就可以了。"

"那至少，罚金由我来付吧！"

"酒驾的人可是我啊！"

"可是……"

异彩不知道该怎么回答他。异彩想替孔作家交修理费或者罚金，但他好像不会接受的，看来她得从允亨那里问一下他的账户号码，然后偷偷把钱打进去才行。尽管孔作家以后发现了肯定会生她的气。

孔作家看向她那裂开的嘴唇。

"你不疼吗？"

异彩回答他时，用"谢谢"代替了"没事儿的"。虽然她也知道，自己对他感激涕零，仅仅用一个"谢谢"来形容是不够的。

"算了。"

还有……

"对不起。"

"对不起什么？"

"所有的一切。"

"你不用放在心上。"

异彩的视线转向那个埋着500韩元硬币的花坛。原先长满了杂草的花坛里，不知什么时候开了一些惹人喜爱的小雏菊。这些花是什么时候开的呢？

"您是怎么知道我被绑架了呢？"

孔作家跟随着异彩的视线凝视着那些随风摆动着的雏菊，听到她这样问，便转过头来。他没想到异彩会主动向他问话。

因为，他们两个人之间，经常提问的人是孔作家。

"你……"

其实他没有必要苦恼，只要把自己在警察局做证人调查时说的话，再重复一遍就可以了。但是，他的声音却很不自然。

"我吗？"异彩问道。

"你把电话放下就出去了。我看你一直也没有回来，就去找你了。我听到外面传来吵闹的声音，出去一看，原来是发生了一起重大交通事故。我无意间看到你走向了公园的入口，因为你裤子的颜色比较显眼。当时，我感觉你像是被某个男人给拉走了，所以我就跟过去了，不过我还是跟丢了。那里树很多，周围也很暗，我觉得在那么广阔的公园里很难找到你，所以就去事务管理所调取了监控。"

这些都是他信口瞎说的，所以有点儿"说来话长"了。他没法跟异彩说，自己是通过某位不知道真实身份的人发来的邮件才知道了她的位置。为了她的安全，他得先打探到这个"resemble man"的真实身份和目的。

"不管怎样，还是谢谢您。如果没有孔作家，我真的就出大事儿了。"

事实上，他的解释也存在时间的误差，但异彩并没有觉得奇怪，对之后发生的事儿也没有再刨根问底。

"其实挺幸运的，刚好允亨哥就在附近。"

异彩一下想起了刀抵着后腰时的感觉，身体顿时蜷缩起来。

"……那些人会进监狱的吧？"

"会的。他们应该还有其他罪行。因为他们以到处犯罪为生。"

异彩在警察局是这样陈述的。她说，她感觉这些人像是受了某个人的委托而进行的专业犯罪活动。她现在还记得他们在车里明目张胆地谈那些委托费的事儿。他们没收的非法登记的手机里，也发现了相关的证据材料。

"连绑架也有专业的，这真是太奇怪了。"

异彩想起了那两个还没被抓到的人。

"一个卫衣男，一个块头男。"她暗自思索道。

那个引起骚乱的持刀男当时在现场就被抓捕了；那个露出脸的黄发男在接受盘查时被抓获；最后一个被抓的人，就是坐在后座毫无存在感的那个男人，他是被允亨一行人抓到的。

警察悄悄跟他们说，他们会被授予"勇敢市民奖"的。

"请帮我再次向允亨代表表示感谢。尽管明天我会单独再跟他联系。"

"好的。"

孔作家先把头转了过来，指向TOMATO公寓的玻璃门里面。

"一起上去吧，你的脸色很苍白。"

听到孔作家说一起上去，异彩的表情很为难。孔作家看出了她的心思，补充道："我只送你到家门口。我是因为担心你才送你的。"

异彩也很害怕一个人上楼，因为现在还有两名绑架犯没被抓到。不知道他们会不会藏在一个地方，然后突然跳出来。

她不断地点着头。孔作家打开玻璃门先走进去了。异彩什么话也没说，跟在孔作家的后面上了楼梯。

到了二楼，异彩感到"嗡"的一下，脚下跟跟跄跄。就在她差点儿往后倒下去的时候，孔作家抓住了她的胳膊。

异彩身上被他触及的地方传来了温度。

"谢，谢谢。"

孔作家连连咋舌，走下几个台阶后，转过身来。

"我背你吧。"

惊慌的异彩赶忙摆手。

"不用了，我只是暂时有点儿头晕。"

孔作家"啪啪"地拍了下自己的肩膀。

"就让我背你吧。"

"您的胳膊不是受伤了吗？孔作家还是病人呢！"

"所以我才说要背着你啊，因为我已经没法再抱着你上去了。"

"不是，那也是……"

"大家都累了，快点儿让我背你吧，我也想快点儿回家去休息啊！"

犹豫不决的异彩用双手搂住他的脖子。感受到异彩的体重后，孔作家站了起来。异彩的心脏和他的后背贴得紧紧的，异彩感觉他的脊背既宽阔又温暖。

"我不重吗？"

"重。"

他就像是在等着这个问题一样，回答得非常迅速。听到他的回答，异彩的眉毛低垂下去。

"那，那放我下来吧。我能自己走，我的腿又没受伤。"

孔作家就那样背着她，一层一层地爬着楼梯。

"不要勒着我的脖子。"

她松开了自己那不知何时抱得紧紧的胳膊，意志一下子消沉了下去。

"如果觉得累，您就跟我说。"

"我累了。"

尽管孔作家嘴里这样说，但他却没有要放她下来的意思。

异彩轻叹一口气，然后自然地将自己的脸埋在他的背上。异彩的身体一会儿上一会儿下，就像坐在摇篮一样。不知道是因为他的体温，还是因为自己没那么紧张了的原因，异彩浑身变得软绵绵的，疲惫得很。

异彩侧耳倾听着他的呼吸声。如果她说她很喜欢他那凌乱的呼吸声，会很奇怪吗？异彩好想就这样听着入睡啊！她就这样慢慢地闭上了眼睛。

"到了。"

异彩被突然传来的声音吓了一跳。她抬头看到501号的门牌号，才急忙松开搂着他脖子的胳膊，然后从他的背上下来。

"谢谢您。"

孔作家将走廊仔细打量了一番后，生硬地说道："你休息吧。"

然后，他就这样毫无留恋地下了楼梯。异彩连跟他告别的机会也没有。听着他"嗒嗒哒哒"的脚步声越来越远，异彩的心情莫名地有些奇怪。

异彩没有进入房间，而是倚靠着玄关门瘫坐在那里，眼泪不争气地流了下来。最近遭遇的事情就像惊涛骇浪一般向自己涌来。

"……姐姐。"她默默想道。

自己差点儿被绑架尚且如此害怕，那多彩得有多恐慌啊！异彩的两只手接连不断地抹着眼泪。眼角瞬间红肿，传来火辣辣的疼痛感。冰冷的走廊夺走了她身上的体温，她有些着凉了。

她正要强撑着站起来。春天般的铃声像是安抚她一样在走廊里响起。她掏出手机一看，上面写着"孔道河作家"。

她把堵在喉咙口的巨大悲伤硬咽了下去，接起电话。

"……喂，作家先生。"

"平安到家了吗？没事儿吧？"

"你不是都把我送到家门口了吗？"

"有什么事儿就打电话给我。"

电话单方面挂断了。她静静地凝视着显示通话结束的手机画面。

"他是怕有坏人藏在附近，担心我吗？"

异彩转过身，看到了玄关门。

门里面是只属于道河和她的世界。她擦干眼泪，整理了一下头发。

"不能让他看到我脆弱的样子。"

另一方面她又很害怕。今天一天发生了太多事情,她担心阳台对面的他是不是已经消失了。

现在真的不能只看眼前了。郑画家说的"大部分"这个词总是让她很挂心。

打开门进去就发现屋里亮堂堂的。已经来到她屋里的道河拉开椅子站起来。

还没等异彩脱完鞋子,他就走过来问道:

"你没事儿吧?"

他等不及听她的回答,上上下下仔细打量她。

"没什么事儿。"

"真的没事儿?"

"真的……"

异彩的嘴角泛起苦涩的笑容。

"嘴唇都裂开了。"

"已经上药了。"

道河指着她的膝盖。

"这是不是血迹?"

这里异彩都没有发现。

"……应该不是我的血吧。"

她的回答很模糊,她不确定。全身都隐隐作痛,都分不清哪里受伤了。

"稍微等一下,我有话和你说。我去换个衣服就出来。"

异彩拿着要换的衣服进了卫生间。

卫生间的镜子里照出来的她脸色苍白,像一张白纸一样,嘴唇也破了,黑眼圈几乎要掉到下巴。头发虽然粗略整理过,但还是乱糟糟。现在的她俨然是一副病人的模样。

脱下污迹斑斑的裤子,膝盖上的伤口显露出来。也不知道是什么时候弄伤的。

"是在想要逃跑又被抓回来的时候弄伤的吗……"

换上短裤后，伤口更明显了。

"早知道就拿长裤进来了。"

她一走出卫生间，在门前踱来踱去的道河就皱起了眉头。他的视线停留在她的膝盖上。

"你都不知道自己受伤了？"

"只是刮了一下，刮了一下而已。"

比起被刀划伤的孔作家，这点根本算不了什么。道河自然地打开抽屉，拿出了药膏。

现在真是像在自己家一样了。

"坐下。"

异彩按他的吩咐乖乖坐在椅子上。

和他初次见面的那天也是这样。他也像这样跪着给自己涂药膏。随着道河的手抚过，伤口上的药膏涂好了。

"还有没有其他伤口？"

"没有了，我还好……孔作家才受伤了。"

"不怎么严重，一周就好了，如果他说痛，那就是故意装的。"

自己的事儿还说得这么冷酷。

"你看到孔作家的记忆了吧？"

"看到了。"

为了救她，他来来回回确认了无数遍。不停翻越阳台，给孔作家提示，好让他救出异彩。

在这个过程中，他意识到原来的记忆没有丝毫意义。已经发生了太多变化。所以原本的记忆怎么样都已经无所谓了。

只要她能平平安安活着。

"你的手没事儿吗？为什么把绷带拆了？"

道河收回布满伤口的手站起来。绷带是给孔作家发邮件的时候太不方便给拆了。真拆了以后，每动一下手上都传来细微的刺痛感，他觉得这挺好，微弱的疼痛让他知道自己还活着。

"只是稍微蹭破了一点儿而已。"

"我的膝盖,也只是稍微蹭破了一点儿。"

他缓缓地露出了微笑。他的笑不知为何有点悲伤,是错觉吗?

"我有话要说。"

他把药膏放回原处,回到餐桌旁拉开椅子坐下。他有点儿犹豫。

"什么事儿啊?"

看他满脸心事却又闭着嘴巴,异彩觉得有点不安。为了摆脱不安,她先开口道:"如果你说不出口的话,我先说。明天开始我要休假半个月。可以集中做我们的事情了。"

"你不上班的话,柳河可能会觉得奇怪。不能让柳河发现你知道这些。"

"我已经叮嘱同事们保密了,而且知道我休假的人也很少。孔作家应该也会帮我保密吧?"

向道河询问孔作家的心思,还是有点儿不自然。感觉像用不正当的方法偷窥别人的心思一样,心里有点儿罪恶感。

"会的。"

"孔作家相信我说的话吗?"

"相信一半。"

"一半?"

"郑多彩被绑架的事儿他相信。但他觉得柳河是嫌犯这件事儿是你误会了,他之所以答应帮你,是为了解开误会。"

她点了点头,他会有这样的反应很正常。

"他只相信一半,却还来救我了吗?"异彩心中暗暗想道。

她还记得刀挥起的时候护住自己的那个怀抱。他究竟为什么……不,不。不要多想。

"其余的两个绑架犯被抓到了吗?"

"没被抓到。"

"那他们怎么样了?"

"好像被委托人杀人灭口了。"

"委托人……"

"应该是柳河吧？"

空气一下子变沉重了。

"现在该道河先生你说了。"

虽然异彩重新开了头，但他还是犹豫着无法开口。

"是什么事情啊，这么卖关子？"

"其实很早以前就应该告诉你的……"

"什么？"

"你静下心来好好听。"

"你这前奏也太长了，让人怪不安的。"

"原本三个月之后，你……"

他说："三个月之后，你会离家出走。"听了这没头没尾的话，异彩"噗"地笑了。青春期的时候都没想过要离家出走。

"我不可能离家出走……"

原本不以为意的她说着说着声音变小了。

"……应该是失踪吧。"

道河微微点了点头。

"警察把这件事和高润宇结婚以及你家里的事联系起来，判定你是离家出走。但现在情况不一样了。今天的事导致在你身上发生了一件绑架未遂案。"

"嗯？等，等一下。你现在说这话的意思是……"

道河的眼神很沉重。

"你会再次失踪。因为前面有过绑架未遂，所以这次警察立案调查了。"

"不是，不是。如果原本三个月以后会被判定为离家出走的话，那今天差点儿被绑架的事原本是没有发生的，不是吗？"

反问的异彩脸上有点儿激动。

"没错。今天的事本来是没有的。几小时之前突然改变了。"

"虽然改变了，但我还会再次失踪？"

"应该是在三个月之后，也许会比这更快。"

异彩回味着他最后一句话，也许会比这更快。

"到底，为什么？"异彩心中暗想。

这正是她从在小酒馆的厕所被绑架开始就一直想不通的部分。

柳河现在还不知道项链在异彩手里。也没有发生什么会导致绑架提前的变数。

道河开口说道："已经变了一次，就算再变也不奇怪。如果像今天这样出现变数的话，连明天都说不准。"

"我们……到底漏掉了什么？"

"不知道，我之所以赞成公布恋爱，是想改变你被绑架的未来。我以为你是我女朋友的话，柳河就不会绑架你。我相信他会停手。但似乎光凭这点程度，未来并不会发生什么变化。"

异彩把千丝万缕的想法逐一拨开。幸好道河的话给了她一个小小的提示。

就像他说的只是"这点程度"。目前还只是做了这点程度而已。想不做多少努力就改变未来是太过贪心了。

现在才是开始。半个月的休假也申请下来了。这样一想，沉重的心情也稍微轻松了一些。

"是啊，我们也没做多少改变啊，顶多也就公布了个恋爱。"

道河看她一脸轻松的样子，有点儿生气。

"听到自己会失踪，你为什么还一点儿都不惊讶？"

"道河先生你说过，从酒店那天以后没有再见过我。"

"所以呢？"

"你说过三年后的情况是姐姐死了，嫌犯孔柳河还没被抓到。而你是孔柳河的家人，我肯定会去找你。但你说从酒店那天以后没有再见过我。所以我就猜，我肯定也发生了什么事儿。今天差点儿被绑架的事儿，让我确认了这一点。"

其实在知道他的第一个秘密——柳河绑架的人是多彩的时候，她并没有马上明白过来，因为那时候被怨恨蒙蔽了双眼。

但渐渐恢复理智以后，她领悟到道河并不是一个只说"真相"的人。只要必要,他可以说任何"谎话"。

是认识到这点后,她才想明白的。现在只不过证实了自己茫然的推测而已,也没什么好大惊小怪的。

但是心情却有点儿苦涩。一方面事情明了了,心里痛快了很多;另一方面怀疑的事情被证实了,内心有点儿害怕。

但是没关系。未来会被改变的。自己一定会去改变的。

和冷静的她不同,道河的脸色更加阴沉了。

"你对姐姐的事儿那么愤怒,为什么对自己的事情那么平静?你可能会再次被绑架。"

异彩耸了一下肩膀。

"只要找到姐姐,我的问题不也就跟着解决了吗?你不要那样看我,我也不想死。道河先生你来救我不就好了吗?"

"我会的。"不管用什么方法。

"那就好了,肯定会是完美结局。"

异彩轻轻地露出笑容。那是为了掩饰不安硬挤出来的微笑。但道河却没法对她强装欢笑。

今天一天,为了救出被绑架的异彩,他去看了好几次孔作家的未来。好不容易才利用孔作家渡过了今天的危机。但月池之外,道河生活的世界,她却依然不存在。

道河知道,为了找到消失的她,孔作家,也就是自己,会变成什么样。

"我还有话要说。"

"说吧!"

"今天发生变化的还有一件事儿。"

"什么事儿?"

她不以为意地问道。都已经知道自己会失踪了,应该没有什么比这更令人惊讶的事儿了吧。

"金成洙死了,是被人谋杀的。"

道河看着异彩渐渐僵住的脸,继续说道:"我出去确认过好几次,但是每次出门时,时间都在发生变化。大概是六月底。"

"……那就是差不多只剩下一个半月了?"

"现在的情况是这样。"

异彩的指尖瑟瑟抖着。现在不仅没能救出多彩,连成洙也被杀害了。异彩脑中一片混乱。

"这是原来没有的事情吧?"

异彩多么希望道河能告诉她这不是事实,而是他在开玩笑。但是道河的眼神冷静而沉稳。

"是原来没有的事情。"

是什么导致了成洙的死亡。异彩抑制住袭来的恐惧感,用发抖的声音问道:

"为,为什么会发生这样的事情……"

"我正在调查。"

"我要联系下成洙看看。"

"你准备对他说什么?"

异彩一时无言以对,应该问他些什么呢?

"我要先找到孔柳河。如果明天能找到他的话……"

除了这样,别无他法。

无法知道是什么使未来变得千疮百孔,也找不到让一切回归原位的方法。

不管怎么样,就目前来说,找到孔柳河,阻止未来即将发生的悲剧是唯一的办法。

"……那样就可以了。"

不要倒下,不要变软弱。如果明天能找到孔柳河的话,就能解决这些问题。异彩一边进行着自我安慰,一边勉强装出一副沉着冷静的样子。但是她仍旧控制不住地全身发抖。

道河从座位上站起来,走向异彩。

"是我!"

这时,门铃响了,门外传来了熟悉的声音。异彩慢慢地回过头去。

"成洙?"

异彩身上那看似静止的时间又突然流动了起来。当她准备跑去玄关门时,道河抓住了她的手臂。

"你打起精神来。即使好奇也不要立刻问他,不然未来可能会变得更加糟糕。听懂我的话了吗?你想清楚了再说话,就跟平时一样,自然一点儿。"

"啊,我知道了。"

这时异彩才回过神儿来,用力地点了点头。

她不断地告诉自己要镇定,然后打开了玄关门。成洙那顽劣的脸孔出现在眼前。

他摇了摇右手拎着的超市袋子,走进了屋里。

"好久没一起喝酒了,今天一起喝一杯吧。"

"你是不是有什么事儿?"

异彩刚问出口,就被自己吓了一跳。不过成洙大早晨的也没打个电话就跑到这来,她觉得这种提问还算自然。

"啊哈,小姨子,我们是那种一定要有事儿才能一起喝酒的关系吗?"

成洙一边耍着贫嘴,一边脱鞋。这时,他看到了站在异彩后面的道河。

"哦?大哥也在啊!我好像破坏了两位温馨的时刻。但是今天就通融一下吧!"

"又见面了,请进。"

异彩木然地站着,道河帮她回答道。

成洙厚脸皮地笑了笑,把带来的东西一样一样地摆到桌子上。牛排肉、各种蔬菜、菌菇、凉拌大葱、大蒜、烧酒……成洙买来了各种各样的食材。

突然,他揉搓着空袋子,发现这家里的哪个地方跟原来不一样了。

"只剩三张椅子了?还有一张椅子去哪儿了?"

"啊,强盗进来的时候砸坏了。"

"多彩姐很喜欢那张椅子……"

气氛突然变得严肃起来。

"你,跟我姐姐……"

异彩正在犹豫要不要问这个问题,这时成洙突然抬起了头。

"小姨子,干什么呢?快把烤盘拿出来。"

"嗯?嗯。"

异彩重新打起精神。眼前的成洙很安全,他还没有发生任何事情。

"像平时一样,像平时一样。"

异彩这样想着。要是搁在平日,她肯定会嫌弃弄得屋子里全是味道,现在,她却二话不说地拿出了便携式燃气灶和烤盘。还用辣椒酱、大酱、蒜和香油做了包肉酱。其间,成洙则洗好了用来包肉的蔬菜和蘑菇。

两人有条不紊地忙活着,看起来非常娴熟,道河悄悄地问道:"你们经常这样吃吗?"

"我们三个经常一起去露营。姐姐有严重的灰尘过敏,如果旅馆的被子不干净就会起疹子。所以,我们总是带着帐篷四处旅游。"

"特别是到了春天,就会去四处寻找多彩喜欢的紫玉兰生态群落。虽然今年还没去成……"

"等姐姐回来,我们随便去个地方吧。哥哥您也一起吧。"

"……那,当然好了。"

道河尴尬地回答道。

"终于是四个人了。咳,不知是谁那么没眼色,总是掺和到露营里,所以一直都是三个人呢!三个人像什么话嘛。就是因为这样,我才不喜欢单数。这都是因为谁啊!"

成洙用力把包肉菜上的水甩到异彩身上。她并没有皱眉头,而是吐了吐舌头。

"以后你们俩去?我不当电灯泡。如果你俩能去成的话,你就试试。"

"不。小人错了……真小气。姐姐怎么可能会单独和我去嘛!你太过分了吧!"

"知道就好。快把水好好甩甩吧!"

"这孩子一点儿也不懂得撒娇。哥哥,您辛苦了。啊,夏天马上就来了,我们去海边怎么样?先一起去吃肉,大快朵颐一番,然后您再带着异彩'远远地'散个步。比如说,去个不通船的岛上。"

"好吧。"

四个人在海边搭个帐篷,有说有笑,仅是想象一下,心情就很愉悦。他许下了一个自己无法遵守的约定。

"果然我和哥哥您很谈得来啊!还有,都说了让您说话随意一点儿。说不定我们能成为一家人呢,就多亲近些吧!"

"等我们再熟悉一些,我再说平语①吧。"

"我看网上的简介,您比我小呢。网上是'官方生日'吧?"

异彩正在切用来烤着吃的蒜瓣,听到成洙的话吓得一哆嗦,差点儿切到自己的手。见她一副受惊过度的样子,道河反倒冷静了下来。

"出版社的代表说,要想多卖一本书,就要把年龄说小一岁,所以就那样注册了。啊,这可是秘密。"

异彩快速地把蒜瓣放在桌上,为了不让成洙看到自己的脸,她再次转过头。她不禁嚅动了一下嘴唇。论起撒谎,他好像是无人能及。细想来还有一位,那就是孔作家。

虽然他们是同一个人……

成洙把甩干的蘑菇和包肉蔬菜放好,桌子就被摆满了。

异彩拿来饮用水,然后坐在了道河旁边。成洙独自一人坐在对面,拿起了剪刀和夹子。

"这是最高级的。我可是费了点儿心心的。"

"大半夜的怎么突然要开烤肉派对?出什么事儿了吗?"

异彩再次试探地问道。

"能有什么事儿,就顺道儿来了。你明天不是也不上班吗?一个人

---

① 在韩语中,平语多在同龄人或关系亲近的人之间。

待着有点儿郁闷。我也想姐姐了。"

成洙把排骨肉放在烤盘上,回答道。听他提及多彩,异彩的脸色沉了下来。

"本来还是一副拥有全世界的样子。姐姐又说什么了?"

"哪说什么了。你不是看了吗?要不我再给你看看?说想我的那条。只是,觉得有点儿难以置信。姐姐对我说那样的话……"

异彩的心变得异常沉重。明知道发那条信息的人不是多彩,她却不忍如实相告。

"你,今年是第九年了吧?"

"其实,我想正好满十年时搞定的。啊,哥哥您还不知道吧。我是从高一开始喜欢多彩姐的。到今年刚好九年。刚好那时也是五月呢。先吃吧。哥哥您也喝一杯。"

道河尴尬地笑着,拿起酒杯。虽然他很想回避,但他不能当着成洙的面儿越过阳台。

另外,虽然成洙目前好像还没有察觉,但异彩局促不安的样子却很显眼。道河换用左手拿着酒杯,把右手搭在异彩的手上。

她的手像冰块儿一样冷。道河没有理会来自异彩的视线,向着成洙伸出酒杯。成洙和道河碰了个杯,两个人干脆地一饮而尽。看着眼前的一切,异彩的指尖莫名地微微颤动。

"我再给您倒一杯。"

成洙伸过酒瓶,道河不得已抬起搭在异彩手上的手。出于礼貌他需要双手举杯。

"成洙先生,您也再喝一杯?"

"好啊!"

两个人推杯换盏之际,异彩攥了攥手又舒展开来。冰冷的手上有了一丝暖意。不知不觉间,彷徨失措的心也镇定下来。

"也给我一杯。"

伸出杯子的异彩皱起眉头,她这才看到烧酒瓶上的商标。

"你偏偏选这个烧酒。"

这时，成洙才发现商标上印着睿熙的脸。他尴尬地转动了一下拿在手中的酒瓶，像平时一样笑了。

"喝完就把瓶子清了，干杯，干杯。"

时间流逝，渐渐接近凌晨。杯影交错，烤肉飘香。但只有成洙一人吃得起劲儿。成洙把一块烤好的肉放进嘴里，边嚼边说："我们异彩就拜托您了。这孩子虽然看起来脾气有点儿差，但她很善良。"

成洙的这句话，在异彩听来就像是一句遗言。道河的脸也略微僵住了。两个人都没有回话，成洙连忙补充道：

"说的我好像是她前男友啊！哈哈。您不要误会。我再重申一遍，我喜欢的不是她，而是多彩姐。"

"我知道。"

"都说了您不用跟我这么客气。"

道河再次和伸出酒杯的成洙碰了个杯。

"好吧，好吧。"

桌下的空烧酒瓶已经开始打滚。微醺的异彩再次问道："你真的没出什么事儿吗？"

"能有什么事儿。你为什么从刚刚起就一直找事儿啊！"

"因为你和平时不太一样。"

"你才和平时不太一样呢。虽然是在哥哥面前，但你吃得也太少了吧？牛肉就在眼前，你这是做什么呢？快吃，都煳了。"

"我吃着呢！"

异彩用筷子夹起熟肉。她心里总觉得有些不对劲儿，却弄不清楚是为什么。她不禁用力甩了甩生菜上遗留的水珠。

"什么时候去庆州？"

"下周。还好珠雅也去，我不会落单。"

"珠雅也去吗？"

"她说要准备企划展示。"

"要待到什么时候？"

"据说三个月左右，等走上正轨，新的工作组成立后，就能回归了。招聘公告已经出了。"

"三个月?"

那么,成洙是在庆州……

"你怎么这么吃惊?"

"没,没什么。大家要辛苦一番了。"

"逗我玩儿吗?烤肉不应该是免去庆州之行的你来请吗?"

"回来后我请。请你吃最好最贵的。"

"好。那我这一趟也算是有点儿意义了。"

"我会向姐姐保密的,别担心。"

成洙拿着筷子的手顿了顿,旋即,又不着痕迹地夹起一块肉。

"我已经嘟嘟囔囔说漏嘴了。"

"傻瓜。所以你才变得闷闷不乐?"

"姐姐的回复可是相当令人震惊呢!"

成洙意味深长地一笑,但异彩并没有察觉。

"我休假的事情,你没告诉姐姐吧?"

"嗯,怎么了?"

"绝对不要说。我以后再告诉你原因。"

"再加一份生拌牛肉。"

"知道了。"

"怎么回事儿啊,铁公鸡?到时候哥哥您也来吧。一起让异彩放放血。"

"好啊!"

道河又许下了无法遵守的约定。

"啊,今日谜题。"

成洙转移了话题。

"是什么?"

"谷仓地带和天空。根据这两个提示联想到的地名,说说吧。"

"脑筋急转弯吗?"

"类似。"

异彩陷入了沉思。谷仓地带的话，想到的地方是……

"利川？不对，平泽。"

"为什么是平泽呢？"

"平泽的米不是很有名嘛！还有空军基地。"

"啊，是呢！"

成洙小声嘀咕着"平泽"。道河也补充了自己的意见。

"如果这样说的话，还有金浦。金浦的金米不也很有名嘛。还有金浦机场。不对。金浦机场不在金浦市境内。"

"也算是有联系吧。平泽和金浦。既然回答正确，就应该有奖励。从现在开始，两位独自享受温馨时光吧。"

成洙一口干掉杯子里剩的烧酒，放下筷子，拿起了手机。

"怎么？要走了吗？"

"我又不像某人一样没眼色。再说，我还得上班，差不多该撤了。"

成洙猛地起身，立刻向玄关走去。

"多待一会儿再走吧。"

"待着干什么啊？"

"你再待一会儿，直接从这儿去上班吧。现在太晚了。"

"不用了。休假期间，你打算做什么？"

异彩顿时哑口无言。正在她苦恼该怎么回答的时候，道河开口说道："打算约会。热搜榜的关联词变成了'酒店'和'接吻'。我们打算去个能够更新关联词的地方。"

"啊，那个视频我也看了。哥哥您很火热哟！"

成洙竖起大拇指，然后打开了玄关门。异彩送他的时候叮嘱道："到了打电话。"

"打什么电话。"

"发个信息也行，让我知道你有没有安全到家。"

"我是寿限已到吗？为什么要做之前没做过的事情啊！我走了。哥哥，打扰了。"

成洙摆着手走出家门。玄关门关上后，成洙"哒哒"下楼的脚步声渐行渐远。

夜已经深了,小酒馆里却依然热闹非凡。虽然桌子没几张,却是座无虚席。异彩和孔作家曾坐过的那桌,也已经有陌生的男人们落了座。

"是从这里开始的……"

低声自语的孔作家绕过桌子,朝女洗手间挪动脚步。他在安全通道楼梯前掏出手机,打开了邮箱。

——对此邮件保密,作为代价,我会提供重要信息。

这是"resemble man"发来的最后一封邮件。

这是异彩和孔作家为了录口供到了警察局以后收到的。孔作家对发邮件的"resemble man"最为怀疑。但他又很好奇他到底会提供什么信息。

为什么发给我呢?

仅凭我和她在一起吗?这又解释不通。"相似的人"的ID账号也有些奇怪。对方好像是听到了我和她在博物馆天台的对话。

她说过,家里进强盗的时候,住在阳台那边的男人帮了她。而且她还说过,那个男人和自己很像。任谁看了都会混淆。

邮件的发送时间也很奇怪。如果不是在某处看着,不可能是那个时间。

另外还有一点,如果他只是想要救她,就没有必要这样麻烦地动用孔作家。因为他自己就能解决。

是因为不能露出真面目吗?

孔作家目前隐瞒了邮件的事情。他在向警察陈述时没说,对异彩也没提及这件事儿。奇怪的是,异彩也没提到与柳河相关的事儿。即使她和警察一起在监控视频中看到了柳河,关于柳河她也只字未提。警察问她有没有什么怀疑的人,她也摇了摇头。

到底发生了什么事儿啊……他好似成为了推理小说的主人公,陷入了不解之境,越想越找不到头绪,只有郁闷。

孔作家转过身去，观察着安全通道的楼梯。在他的记忆当中，他那天在走廊并没有碰到任何人。要想确认自己进出洗手间时的情景的话，这附近得有摄像机才行。但这附近并没有监控摄像头之类的东西。

孔作家再次环顾了一下女士洗手间周围的状况，向外走去。他迈着沉重的脚步，想起了负责这次案件的警察说的话。

"光这个月，异彩小姐就已经第三次遇到案件了。强盗、小偷，现在是被绑架未遂？请问您是牵扯进什么复杂的事件中了吗？"

而异彩则是说着"我可能就是运气不太好"，微笑着糊弄过去了。

孔作家却不能像她一样一笑了之。她遇到小偷案件，可以说是因为运气不好，但这次是被绑架未遂，看起来不像是单纯的一般案件。

她周围处处存在着危险。在孔作家看过监控视频之后，觉得她说她要找姐姐的话有了一定的可信度。但是柳河……

柳河也被卷入这件事情了吗？孔作家走到了他目击交通事故的地点。这个地方也出现在了"resemble man"发来的邮件中。

他到底在哪儿注视着呢？来来往往的行人很多，在那些行人中并没有给他留下特别印象的人。他再次打开邮件箱，查看了交通事故现场的照片，他的心突然被揪紧。

这张照片明显是在事故发生之前发来的。

这太不可思议了，无论用什么理由也难以解释。

不可能的。

他的思路总是向科幻和玄幻的方向发展。找不到头绪的孔作家给允亨打去了电话。在一段长长的提示音过后，允亨接了电话。

"嗯！我的爱——道河！你从警察局里出来啦？异彩小姐还好吗？"

孔作家听到电话那边周围闹哄哄的，看来他们在进行第二轮，或许是第三轮了。

"我在送完她回来的路上。"

"你辛苦了。快回去休息休息吧！"

"哥。"

"嗯？怎么了？"

"在哥作为极现实主义者的角度听听看，我先是收到了交通事故现场的照片，但就在我眼前发生了同样的交通事故。如果是哥的话，你会怎么想？"

"你莫名其妙地说什么呢？啊，这是你新作品的创意吗？"

"哦，你就当是吧。"

"让我想想看啊。你眼前看到的一切肯定不是全部。如果不知道对方在耍什么鬼把戏，就先把这问题放一边。得先想想对方为什么要耍那样的鬼把戏。"

"是啊，先考虑一下这个比较好。"

"没劲儿。虽然你写稿子是好事儿，但今天就休息吧。我这个社长再怎么缺德，但也看到你受伤了。"

"哥。"

"嗯。说吧，说吧。"

"谢谢你，你再帮我向你的朋友们表示一下感谢。刚才情况太混乱，连招呼都没打。"

"我们道河长大了啊！我这做哥的真是高兴啊！"

"你是高兴那3%吧？"

"无论如何，高兴最重要啊！"

孔作家挂掉了电话，反复思索着允亨的话。

"为什么要耍那样的鬼把戏……"

对于这个问题的答案，是明确的。

他是想把我拉入这个事件。

夜深露重，略带潮气的风拂乱了孔作家的头发。他抬头仰望着指路牌——"钟塔公园方向"。

他打开手机里的地图，按着箭头指示挪动着脚步。

他在公园里走着走着，发现了一个被喷黑的监控摄像头。他又发现了一个监控摄像头，也是同样的情况。他一路走来，发现所有的监控摄像头都已经被喷黑了。孔作家没有停止脚步，一直向前走着。前路一片黑暗，杳无人迹。他仿佛能感受到异彩在走这条路时的恐惧。

孔作家完全按着箭头指示路线移动着。他从公园东门走出去，沿着工园路继续走着。道路上的四条车道，没有一辆车经过。人行道上也是同样的情况，没有一个人经过。

他走过了二街区，才看到商家密集的商业街。他按照箭头指示，掉转了方向。孔作家又沿着三街区走了一会儿，走到了他当时拦住面包车的地方。

当他看到道路上标示出来的事故痕迹，身上被刀割伤的部位刺痛难忍。就在他头晕目眩那一瞬间，要不是允亨正好拿包扔向绑匪，或者绑匪更大幅度地挥动刀子，他肯定会伤得很严重。说不定还会伤到异彩。

孔作家的心脏再次剧烈跳动，快让他无法喘息。他无视剧烈跳动的心脏，环视着周围。他就是在这儿救下了异彩。

事情会随着"resemble man"想要的方向发展吗？

他心里放不下的还有一件事儿。那就是还没落网的两名绑架犯。

他们应该不会试图第二次绑架了吧。

看来，短时间内不能留异彩独自一个人了。

要让她来工作室住吗？到时候我回家住就行。

这个主意很不错。

但这并不意味着他就此放下了对她的疑心。她藏着太多的秘密，甚至，她不做出任何努力，让自己去理解她。

但他还是不自觉地被她"操控"着。他拿着地图走到这儿，就是鲜明的证据。是因为柳河？还是因为她？或者只是因为他的好奇心？

能确定的只有一个。那就是"resemble man"发送过来的地图没有丝毫差错，与案件发生的路线完全符合。

这家伙到底是什么来路？

碗碟碰撞到一起，发出了"叮叮当当"的声音。虽然异彩已经把盘子刷得发出"嘎吱、嘎吱"的声音，但她心里有事儿，一直不停地刷洗着盘子。

他为什么来了呢?

异彩和成洙一直是很亲密的朋友。但他从来不会连招呼都不打一声,在凌晨来找她。

跟改变未来的事儿有关吗?

异彩实在是无法解开脑海中的烦恼丝,她转过头,发现道河正直勾勾地盯着她。

"怎,怎么了?"

他拉着异彩的胳膊向厨房外走去,让浑身无力的她坐到床边。

"躺下。"

"什么?"

"你先躺下。"

她不明所以地坐在了床上。他扶着异彩的双肩,让她就此躺下。道河拉过被子盖在异彩身上,将被子一直拉到她脖子那儿。

"怎么了?"

异彩挣扎着要起来。道河阻止了她,开口说道:

"你今天已经很累了。先睡一觉,有什么问题睡醒后再去考虑。"

"我还没洗漱呢……"

异彩嘟囔着。

"一天不洗没关系的。"

异彩鬼使神差地听从了他的话,乖乖地钻进了被子里。

她今天还没有时间去考虑自己累不累。躺在床上的她感觉身体快要融化了。身体沉重得似乎要穿透地板了。

道河把异彩盖得严严实实的,然后摸了摸她的额头。确认她没有发热之后,他将手放在她的头上抚摸着她的头发。

"您干什么呢?"

"我在安慰你。"

"安慰我?"

"这是还给你的安慰。"

异彩想起来,她曾经在阳台上轻轻抚摸着道河的头的场面。她那时不知道会发生现在这些事儿，每天还无忧无虑的。

他的抚慰让异彩不安的心镇定了下来。他轻轻地、静静地抚摸着她的头发。她慢慢地闭上了眼睛。

虽然她尽力想睁开眼睛，但眼皮实在太沉重了。她勉强眯缝着眼睛问道："您不走吗？"

"我会一直陪你到早上的。"

在他温柔的目光中，异彩再次闭上了眼睛。因为眼睛看不见，所以他手上传来的触觉更加清晰了。异彩莫名感觉心里痒痒的。

现在不是该想这些的时候啊！

她现在身心俱疲，所以非常需要安慰。就今天，让她依靠着他吧。因为她今天太累了，太辛苦了。

就在异彩渐渐要睡着的时候，他慢慢地靠近了她，但异彩还是感觉到了他的动作。一股柑橘的香气环绕在异彩鼻尖。他的气息最终停留在她的脸旁。

惊慌失措的异彩将脸埋进被子里。见此，他也并没有移动到别的地方。异彩能一直感觉到他的气息，紧张过后，她的好奇心又冒出来了。

异彩稍微拉下一点儿被子，眯缝着眼。

他正枕着自己的胳膊，凝视着异彩。异彩不知他什么时候上了床，躺在了自己旁边。

"睡不着？是因为太累了吗？那也得睡，要不明天可能会生病。"

异彩微微点了点头，再次闭上了眼睛。

他的手再次抚上了她的头发。异彩的眼皮微微地颤抖着。轻轻地抚摸着她的手是那么的温柔。异彩感觉身体渐渐沉重起来。

"不要做梦，好好睡一觉。"

异彩再次微微点了点头，她已经没有力气去回答他了。

抚摸着她的发梢的道河慢慢起身。异彩下意识地伸出手抓住了他的衣角。

双目相视。

道河慌了神儿,他没想到异彩会抓住他。
"……阳台的门还开着,灯也得关。"
异彩尴尬地松开了他的衣角。他那衣角被异彩抓得起了褶皱。
他关上了阳台的门,只留了一盏台灯,将灯都关上之后,缓缓向床边走来。
"我会陪你到早上的。放心睡吧。"
正打算再次闭上眼的异彩好像想起了什么,一下子坐了起来。她抓住了道河的胳膊。
"让我看看胳膊!"
"胳膊?"
"看有没有留疤。"
"没留下疤痕。"
"让我看看。"
道河正在为难着。异彩强制抓住了他的衣领。
"我的胳膊很好,没留下伤疤。"
"那您为什么不让我看啊!"
异彩固执地皱起了眉毛。道河偷偷观察着她那一副非要亲自确认不可的样子,苦笑了起来。
"您笑什么?"
"难道,你现在想要脱掉我的衣服?不是吧?"
"就是啊!"
"你不觉得有点儿危险吗?在床上,就我们两个,灯也关了。"
异彩环顾了一下周围。她看清自己现在的处境之后,立马坐得离道河远远的。她似乎觉得这也不够远,坐到了床另一边的角落里。
"你这样就对了。明天再看不就行了吗?"
道河用手拍了拍被子。异彩假装咳嗽了两声。她一闭上眼睛,困意便立马袭来。
"……谢谢您。"
异彩模模糊糊地嘟囔了一句,之后便传来了她均匀的呼吸声。给她盖好被子的道河轻声低语道："晚安。My lady。"

多彩怒视着与手铐连接在一起的铁链。只要她一动，那长长的铁链就会发出"当啷、当啷"的声响。

"他这是从哪儿找到这种东西的。"她不禁好奇起来。

连接着的这条铁链又长又重，特别碍事儿。而且，偏偏还系在了她的右手腕上。在她每次翻译了古书要去做笔记时，它发出的声音特别让人烦躁。她的手腕也一直被磨蹭着。但这也比她什么也不做，干等着时间流逝要好得多。她集中精力翻译着古书，时间不知不觉地就过去了。

她放下笔，转过头去。柳河今天也是趴在沙发上，盯着笔记本电脑的屏幕。

"我想去洗手间。"

她嘀咕道。

"你去不就好了。"

柳河没好气地回道。

多彩拖着铁链站了起来，看了看挡在床后面的隔板，又回头对柳河说道：

"你打算一直待在这儿吗？"

"怎么了？"

柳河露出不耐烦的表情。

"你能不能到房间里面去？"

"有这个必要吗？不是都挡住的嘛！"

柳河头也不回地说道。多彩提高了嗓门儿喊道："可是你会听到声音啊！"

多彩发完脾气就后悔了。她一直提醒自己只是人质，要小心一点儿，但总是忍不住发脾气。于是她担心地蜷缩起身子。

但出乎意料的是，柳河居然拿着笔记本站了起来。

"真麻烦。"

看着柳河嘟囔着走进房间后,多彩走进隔板里面,坐到了温热的坐便器上。

人类真是能够迅速适应新环境的动物。不知不觉间,多彩对待绑架犯柳河的态度变得很随意。

虽然柳河看上去暂时不会伤害她,但是还是小心为好。

多彩心想:"他总不会像狼人那样说变就变吧。"

比如,伴随着月亮的变化周期,变得更加暴力;又或者是像电影里的情节那样,只要听到特定的词语,性格就会突变。

多彩提醒自己还是小心为妙。

在成洙找到自己之前,多彩觉得自己一定要争取时间。提示会不会不够充分?成洙能找到这儿吗?虽然有很多让人担心的问题,但是总比没有希望来得好。

多彩通过柳河给成洙发了一条信息,信息内容像谜一样令人捉摸不透。过了好一会儿才收到回复。回复内容虽然很普通,但是意味深长。

——我一定会确认看看的。

他肯定察觉出来了。多彩觉得,如果是她所了解的成洙,一旦察觉,肯定会来找自己。

多彩冲了下坐便器,看到了放在旁边的淋浴器。被绑架到这个地方后,她还没有洗过澡。因为出了很多冷汗,浑身的不适感让人难以忍受。

她把头伸出隔板外,观察了下柳河的动静。当她下决心要洗个澡时,又开始担心万一洗澡时柳河突然走出来怎么办。

多彩犹豫着:"要不然等他出门后再洗。"

但是即使这样,又不知道他什么时候会回来,还是让人很不安。

多彩做了个深呼吸,迅速地脱掉了衣服。由于一只手被禁锢着,她没法把上衣完全脱下来。于是只好把衣服团起来卷在右手上,然后静悄悄地蹲下来打开了淋浴器。

由于手腕被手铐磨破了,伤口一碰到水,多彩就感觉到了一阵火辣辣的疼。为了不让自己发出惨叫声,她咬紧牙关,飞快地用水冲洗身体。同时为了掌握隔板外面的情况,她绷紧了神经。

幸运的是,直到她抹完肥皂再冲洗干净为止,多彩也没感觉到柳河有任何动静。

多彩用隔板里面放着的毛巾擦干身体,重新穿上了被水溅湿的衣服。虽然穿了很久的衣服让人很不舒服,但是能洗澡已经让她的心情变好了很多。

多彩洗完澡后过了很久,柳河也没有出现。多彩安心地爬上床,拿起了之前翻译的古书。

这时,柳河才从房间里走出来,他看了看多彩,咧嘴笑了。

"要不要给你一套替换的衣服?"

"不用。"

"为什么?怕我看到?笨蛋,这里有摄像头啊!"

"什么?"

多彩顿时浑身起了鸡皮疙瘩。

"这有什么可惊吓的,我跟你开玩笑呢!"

多彩努力做到不露声色,朝着柳河抬起了手腕。

"什么?"

"我的手腕太疼了。能不能把手铐换到另一只手上。"

"你打算逃跑吗?"

"逃跑也得偷偷地跑啊!真的,我的手腕太疼了,都快不能写字了。"

柳河"噗"地笑了一下,拿起挂在墙上的钥匙串中的一个,一边朝多彩走去,一边"大发善心"地说道:

"把两只手都伸出来。"

多彩并拢双手,往前伸了出去。

柳河用一只手抓住了多彩伸过来的两只手腕。多彩疼得发出了呻吟声,但是柳河却表现出一副完全不在意的样子。柳河解开了多彩手上的手铐,又立马戴到了另外一只手上。

"可以了吧?"

多彩轻轻地点了点头。

她也想过在解开手铐的瞬间推开柳河逃跑。但是对局面的判断力阻止了她。论力气，她肯定赢不了柳河，而且自己手上又没有武器。更何况仓库的大门还紧紧地关着，必须要有钥匙才能出去。

多彩怀着遗憾的心情揉着阵阵刺痛的手腕。被绑架后，她想方设法挣扎着想逃跑。结果不但没逃跑成功，反而在手腕上留下了被手铐磨破的鲜明的痕迹。

柳河看了看多彩红肿的手腕，皱起了眉头。

"肯定很疼吧！"

说完他就转身走了。多彩以为他去做他自己的事情了，结果却看见他拿着医药箱回来了。柳河坐到多彩旁边，放下了医药箱。

"手。"

多彩下意识地伸出了手。柳河用力拉住她的手，然后放到了自己的大腿上。

柳河低着头给多彩的伤口消毒。他那独特的长睫毛吸引了多彩的视线。

柳河涂药膏、绑绷带的动作非常不熟练。当他重重地压到伤口时，异彩疼得默默地流下了眼泪。但现在去招惹他，自己也得不到什么好处。在他表现亲切时，还是好好地配合他为好。

"没有胶带了。"

发现没有东西可以固定绷带时，柳河环视了下四周。他翻遍了医药箱，也没找到能用的东西。

柳河拿下了自己手腕上的松紧型手链，然后戴到了多彩的手腕上。因为手链可以调节松紧，所以柳河简单地就固定住了绷带。

"虽然这是我非常珍惜的手链，但是很适合姐姐你嘛！这是送你的礼物。"

昨天晚上的事情以"交通事故人质事件"为关键词登上了报纸。虽然是简讯，但电视新闻也进行了播报。异彩点开了手机画面上跳出的新闻视频。

主持人正站在交通事故现场。

"这里就是交通事故现场。由于这起交通事故阻挡了两条车道，所以此处的通行被延迟了三十分钟以上。虽然给广大市民的通行带来了不便，但是因交通事故而挟持A某的金某一伙已经被拘留了。"

异彩看到"A某（26，女）"的字幕，不禁打了个寒战。虽然瞬间觉得很害怕，但又立刻觉得非常幸运。异彩松了一口气。

如果新闻实名公布的话，朴女士肯定要晕过去了。而且她会命令异彩立刻打包行李回家，几天之内不允许出门。这样的话，异彩就只能在家干着急。甚至还会被设立门禁。

"当时，金某一伙被交通事故困住，被绑架的A某当时就坐在这辆车内。金某一伙试图抓着A某作为人质逃跑，结果被警察给抓住了。这也是接到报警后迅速出动的警察和拦住罪犯车辆的勇敢市民们一起努力合作的结果。警察当场逮捕了金某一伙后，将他们移送给了检察院。对逃走的两名罪犯同伙也发布了逮捕令和通缉令。警察认为金某一伙是预谋犯罪，正在调查绑架A某的经过和其他罪行……"

异彩关掉视频后抬起了头。不知不觉间，人行道的信号灯已经变成了绿色。

异彩穿过马路走进写字楼里，站到了居民专用电梯前。她走进停在1楼的电梯，按下了密码和层数。当电梯开始上行时，她又看了看手机。

异彩出发前给成洙发了信息，这会儿收到了他的回复。

——现在刚上班。一大早就发信息来吵我？

看他的反应跟平时差不多，异彩稍微安心了一点儿。

——我让你到家跟我说一声的，你怎么这么不听话呢。直接睡觉了吧？

——你什么时候开始这么关心我回家的问题了？

——从昨天开始。所以，以后你给我早点儿回家。

——你是我妈吗？

——不要因为我不在就哭,不要一个人在复原室看黄片。

——要分享给你吗?今天天气真好。你好好跟哥哥去约会吧!

异彩把手机放回包里,走出电梯,站在了孔作家的工作室门口。她做了个深呼吸,按下了门铃。但是却没人应答。她又按了一次门铃,还是如此。

异彩突然变得焦急起来,心想:"他出去了吗?"

早晨一起床就赶过来了,她担心孔作家是不是变心了。在异彩还在睡梦中的时候,孔作家就给她发了信息。

异彩拿出手机,再一次确认了下信息内容。

——我会帮你的,你到工作室来。

虽然内容简短,但是孔作家细心地把工作室房间号和电梯专用密码都告诉她了。

异彩又按了一次门铃,但还是没有任何动静。于是,她找到孔作家的电话号码,拨出了电话。就在异彩要把手机放到耳边时,听到孔作家的声音从屋里传来。

"等一下。"

他的声音很沙哑。

异彩挂断手机通话。不一会儿,在紧张的气氛中,门打开了。

"我没想到你会这么早来。进来吧。"

孔作家抚弄着还没来得及梳理的刘海。不知道是不是因为这一身休闲装,他看上去懒洋洋的。

"我以为您变卦了。"

异彩走进屋里,玄关门自动关上了。

"我是想帮柳河洗去'莫须有'的罪名。趁这次机会,我们好好地整理下吧。"

异彩一边点头,一边把包放在了会议桌上。

"您不需要去医院吗?要不要跟我一起去?"

异彩看了下孔作家的手臂,但是因为他穿着长袖衬衫,所以看不到伤口。孔作家注意到异彩的视线后,转过身去含糊地说道:

"没关系。"

"如果不舒服的话,就一定要去医院。"

"我知道了,你先坐下。"

异彩坐下后,孔作家启动了家用浓缩咖啡机。顿时,房间里散发出的隐隐的橙香与咖啡的香味混合到一块儿。

孔作家把一个马克杯放到了异彩的面前。掺杂着巧克力香味的浓郁的咖啡香味飘入了异彩的鼻子。这是阳台对面的道河喜欢喝的咖啡。

"牙买加蓝山咖啡。"

异彩不由自主地小声嘟囔的话被孔作家听到了。

"只闻到香味就知道是什么咖啡了?"

"啊,因为我最近经常喝。"

异彩喝了一口咖啡,敷衍地说道。

"昨晚,睡得好吗?"

"托您的福,我睡得很好。"

因为同样的咖啡香味,异彩脱口而出地说道。异彩昨晚之所以能睡得很好,是因为道河一直陪着她。

她心想:"反正是同一个人,应该没关系吧?"

当她为自己找到借口后,发现孔作家也并没有对自己的话感到奇怪。他反而温柔地笑了。

"那真是万幸啊!"

"啊,是的。确实是。哈哈。"

"我昨天看了下,晚上马路上灯光很暗,你上下班又要经过钟楼公园。最近一段时间你就暂时住在我这儿,怎么样?至少等到绑架犯们都被抓住后,你再回去。我可以回我父母家住。"

"啊,我没关系。我申请了半个月的休假。昨天接受采访的补偿就是这个。"

"你真是很会利用我啊!"

孔作家露出了不满的神情。

"我很感谢你。"

孔作家也喝了口咖啡。

"你希望我为你做些什么？"

异彩说出了她的计划。

"博物馆后门的繁华街区有个叫'in bloom'的香草咖啡馆。它原来是个花店，不下雨的时候就像是露天咖啡馆。您帮我把孔柳河约到那儿去。日期和时间按照孔柳河的意愿定就好。如果可能的话，今天也可以。"

"那接下来我要怎么做？"

"您就自然地和他见面，然后回去就可以了。接着我会自己跟着他。"

"你要自己一个人跟踪他？"

"没错。"

孔作家眉头紧蹙，完全掩饰不住心中的不满。

"你这也太无防备心了吧。昨天还发生了那样的事儿。"

"我会小心的。再说，也没有别的办法啊！"

"为什么没有办法啊？你就当放他鸽子了，然后我和你一起去跟踪他。正好我也有事情要去确认。"

"啊？我自己就……"

"你一个人不行。这是我的底线。先不说这事儿了，我们在那个露天咖啡馆里，可没有能藏身的地方啊！"

他说话时，特意用了"我们"一词，这是提醒她不要想着自己一个人行动。

"在对面的建筑物里，有个可以俯视整个咖啡馆的酒吧，窗户上安有反光玻璃，从外面是看不到里面的。"

"那我们去那儿就行。"

"您真的要一起去吗？"

孔作家没有答话，而是拿起了手机。他拨通号码，打开了免提，手机里缓缓地传来一位过气偶像的歌声。然而，副歌反复响了好多遍了，对方依旧无应答。

异彩看到此情景，委婉地对他说："孔柳河可能把手机关掉了。他会上网确认信息，要不您给他发SNS信息吧！"

尽管孔作家一脸怀疑，但他还是打开SNS窗口，发送了信息。

——我们见面聊聊吧。

信息给柳河发过去了，但很久都没有收到回音。

接下来的，是令人尴尬又漫长的等待。孔作家开始翻看一本随便置于桌上的书，而异彩则拿出手机浏览着各种新闻。

正在看新闻的她在人物搜索栏里输入了"孔道河"的名字，他的照片和简介立马跳了出来。她百无聊赖地偷瞟着面前的孔作家，将他和手机里的图片进行比较。

网上有新闻说他预定于下个月举办作者演讲会。不过，在公布这一消息的海报网页里，铺天盖地地堆满了不堪入目的恶意评论。

这也是异彩造成的。她凝视着正在翻书的孔作家，问道："这些评论，您都不在意吗？"

他的视线并没有从书上移开，而是用一种轻描淡写的语调回答道："有时候看到这些，觉得还挺有意思的，还能看到很多新颖的骂人的话。"

"如果您当初在博物馆的采访报道能播出来，这些负面消息肯定会消停一些的。"

孔作家抬起头，直视着异彩。

"你这是担心我吗？"

"我是在跟您道歉，毕竟这都是因为我。"

"没事儿的。"

他又将视线转回到书上，异彩下意识地揉搓着自己的裤子。

"谢谢您说要帮我去找孔柳河。您现在消气了吧？"

闻此，他正在翻书的手指停了下来。

自己消气了吗？不对，自己生过气吗？

事实上，他内心有些惊慌失措。

"我也，不知道。"

一个人独处时，他总能冷静地应对所有的情况。然而，每次见到她的瞬间，他就什么都无法确定了。仔细想来，事情真的是这样。

他什么都不知道了。

"真的不知道。"他又补充了一句。

有些郁闷的孔作家解开了衬衣的袖口，挽了上去。接着，他将翻看的书保持打开的状态放到一边，站起身来。

"你站起来。"

他一起身，打开的书页立马"哗啦啦"地合在了一起。

"什么？"

异彩想也没想就站了起来。这时，孔作家张开双臂，说道："我们抱一下吧。"

"什么？"

看到孔作家阔步走过来，异彩下意识地往后退了一步，碰到了椅子上。她还没来得及抗议他的举动，就被他抱在了怀里。

他那如叹气般的呼吸声传入了她的耳朵里。别说反抗了，她的呼吸都变得艰难起来。

"出大事儿了。"

听到这话，异彩抬起头来。他眼睛里满满的深情，敲击着异彩的心脏。对于他的感情，异彩有些害怕。

尽管她想往后退一步，但他一直不放手。孔作家的声音再次传到她耳边。

"我没生气，以后应该也不会生气的。"

他低沉的嗓音里掺杂着一丝决绝。

"我，我……"

异彩不知道怎么回答他。

他抬起自己的大手，抚摸着异彩的头发。从他的手上，紧贴着的身体里，甚至是呼吸里，都传来了他的颤抖和悸动。她的心跳得更厉害了。

"我，我的姐姐被绑架了。"她艰难地将这一现实说了出来，"现在的状况很复杂，我，没空这样……"异彩支支吾吾道。

异彩觉得，他有所怀疑甚至是发火的时候，反倒更好一些。现在的她除了找多彩之外，什么都不能想，不对，是不应该想……

虽然她说得冷漠，想要拉开两人之间的距离，但孔作家还是静静地回答道："我等你，一直到找到她为止。"

他觉得没关系，异彩并不是不在意他，只是现在没有闲暇，那他等着她就好了。他完全能理解她现在的处境是多么糟糕。

就在他们温情缱绻的时候，手机里传来了信息铃声。异彩从他怀里挣脱出来，指了指手机，让他去确认一下。

孔作家拿起放在桌上的手机，看了下信息。

——我和哥哥无话可说。

他给异彩看了下手机画面后，马上回复道：

——你还恨我吗？

——晚了。你想当我哥哥，那应该早一点儿才对。

孔作家有些郁闷，他又输入了一条信息。

——我们见面再说吧。要不你就接下我的电话。

——我们在另一个未来世界见吧。在那儿，我会接你的电话的。

——什么意思啊？

孔作家一连问了好几句，但柳河再也没有回复。孔作家有种不祥的预感。他之前也曾听异彩说过，但他一直没当真，现在那些话一点儿一点儿浮现在脑海。

"另一个未来世界，这是什么意思？"

"就项链得手后，出现的那个未来。我不是跟您说过吗？孔柳河一直相信，'只要有那条项链，自己就能扭转时间'。"

这些时不时蹦出来的状况印证着她之前说过的那些话。他没办法，只好自己定了见面的时间和地点，给柳河留了言。

异彩眼神里有些不安，问道：

"他会来吗？"

"他会来的。"

孔作家相信柳河肯定会来的，即使是来埋怨他。

睿熙那纤细而修长的手指有节奏地律动着。她翻阅杂志的速度越来越快，看起来好像对什么很不满意。

"这件衣服不怎么样。"

果然不合她意。站在旁边的金代理扫了一眼杂志，熟练地随声附和道："这次的新品，真是不怎么样呢！"

"不。我说的是现在我身上穿的衣服。"

金代理快速地打量了一下她的衣服。波西米亚风的雪纺裙在她的身上，散发出一种神秘的气质。裙子上没有沾上异物，也没有什么粗糙的装饰。

"衣服很漂亮啊，您就像精灵一样。刚刚您不是说很满意吗？"

"我现在不喜欢了。"

"今天下午没有行程。待会儿我们要回酒店，到时候您换一身舒适的衣服。室长来了我们就走。室长应该马上就回来了，他去调整您明天的拍摄日程了。"

"我不想回家。"

金代理心里有些不安。

"为，为什么呢？"

"因为很无聊啊，你去把其他衣服拿来吧。"

"是。"

换衣服这件事儿，她撒个娇就实现了。金代理向造型师使了个眼色，三套搭配好的衣服马上就被送了过来。金代理选了其中一套，拿起来给她看。这一套连衣裙是睿熙平时很喜欢的风格。

"这件怎么样？"

"那个。"

睿熙指着第三套衣服。

"是。"

金代理赶紧拿过那套衣服，递给睿熙。睿熙从沙发上站起来，她选择的是和雪纺衫很搭的赫本短裙。

仅是换了身衣服，睿熙的形象就完全变了。这次，她全身散发着复古美人的气质，美得像是下凡的仙女一样。

"您真美啊！"

"你为什么说这些理所当然的话啊？"

"如果我不这样说，您不是又要使性子吗？"金代理将这些话咽到肚子里，两只手握在一起，嘴上说道："因为您实在太漂亮了，所以我才总说些理所当然的话。您真是越看越美啊！"

"真的是那样吗？那为什么那个男人不联系我呢？我不是已经跟他说，要去见电影公司的代表，然后要中途罢演吗？难道……"

接下来的"难道"让人有种不祥的预感。

"啊？"

"那个女人，难道比我更漂亮吗？"

"那不可能！您是韩国第一，不，世界第一，不，是宇宙第一美女。"

"真的吗？"

"是的，当然了。"

"那个女人长得怎么样啊？"

金代理的脸上浮现出担心的表情。她不知道要怎么回答，才能不让睿熙心烦。就在金代理为自己的措辞苦恼时，调整完日程的室长将门打开了一半，探身说道："走吧。"

睿熙二话不说便站了起来。金代理这才安心了。但只见睿熙走了几步便回过头来说道：

"去那里吧。"

"啊？哪儿，哪里啊？"

"那个女人那里。听说她是某个博物馆的职员。"

"现在就去吗？"

"今天行程结束之后就去。"

睿熙拿出手机，开始搜索异彩工作的博物馆的地址。

"难道，您是好奇她的长相才打算去的吗？"

"对。"

"我觉得您这么做不太好。"

睿熙一副清纯无邪的眼神，盯着金代理：“金代理是翅膀硬了吗？看来你是不想再升职了，最近在准备辞职吗？”

金代理真想酷帅地将辞呈扔给她，然后做一个视频，就叫《罗睿熙的真实面目》传到网上。但是，这个月她还要还信用卡，而她的定期存款还剩三个月才到期，这些都束缚住了她想立马辞职的步伐。要想在这个艰险的世界生存下去，人都需要适当地舍弃几样东西。

比如说自尊心，比如说自尊心，比如说自尊心。

"没有。我马上查一下她工作的博物馆在哪里。您请上车。"

和睿熙一起上了保姆车，金代理便开始搜索博物馆的位置。网上有很多他们承认恋情的报道，所以异彩的单位并不难找。

博物馆离睿熙的工作室相去甚远，金代理抱着一丝希望开口说道：“博物馆离这里很远，可能要两个多小时。您不会累吗？”

"我知道了，出发。"

金代理这下彻底死了心。保姆车开始出发了。

两个小时二十分钟后，保姆车来到了皇博物馆的正门前。金代理看到正门附近有几个比较脸熟的娱乐记者，嘴里不自觉地叹了口气。

"请您在这里不要出去。外面有记者，千万不要下车。我去把郑异彩给您找来。您只是想看她的脸对吧？您可不能突然去抓扯她的头发啊！"

"嗯。"

睿熙轻轻地回答道。

"我很快就回来。"

金代理在她改变主意之前快速下车，朝博物馆方向走去。金代理脸上一副悲壮的表情，她心里很不自在。做错事儿的明明是睿熙，但到头来为她出面解释的却是自己。

"如果异彩不跟睿熙见面怎么办？难道我要负荆请罪吗？"她心里直打鼓。

金代理深吸一口气,走进博物馆大厅,四处张望着。她原本打算去咨询台,这时,她看到了一个脖子上挂着职员出入证的男人。那个男人长相柔弱,但表情却果断刚毅,形成鲜明的对比。

"好吧,既然要问,那就找个长得帅的男人问吧。"她心想。

金代理朝他走去:

"不好意思,可以问您一件事儿吗?"

"可以,什么事儿?"

男子转过身,亲切地回答。

"我来找在这里工作的修复师郑异彩,请问怎么才能见到她呢?"

瞬间,男子的脸上流露出怀疑的神色。

"您是哪位?"

"啊,我是罗睿熙的经纪人。我想找郑异彩小姐商量一些事儿,顺便给她道歉,顺便还有事儿要拜托她。"

不知怎么的,话变长了。男子看着金代理,嘴角露出莫名的微笑。这微笑不知怎的有点儿让人不安。

"请跟我来。"

"什么?"

"跟着我走。"

"啊,好的。"

虽然感觉有点儿不踏实,但金代理没有什么选择的余地,只好乖乖跟在他后面。男子发现了一个看上去似乎是他同事的女人,他朝她走去。

"珠雅小姐,异彩小姐现在在修复室吧?"

"你找异彩干什么?"

珠雅像是要吃了他一样瞪着他问道。男子好像对这种眼神很熟悉了似的,从容地回答道:"有位女士想找异彩小姐,我正打算带她过去。"

珠雅一脸不爽地单手撑腰,更凶狠地瞪着他说:

"高组长你为什么要这么做?看来最近很闲啊!"

"不是闲，是亲切。"

珠雅瞪着眼，一句一句地说道："异彩不在博物馆，所以也不需要你带了，别想着找借口去找她。"

"她不在博物馆？"

珠雅想起来异彩嘱咐她不要告诉别人自己在休假，于是笑了一下说道：

"你亲自去问她呗。啊，对了，你没法亲自去问她啊！如果你和她不是能亲自询问的关系，就别乱好奇。高组长你才刚新婚旅行回来，应该很忙的，请先回去吧。后面那位女士，您有什么事儿啊？我给您转达。"

在这恶劣的气氛下更加畏缩的金代理听到对方跟自己说话，尴尬地开口道："啊，您好，我是罗睿熙的经纪人金……"

她正想说名字，这时润宇插了进来。

"就算你不告诉我，我也有办法找到她。那我先走了。"

他刚要转身，皱着眉头的珠雅说道："她去庆州了，庆州。"

"去庆州的话，应该还没出发吧！"

"是先行队。你知道先行队是明天出发吧？所以她今天没上班。她很可能会因为不想看到某人而干脆一直留在庆州。"

润宇的眼神动摇了，因为新婚，所以他不在去庆州的队伍之列，他急忙转过身走了。珠雅瞪了一会儿他的背影，转头看向金代理。

"您已经听到了吧？异彩不在博物馆。庆州离这很远的，您应该很难见到她。"

"您刚刚不是说先行队明天出发……"

"所以呢？"

"如果她还在首尔的话，能不能和她稍微见一面……"

"请回去吧。"

"那给我联系方式也可以……"

看到珠雅越来越充满气势的目光，金代理越说越小声了。

"您为什么来找她？"

"因为有人想看看她的脸……"

"什么?"

"脸……"

金代理的声音越来越小。

"是罗睿熙小姐吗?"

"是的。"

珠雅两臂交叉放在胸前,一脸不满地打量金代理。

"只看脸就行了吗?"

金代理猛烈点头。

"是的,目前是。"

"那,我给您照片。"

"……什么?"

"那样不就行了吗?我正好有一张照片。"

金代理尽最大努力摆出一副可怜相。

"啊……是,如果您能给我就太感谢了。因为罗演员的性格很作,不,很疯,不,嗯……很特别,她不会轻易打道回府的,圆满地解决对双方都好。其实我也知道很抱歉。我也是人啊,怎么会不知道抱歉呢。"

"您等一下。"

珠雅走进办公室里边,金代理在走廊上等着,不空手回去就已经是万幸了。但这时给她带路的男子,润宇又回来在附近徘徊。

"您打听到异彩小姐在哪儿了吗?"

"没有,明天出发的话,今天应该还在首尔,但她不愿意告诉我呢!"

"是啊,今天应该还在首尔。"

嘀咕的润宇一看到珠雅出来就走了。珠雅手里拿着一张照片,金代理毕恭毕敬地伸出双手。这时,珠雅邪恶地笑道:

"十万元。"

"什么?"

"照片的钱,您该不会想就这样把承载着我珍贵回忆的照片拿走吧?十万元包含了照片打印费和肖像权。仔细想想,还有点儿便宜了呢!"

"那个……我只有五万元。"

珠雅咂了一下舌。

"那就给我五万吧。"

金代理被强制掏空了钱包里的全部财产五万元后,终于拿到了照片,感觉灵魂都快出窍了。

她重新回到保姆车,刚关上门,睿熙就一脸不耐烦地说:

"为什么那么久!怎么就你一个人?"

"说是去出差了。"

睿熙"啪"地合上手里的杂志。

"我现在是被放鸽子了吗?"

"严格来说的话不是,本来就没约好啊!"

"我来找她的话,她就应该等着。我可是花了两小时才过来的。"

"反正您不是说就看看脸吗,我拿来了照片。"

用五万元换来的。

"是吗?给我看看。"

金代理从口袋里掏出了像请佛一样小心翼翼拿来的照片。

"右边的就是郑异彩小姐。"

一把夺过照片的睿熙看完以后,发表了简单的感想。

"不怎么样嘛!"

"是……是吧?所以您现在不要在意了,我们回去吧?"

"那就不是因为她了。那他为什么不联系我?是欲擒故纵吗?我不怎么喜欢欲擒故纵的男人呢。"

睿熙陷入了深深的苦恼。

位于灰白色大楼三楼的综合啤酒屋名叫"酒酒"。非全透明的玻璃大门上印着"美酒如流,谈话如流"的广告语。一进门,留着络腮胡子的老板就朝异彩和孔作家迎了上来。他身上的大红色夏威夷衬衫令人印象深刻。

"来啦?看来这就是传说中的那位男朋友。"

异彩自然地笑着说道:"消息都传到这儿啦?"

"你以为只传到了这儿吗?很快就要传遍全国了吧。"

"今天请给我来下酒菜和生啤。"

简单点完单的异彩选择一张靠窗的位子坐下。高高的椅背顺便起到了把各桌空间隔离开的功能。

下午三点的啤酒屋很冷清。两人的视线自然地看向窗外。和柳河约好见面的露天咖啡馆一览无遗。

孔作家先把头转了回来。

"你是这里的常客吗?"

"这地方就像我们的基地一样,还有午市菜单,我经常和朋友们一起来。"

异彩再次转头注视窗外的露天咖啡馆。隐隐渗透进来的阳光沿着她的下巴线蔓延到颈部。她感觉到他的视线,缓缓转过头。两人一对视,异彩马上又转头看向窗外。

这时啤酒和下酒菜来了。老板心知肚明地笑了一下,帮他们放下了桌子入口处的帘子。

只不过放下了一个帘子而已,整个空间就仿佛变成了密室一样。

好几个小时她都没有转过头。即使孔作家的视线在她脸上徘徊,她也毫无反应,仿佛也没有意识到他们正独处在一个四面封闭的空间里。

无聊的孔作家独自喝着啤酒,夹着下酒菜。

"这里菜的味道不错啊!"

他发表了一下感想,但异彩还是没有把视线从窗外移开。不仅是啤酒,辣拌田螺和天妇罗拼盘等下酒菜,她也一个都没碰。

孔作家决定观望她。他很好奇她什么时候才会回头看自己。她找到姐姐以后,就会回头看自己吗?

时间一直在流逝。异彩回头看孔作家时已是昏暗的黄昏。

"有两小时了吧?"

听了她的问题,孔作家"噗"地笑了一下,真是哭笑不得。

"四个小时了。"

她怀疑地看了一眼手机屏幕,但他说得没错。原本只有舒缓音乐声的酒馆里已经开始嘈杂起来。

"你不忙吗?"

注视着她的孔作家没有回答她的问题,反而问道:

"确定柳河不是嫌犯以后,你接下来打算怎么做?"

"你可能觉得我冤枉好人,但嫌犯是孔柳河没错。"

"和你一起看了监控视频后,我理解你为什么会怀疑,但柳河的为人我最清楚,我不是因为怀疑他才帮你的。"

"我知道,所以我很感激你。"

谈话又回到了原点。既然两人想法不同,那在真相查明之前也只能是这样。孔作家把杯子里剩余的啤酒一饮而尽。

这时,异彩拿起了手机。

"喂,珠雅。"

"我今天一直忙着做去庆州的准备,忘了和你说。我有新闻要告诉你。"

"什么新闻?"

"今天罗睿熙的经纪人来博物馆了。"

听到这句始料未及的话,异彩的眼睛睁圆了。

"罗睿熙想干什么?"

"不知道,我就告诉她你去庆州了。她说想看看你的脸,所以我卖了一张照片给她,就是上次我们去参加研讨会的时候在宿舍门口照的那张。"

"研讨会?"

"就你为了发言很难得地画了全套妆容,作为纪念拍的那张照片,和我挽着手的。"

"啊——那张。"

那张照片里她还穿上了漂亮的正装。但是……

"她想拿我的照片做什么啊？"

莫名有点儿不安心，该不会被拿去做成巫蛊小人或飞镖板吧。

"不知道。我想着反正过几天采访新闻出来，你的脸也会公开，所以就五万元卖给她了。你要是在家的话就来酒酒吧，我们用这钱买酒喝。"

"我在酒酒呢。"

"在酒酒？和谁？该不会卑鄙地和成洙两个人一起去不带我吧？"

"和孔作家一起来的。"

"哎呀，那早说嘛！快挂了吧！既然都喝了，多喝点儿。今天是机会啊！推倒他！"

珠雅魄力十足地喊完，把电话挂了。异彩不好意思地干咳了一下看向孔作家，他正一只手撑着下巴僵在那儿。

"刚刚我好像听到了'罗睿熙'的名字。"

"罗睿熙的经纪人来博物馆了。"

"为什么？"

"应该是因为孔作家吧。听说她看到我不在，便拿走了我的照片。"

"为什么拿照片？"

"您觉得是为什么呢？您猜不到吗？"

"完全猜不到。我也很好奇。"

异彩也很好奇。到底是想做什么呢？

"是因为想要确认我长什么样子吗？"异彩不禁在心里疑惑道。

虽然视频已经传疯了，但光线较暗再加上还下着雨，很难认出人的脸。

"应该是好奇我长什么样子吧。因为她很单纯，有孩子气的一面。"

似乎话中带刺。异彩脱口而出才意识到，这不是孔作家说过的话，而是道河。

"哪里是单纯？她分明是不正常。"

幸好他的回答颇令人满意,但是她的心情却有些奇妙。

"假如,如果我没有掺和到您的人生里,如果我们在酒店见面后再也没有碰到过,您和罗睿熙也许会交往吧?"

"你误会了吧,我和罗睿熙什么关系都没有。"

他义正词严地说道。

"我知道什么关系都没有。我只是说假如是那样的话。"

"没有假如。因为我已经遇见了你,郑异彩。"

"是吧,已经。"

她最终还是把他拉进了难以预知的未来。正如他所言,已无法回到以前。因为已经遇见,因为心意已然那么深重。

所以,无论是怎样的未来,都只得承受。

异彩把头转向窗外,她的嘴角挂着一抹苦涩的微笑。朦胧的夜色渐浓,露天咖啡厅的客人们便三三两两地起身离开了。

柳河始终没有出现。

孔作家感到自己变得焦躁起来。他断定柳河会来的,但她的忧虑终是成为了现实。他拨了柳河的手机号码,但他的手机仍然是关机。

"看来他特别生我的气,这个办法应是行不通了。还是想想别的办法比较好。"

"如果他以后联系您,请告诉我。今天真的谢谢了。"

他以为她会央求他,让他再打电话试试,没想到她回答得这样干脆,似是已经放弃了,还极力掩饰着失望。

"现在就放弃了吗?"

"没有。我有其他办法引他出来。"

"办法?"

"孔柳河寻找的项链。我做了一个仿造品。我打算用那个引他出来。"

"……你觉得用项链做诱饵,柳河就会出现吗?"

"他会出现的。"

"我知道了。那么我们一起行动。"

异彩想要再说些什么,但旁边的桌子起了骚乱。有人喊着"在哪儿",总觉得声音听起来特别熟悉。当她意识到吵闹的声音越来越近时,窗帘一下子被拉开,出现了一张熟悉的面孔。

"原来在这儿啊!我们谈谈。"

是润宇,难怪。

"你怎么知道我在这儿?"

"我听到你和珠雅打电话了。不枉我转悠了一整天啊!"

异彩的脸瞬间僵住。一想到要在孔作家面前和润宇周旋,她就觉得一阵胸闷。

润宇没有理会孔作家,径直站到异彩跟前。

"我认输。"

和肆意引起骚乱的声音相比,这听起来有些沮丧。

异彩不想搭理他。刚好看到面前满满一杯生啤酒,她喝了一口。本想喝口啤酒化解心中的烦闷,谁知没了气泡的啤酒只是索然无味。杯中倒入的生啤已经过了四个小时之久,和异彩对润宇的心意没什么两样。

润宇再次说道:

"我会离婚。"

"什么?"

异彩和润宇的视线交汇在一起。

"我没想到仅仅是因为结婚,我就失去了你。早知如此,我当初就不会结婚了。所以我决定了,我要离婚。"

见她没有反应,润宇的眼神变得更加哀切,他继续说道:"我们重新开始吧。不要抛弃我。"

异彩的眼眸里泛起涟漪。某种心酸的情感油然而生,又归于平静。她突然觉得和他在一起的三年变得毫无价值。另一方面,她也释然了。

时光流逝,才懂得其中的价值。

"润宇,很抱歉,我真的已经忘了。我完全不会想起你。"

这都是事实。说这话并不是为了推开润宇,而是事实。

润宇瞟了一眼坐在异彩对面的有些坐不住的孔作家,他伸出了手。

"我们出去谈吧。起来。"

"拿开你那只手。"

孔作家站了起来,他是想要看看他到底会做到什么地步。随后,润宇也像是等他起身似的,立刻转向他站着。

"怎么?又想和我比力气吗?"

他冷嘲热讽的语气却丝毫掩不住他的紧张。就在几天前,他备受屈辱,理所当然会有这样的反应。

"看来你很喜欢比力气啊?"

异彩"啪"的一声拍了下桌子,站了起来。她忽然感到一种责任感,她必须要在情况恶化前,把事情解决掉。"酒酒"里,还有不少人认识异彩和润宇。

"高润宇,你不要再纠缠了。回去。大家可都在看着。"

"不,你不能抛弃我。"

孔作家索性往前一步,用力推开了润宇。

"抛弃和被抛弃之类的也太土了吧?又不是物件儿。不要为了博得同情把自己拟物化。不是你先放弃了你们的爱情嘛。难道我猜错了吗?"

他好像是真的生气了,眼中似在冒火。和之前那个游刃有余地耍弄润宇的道河不同,孔作家的行为完全就是一副男朋友的样子。

润宇也彻头彻尾地再现了前男友的窝囊行径。

"这是我和异彩的问题,你别插手。"

"插手的人好像是你吧?明明没有资格。"

"我说了我会离婚!现在,不管你向谁宣扬,我也不怕。既然我已经回来了,你就玩儿完了。"

润宇指着孔作家的鼻子,冲异彩喊道:

"现在,别再让这小子进你家了。知道了吗?"

异彩暗吃一惊。现在就要堵住润宇的嘴。如果可能的话,要赶在孔作家看出端倪之前。

"先出去……"

"别让他进你家?"

不等异彩打圆场,孔作家就反问道。异彩满眼幽怨地看着润宇。一无所知的润宇反而抬高了嗓门儿。

"对!你别再到异彩家附近逛荡了。我离婚回来以后,你立马玩儿完。OUT,知道吗?"

异彩眼眸低垂,短短地叹了口气。润宇在异彩家见过的人是道河。

"你在异彩家见过我几次?"

孔作家没有看润宇,而是转眼凝视着异彩。虽然视线固定在异彩的身上,但很显然,他是在问润宇。

"说什么胡话?明明我每次去你都在!"

话说血压上升,想要昏倒就是这种感觉吧。异彩恨不得能立刻昏过去。但是很可惜,她的身体过于结实,实在无法上演娇柔女主角的戏码。

她立刻扭转局面。

"高润宇!我就这么可笑吗?!立刻给我消失。再也不要出现在我面前!我说的不是空话。拜托你消失。"

"不要假装生气。不用勉强自己,违心说讨厌。我会离婚。我说的也不是空话。我也申请了去庆州。"

"高润宇!!"

见异彩抬高了嗓门儿,润宇眼中的不舍骤然消逝,他后退一步说道:"……我们庆州见。"

润宇扔下重磅炸弹,便消失了,此地就只剩下孔作家阴冷的眼神。孔作家拉上窗帘,又成了只属于两个人的空间。

"你是洋葱吗?剥了又剥,还是层出不穷。"

"是啊!"

异彩轻轻地闭上眼睛又睁开,在座位上坐定。她有一种在跨栏的感觉。跨过一个栏,却还有一个在等着自己。

孔作家也在对面落座。

"好像是时候解释一下了。"

"都说了有一个和你很像的人。"

孔作家想起了"resemble man"。但这只是心证,并没有物证。

"你是想说有一个人长得和我很像,甚至连我的弟弟,还有那个男人都会混淆?"

"那么,难道说是您失散的双胞胎兄弟,还是撞脸?再不然,就是您有多重人格。"

此言不差。但是孔作家却莫名地很生气。不仅仅是因为可疑的解释。

"每次去都在,是你们住在一起的意思吗?"

"不是。他住前面那栋楼……只是阳台相对,而且离得特别近,能够越过来。家里进强盗的时候,他越过来救了我。之前我也说过,他住在阳台那边。上次润宇来的时候,他也是那样帮了我。"

声音变得越来越小的异彩清了清嗓子,大声喊道:

"您是被骗大的吗?为什么这么不相信别人说的话啊!"

"如果是你,你信吗?"

异彩耷拉下眉毛。

"虽然很难相信,但这是事实。"

孔作家心有不甘,却找不出反驳的话语。因为不可能真的有他失散的双胞胎兄弟出现。

"如果真的那么像,我也想见一见。"

"应该会有相见的一天吧。您一眼就能认出来,因为实在太像了。"

她尴尬地笑着,再次拿起索然无味的啤酒。

"如果去你家,就能见到那个男人吗?"

"不是。虽然阳台离得很近,但我们并不熟。也不知道手机号码。等以后我们关系变熟了,我再介绍给您认识。"

她拼命劝阻。孔作家面露不满地把双手抱在胸前,把身体靠在椅背上。

"好。那么,下一个计划什么时候进行?"

"没关系。从现在开始,我自己看着……"

"你一个人不行。"

"您不是很忙吗？"

"你别想单独行动。下个计划是什么时候？"

"我……"

"你如果不说，我就给柳河发信息。就说你准备用假项链诱他露面。"

"您这是在威胁我吗？"

"威胁有效吗？那你就说啊！"

异彩叹了口气，费力地开口说道：

"后天。"

"现在，请您不要再因为那家伙的事情给我打电话。"

"但是，就你和柳河关系最好啊！"

孔作家用单手干搓了一下脸，认真倾听着电话那边传来的冷漠声音。

"得了吧。神经病一样，四处宣扬说自己是亲生儿子。这些事情，哥哥您知道吗？他穿的衣服应该也都是您的吧？"

"不是那样的。"

"您不用袒护他。那种谎话精就得好好清醒清醒。"

考虑到爸爸的立场，都没有好好为柳河打官司。孔作家把涌到嗓子的怒火生生咽到肚子里。

"……你最后一次和柳河联系是什么时候？"

"大约有半年了吧。这家伙不会在某处见阎王去了吧？"

通话对方是某集团的第三代继承人，他以前和柳河玩在一起的时间最长。孔作家忍耐着再次问道：

"有没有其他人可能会有他的消息？"

"没有。他和我们的圈子断了联系，有段时间了。"

"好，我知道了。"

毫无收获的孔作家只好挂掉电话。

他轮番给曾经和柳河一起玩儿的朋友们打了电话，他们的反应大同小异。

他曾以为，只要下定了决心，寻找柳河是件很容易的事情。但一开始就举步维艰。没有人知道柳河在哪儿，在做什么。

算是确认了一点，所有的人都背弃了柳河。

孔作家下载了异彩说过的SNS应用程序。找到柳河的账号后，他账号的头像就映入眼帘，一脸的灿烂笑容。登录日期是半年以前。孔作家看着帖子，眼神渐渐变得冰冷。全都是些充满蔑视和嘲弄的留言。

为什么会变成这样？

孔作家一下子泄了气。他开始后悔曾把柳河撇下了。直到事情发展到如今这个地步，他才有所察觉。正当他沉浸在心痛里，手机里传来收到邮件的提示音。

孔作家看到收信目录之后，面色突变。

是"resemble man"。

他发来了一封以"补偿"为题的邮件。

邮件里将证明柳河确实是绑架郑多彩的嫌犯的资料，井井有条地整理了出来。资料整体的脉络和异彩发来的邮件大体一致。只不过这份资料里面的证据更加详细。

柳河从上个月开始，就不再使用信用卡了，而且他还用海外IP间接登录网络。这封邮件里写明柳河为了隐藏位置，还使用了虚拟GPS定位软件，并且还附带着郑多彩失踪那天，他们二人见面场景的监控视频。

另一个附带文件里，是整理成章的郑多彩的出入境记录。文件上显示，她最近一年内并没有出国，但她在SNS上却分明上传了"正在海外旅行中"的帖子和带有异国风情的风景照。

那也不会是柳河。

孔作家的"相信"更像是"确信"。这只是所有偶然堆积到一起了而已。并不仅仅是因为他"相信"柳河。

柳河并不是做事这么彻头彻尾的性格。孔作家又查看了一遍邮件内容，他将视线固定在了邮件的最后一段话上。

——我推断孔柳河的下一目标是皇博物馆的金成洙和郑异彩。如果金成洙出了什么事儿，一定要更加注意保护郑异彩的安全。

这命令语气让人听起来很不舒服。

"他这是在耍什么手段？"

看起来，"resemble man"是想让孔作家怀疑柳河，并且怂恿着他去保护异彩。

他坐在笔记本电脑前。

关于这个发信人的线索，孔作家只是知道他的ID是"resemble man"。这个人并没有开设博客。而且，孔作家在浏览器的搜索框里输入这个ID，什么也搜不出来。这个账户就好像是为了给孔作家发邮件而专门开设的。

他点击了电子邮箱里的回复键。情绪激动的孔作家连敲击键盘的速度都快了。

——如果你希望我做些什么，最好先表明你的身份。如果你不表明身份的话，那么我将公开你这封邮件。

按下发送键，他抬头仰望着天花板，调整了下呼吸。四叶草样式的灯罩映入眼帘。

郑异彩，她藏着太多的秘密。他分不清她说的哪些是真话，哪些是假话。和她有关系的这些秘密中，让他最在意的便是"resemble man"的真正身份。

必须得尽快找到柳河。现在，对于孔作家来说，找到柳河这件儿似乎也成为他的一项作业了。

他按下了储存已久的电话号码。异彩所说的话中，有一件事让他一直很在意，虽然他觉得听起来很不像话，但他还是有必要确认一下。

孔作家的耳边传来了通话连接提示音。

"什么事儿？"

电话里传来父亲那生硬的语气，连招呼都没打。孔作家也开门见山道："柳河的毒品案件，是被诬陷的吗？父亲您也知道这件事吗？明知道却还……"

对柳河袖手旁观？

无言以对的父亲只能深呼吸。之后电话那边传来了父亲的怒喊。

"是谁跟你说这些话的？是尹会长那边的人吗？看来他们是舍不得给我的那点儿股份了啊！"

孔作家倒吸了一口气，心脏像是被重物压得喘不过气。

"您收了股份？您就是因为股份，而不为柳河翻案？"

"我这也是为柳河好。在已经被舆论都揭露的情况下，无论再怎么证明清白，也不会有人相信的。这时候能捞到一点儿，算一点儿。你就当没听过这件事儿。注意也不要让这件事儿传到柳河耳朵里。"

"……您真是厉害啊！"

孔作家强压着心中的怒火，挂掉了电话。这样一来，又一次证明了异彩说的话。

孔作家像节拍器一般，有节奏地敲击着书桌。他用数据线将笔记本电脑和手机连接在一起。随后，他把电话录音文件移到电脑桌面上，再次用指尖敲起了书桌。

在一番深思苦虑之后，他打开了电子邮箱。他点击了毒品搜查队的刑警的名字标签，孔作家曾经为写小说而咨询过他。随后，他留下了简单的信息，附带了刚才电脑桌面上的录音文件。

他不是没有矛盾过，也不是不知道这一封邮件会引起怎样的风浪。这封邮件可能会让父亲之前积攒的形象一落千丈。是亲自断送父亲的政治人生。

但他却无法继续回避这件事儿，再这样下去，他就没脸面对柳河了。

这样做是对的。他眼神中透着坚定，按下了邮件发送键。

孔作家盯着"邮件发送完成"的提示信息发了好一会儿呆。回过神来，他又查看了那会儿发送的邮件。"resemble man"还没有查看他发过去的邮件。

孔作家反复思索着异彩说过的所有的话。现在，他不能错过她所说的任何一件事儿了。

能够实现时间旅行的项链。这简直是太不可思议了。但如果柳河要找的就是那条项链的话……

孔作家在浏览器里搜索到了郑多彩曾经加入过的文化遗产网络社区。柳河很有可能会认出他，所以最好还是用一个新ID注册会比较好。

但却无法生成新账户。虽然他又尝试着开设新账户，但却收到了"最多只可开设三个账户"的提示信息。

他使用的账户，只有从高中时期一直使用的一个私人账户和一个业务用账户。他查询了一下发现，在几天前已经开设了另一个账户。

"resemble man"，是那个和他相似的人。

TOMATO公寓前驶来了一辆出租车，打破了凌晨的寂静。从出租车上下来的人正是孔作家。

那个长得和孔作家极为相似的男人，竟会让柳河跟异彩，还有高润宇都分不清。或许，孔作家就是为了找到那个"resemble man"才来到这儿的。

TOMATO公寓501号。

即便现在是凌晨，她的家里依旧灯火通明。还有她阳台对面那一家。

孔作家看向前面那一栋Rivervill公寓的五楼。Rivervill公寓的五楼还亮着明亮的灯。

难道现在还没睡吗？

但有一点很奇怪。

Rivervill公寓没有阳台？

与有凸出型阳台的TOMATO公寓不同，Rivervill公寓并不是那种可以轻易越过来的构造。甚至，这两栋建筑的间距也很远，并不是一般人可以轻易越过去的距离。

他满心疑惑地走进了Rivervill公寓。乘着电梯来到五楼，他一出电梯，普罗旺斯风格的走廊便映入眼帘。被装饰得小巧精致的空间让孔作家十分震惊。

难道"resemble man"是女人？

不可能。和他长得相似的人不可能是女人。

也有可能不是一个人住。孔作家站在唯一的那扇玄关门前，按下了门铃。不一会儿，从内线电话里传来一个陌生女人的声音。

"谁啊？"

"我想找一下住在这里的先生。"

"这儿没有男士居住。"

"什么？"

内线电话被挂掉，走廊里的灯也熄灭了。在黑暗中站了好一会儿的孔作家再次按下门铃。他一动，走廊里的传感灯便又亮了起来。

"您怎么老按门铃啊？"

"实在抱歉。请问这里真的没有男士居住吗？我是来找'resemble man'的。"

女人的声音变得尖锐起来。

"没有这样的人。不久前，也有一个女人来找过。好像是有人行骗，故意把我家地址当作自己家给透露出去了。总之，您请回去吧。再不走的话，我就报警了。"

内线电话再次被挂断了。孔作家失落地走进了电梯。

原来不是在对面。孔作家走出公寓，他再次抬头看了看灯火通明的异彩家。郑异彩，她在说谎。

早已过子夜，异彩用羊羔皮绒仔细地擦拭着软玉项链。她完成了软玉项链最后的作业，那条项链在日光灯的映照下还隐隐地散发着光泽。

她拿着项链，走到阳台门前，微微掀起窗帘。坐在阳台对面的道河抬起头来，视线随之而动。

异彩打开门，走到阳台上，晃了晃手里的项链。

"制作完成了。"

道河合上笔记本电脑，立刻跳过阳台。

他接过项链，仔细查看了一番，轻声叹了口气。这条仿制项链精巧别致，真假难辨。不，和真品相比，它给人一种更神秘的感觉。他一开始准备的仿制项链看起来更像玩具。

"辛苦了。有这个应该就行了。"

他将项链还给异彩，不带一丝感情地说道。

异彩虽然并没有期待他的称赞，但却没想到他会是这种不冷不热的反应。他看上去好像还生气了。

"发生什么事儿了吗？"

她担心未来是不是又出现什么大乱子了。

"没有。什么都没发生！"

"嗯。好吧！"

异彩也用不冷不热的态度回答他，正当她打算转身回屋之时，他开口道："你知道你今天在'酒酒'的行动有点儿鲁莽吗？"

看来是因为那件事儿啊。异彩转过身，长叹了一口气。

"我知道。我也没想到润宇会出现在那里。也没想到他会提起道河先生的事儿。"

"我不是在说那件事儿。你怎么能突然把约柳河见面的事约定为今天！难道你要不做任何准备，自己跟踪他吗？你忘了你昨天差点儿被绑架了吗？"

他斥责着异彩。

"我要尽我所能去试试才行啊！"

道河一直以来焦思苦虑为她担心，而她却一副无所谓的样子。他本来打算对她发脾气的，却控制住了自己，因为他不知道自己为什么会生气。

走出月池，每次等待他的，是不同的记忆和新的状况。而且，他也越来越能感受到孔作家那慢慢变化的心。

孔作家的感情，原封不动地进入道河的记忆里，也在道河心里留下了痕迹。道河每次为了确认月池之外发生了什么样的变化，他都会进入孔作家的记忆。伴随而来的是，那痕迹越来越鲜明。

每次见到她，道河都有一种似是与三年前失踪的恋人重逢的感觉。道河收起那纷乱的情绪，说道："你打算两天后把柳河引到哪儿？"

"要把他引到一个我熟悉的空间。我绝对不会失误的。"

"当然不能失误。尤其是，项链一旦被发现是假的，那就彻底完蛋了。还有，你到这里去看看。"

他递出一张写着地址的纸条。

"这是哪里啊？"

"这里是卖护身用品的地方。这家店从五年前就开始运营了，不会让你白走一趟的。"

这是他为了给异彩买生日礼物让LAN推荐的地方。这家店里的东西性能好，质量检测也做得很到位，出现不良品的概率很低。

异彩用手机相机拍下了这张纸条。因为这张纸条她带不出去，所以只能换一种方式记录下来了。

"知道了。不过，我有一件好奇的事儿，您会告诉我吗？"

"问吧。"

"您知道，润宇为什么离婚了吗？"

道河的脸色阴沉下来。

"你为什么想知道这个？"

"我就只是好奇。"

她并不是想和润宇重新开始，或者原谅他，只是很好奇而已。结婚和离婚对他来说，到底有着什么样的意义。而他是否是受她的影响而离婚的。

虽然她在等着道河的回答，但道河却一直在回避这个问题。她觉得也有可能是道河不知道。但是他却什么话也不说。

就好像是，他在故意隐瞒着什么。

道河觉得这种缄默的氛围太沉重了，开口说道："高润宇到处去找失踪的你，然后就离婚了。"

…………

这个理由出乎意料。

"准确地来说,他是被离婚了。"

"……因为去找我了?"

"你心软了吗?"

"不是。我只是觉得太对不起那位孝琳小姐了。"

"谁担心谁呢?你还是担心你自己吧。"

"还真是呢!"

异彩苦笑了一下,觉得自己真是自作多情。

"很晚了,今天就这样吧,早点儿睡。"

道河越过阳台回去了,背影看上去很萧瑟。异彩有些尴尬,她也回到屋里,然后关上了阳台门。

书桌上乱七八糟地摆满了各种工作用的工具,需要好好整理。但是异彩用绒布把项链包起来后就不管了。她决定明天再打扫卫生。

因为连续集中精神工作了好几个小时,异彩觉得异常疲惫。

她正准备上床休息时,门铃突然响了。异彩皱着眉头看了下时间,手机屏幕上显示着AM 02:17。

会在这个时间找上门的只有润宇。

异彩心想:"报警吧。"

虽然这样做会显得自己冷漠无情,但是这对双方来说是最好的选择。异彩下定决心后朝着玄关门走去,却听到了让人意外的声音。

"是我。"

按下"112"号码的手机"啪"地掉在了地上。异彩不安地看了看阳台,然后朝着玄关走去。

她心想:"他怎么会来?"

宁可是润宇来了,还好办一些。这时门铃又响了起来。

"请,请等一下!!"

为了让玄关门外的人听到,异彩大声地喊着,然后急忙向阳台跑去。道河看到异彩紧张的模样,条件反射地站了起来。

"出了什么事儿?"

"怎么办！孔作家来了！就在门外！"

听到异彩着急的话语，道河却立马恢复了平静。

"来得真快。"

"嗯？您知道他会来？"

"意料之内，只是比我想的要来得快。"

那也不跟我提前说一声，异彩瞟了一眼道河。

"那现在怎么办？"

"你想怎么做？"

"我想哭。"

"除了这个。"

"您觉得他为什么会来？"

"应该是为了确认我的存在。"

"但是你们俩不能见面啊！"

"你大概应付一下，就让他回去吧。如果实在不行，就让他进来。我会看着办的。"

"怎么能让您看着办呢！姑且不说非常危险，道河先生的人生很有可能因此完全改变啊！"

"那也没办法。"

还不如什么话都不要说。

"算了。您就待在那儿吧。不，把灯关掉，您回到屋里去吧。我会努力试着让他回去的。"异彩不满地拉上窗帘，然后朝玄关走去。她的休闲拖鞋旁边放着道河的黑色运动鞋。异彩把运动鞋放进鞋柜里，然后做了个深呼吸，手则用力握住了玄关门门把。猛地打开门后，她迅速走到走廊上，然后关上了门。听到背后传来门自动锁上的声音，异彩才觉得安心了些。她的手掌湿漉漉的，满是汗。

异彩看着站在眼前的孔作家。他阴沉着脸，可能是跑上楼梯的缘故，呼吸粗重。

"怎么没打招呼就来了，有什么事儿吗？"

"你叫我等一下，我以为你会换套衣服出来。"

异彩想大叫糟糕。刚才手忙脚乱的，她穿着睡衣就出来了。

"啊，那个，什么……您在这个时间来，我肯定是穿着睡衣啊！您有什么事儿？"

"我想见那个跟我长得很像的男人。"

异彩微微皱了皱眉头。果然，他是来见道河的。

"都这个时间了，我怎么让您见他啊！"

"不是说你每次有事儿的时候他都来帮你了吗？你只要尖叫一声，他应该就会出来了吧。"

"那样会打扰到恩人休息的。现在已经太晚了。"

孔作家对异彩的说辞并不满意。从Rivervill出去后，他在公寓下面站了很久。抬头看着五楼，思考各种能从Rivervill跨越到TOMATO公寓的方法。

但是始终没有想到可行的办法。因为这两个公寓间的距离太远了，而且还是五楼。

孔作家加重语气说道："我，一定要看看他跟我有多像。"

"那个，嗯，现在太晚了，也不知道他在不在家。是的，他也可能不在家啊！"

异彩边点头边说道。

"走到阳台上确认一下不就知道了。"

"就算您很好奇，在这个时间点进入一个单身女人的房间，不太好吧？"

"难道不是因为有其他我不能进去的原因？"

"因为我还是比较保守的。"

"因为你很保守，所以那个长得跟我很像的男人，还有那个叫高润宇的男人都可以随便进出这个房间吗？如果谁都可以进出这个房间的话，那我也可以进去。"

看着固执的孔作家，异彩顿时不知说什么好，她转了转眼珠，说道："但是，时间……"

"你到底瞒着我什么？"

孔作家并不想就这样回去。他需要确认"resemble man"的真实身份。这个人试图用情报作为诱饵来操纵自己，而且他还一直出现在异彩的身边。

"是的。我是有所隐瞒。但这也是为了孔作家好。请您相信这一点。"

"如果我不相信呢？"

"那也不行。"

"如果就这样回去的话，我会马上给柳河发信息。把这段时间我跟你的事情全都告诉他。"

异彩挑了挑眉毛，说道："您是打算把威胁当作您的爱好吗？"

"因为好像比较好用，也可以说是我的特长。"

异彩的脸上写满了不解。她觉得很奇怪，孔作家并不是会做出这种违背常理的行为的人。

"我要怎么做您才会回去？"

孔作家歪着头说："你好像不打算跟我说出实情。"

"我不能说。"

异彩觉得如果自己说出实情，孔作家肯定会要求开门进去确认。那之后会发生什么事情，谁也不知道。不能让事情再增加变数了。

随着沉默的时间变长，异彩能感觉到孔作家越来越不满。他冷漠的声音传入耳中。

"那么我也没办法，只能把一切都告诉柳河了。"

"您疯了吗？"

"你开门不就行了。或者就告诉我实情，什么内容都可以，只说一件事儿也可以。"

异彩犹豫地往后退了退。从"酒酒"馆出来后，他把自己送到家门口后再回去，中间不过几个小时。虽然他因润宇的事心情变得很不好，但是并没有发火。

"我……"

看到异彩吞吞吐吐的样子，孔作家扬起一边的嘴角冷笑着。他现在的眼神就跟第一次见到他时一样，当时在浴缸里乱扑腾，异彩看到的就是他现在这种表情。

那时他们只知道对方的名字，互通了几次邮件，所以他看她的眼神就如同看陌生人一样。

当自己的眼睛与他的目光相碰时，异彩心里"咯噔"了一下。

也许她也很讨厌不断对孔作家说谎的自己。但是不能因为这样，就如实说出道河的事情。她也不想再用其他谎言来掩盖这一切。

如果这是最后一次的话，她能告诉他的实情只有一个。

"我喜欢您。"

异彩朝着孔作家走近了一步。看到他慌乱的眼神，异彩反而觉得安心了一点儿。她揪住了他的衬衫。

孔作家的脸被拉到和异彩身高一样的高度。他微微弯着背，嘴唇被异彩的盖住了。钻进他唇缝的舌头别扭地碰了下他的舌尖，就逃跑似的消失了。

异彩的吻有种甘甜的味道，是一个让他无法思考的吻。

异彩在结束这个初恋般的吻后，放开了抓在手里的衬衫。

"这是我能告诉您的所有事情。"

打乱了别人的心绪，异彩却露出了挑衅的眼神。

"可是并不够。"

这次，孔作家将异彩往后推去。异彩后退着，撞到了玄关门，发出了"哐"的响声。当孔作家的手环住她的后颈时，异彩顿时失去了思考能力。

异彩无法拒绝慢慢向自己靠近的他的脸、他的呼吸、他的嘴唇。当她迟迟反应过来时，吓了一跳，轻咬了下他的嘴唇，但还是没能阻止他的侵入。异彩感觉到，钻入自己唇齿间的他，已经完全失去了理智。

异彩无处安放的手抓住了他的衣领。她觉得自己心跳加速、精神恍惚。

渐渐无法呼吸的异彩轻轻地推了推孔作家的肩膀。当她睁开眼睛时，孔作家小心翼翼地移开了自己的嘴唇。唇上还留有酥麻的感觉，异彩晃动着眸子，看到了孔作家眼里还未消失的渴望。

"今天看在这个吻的分儿上，先放过你。"

孔作家喘了口气，一边低声说着，一边帮异彩整理好凌乱的头发。

"很多事情我无法理解。你的解释很不合理，说话前后矛盾，但是就让你骗过去吧。我们就试一试，看看能否通过柳河找到你的姐姐。"

"我……"

"算了。反正对于这件事情，我是不会袖手旁观的。"

担心她，想见她，想念她，所以就这样来找她了。孔作家说道："明天早晨我再过来。"

说完，他头也不回地走下了楼梯。

异彩听着渐渐远去的脚步声，心脏也跟着它的节拍跳动着。

"我向他表白了。"

异彩"扑通"一声瘫坐在了地上。

"我到底做了什么啊。"

她把脸埋进膝盖里，越想越害羞。

玄关门目睹了这一切，而打开这扇门后，还要向道河说明发生了什么事情。

即使现在糊弄过去，只要他走出月池，就会看到此刻发生的事情。而且还是站在孔作家的立场上。

异彩现在的心情，就像是在江南站10号出口前表演脱衣舞。

异彩站起来后，握着玄关门门把，用从拖鞋里露出来的脚趾"咚咚"地踢着门，却始终迟迟不敢进去。

一直站在外面也不是办法，于是她按下了密码。伴随着门锁解锁的声音，异彩走进屋里，就看到了站在面前的道河。

异彩被吓了一跳，避开了道河的视线。

"干，干，干什么？吓死人了。"

道河只是面无表情地看着她。

"为什么又过来了？真不听话。叫你待在家里的。"

异彩继续说道，而道河却没有任何回答。

"啊，那个孔作家走，走了。"

异彩想脱鞋进去，但是道河却始终不让路。

"怎么，怎么了？"

异彩的心跳开始加速，因为她又看到了刚才在玄关门外面看到的眼神。

道河朝异彩走来，异彩则犹犹豫豫地往后退，直到自己的背碰到了玄关门。

当意识到道河的脸离自己越来越近时，她下意识地转过了头。道河的手小心翼翼地抬起了异彩的下巴。

异彩闻到了跟孔作家身上一样的香味，她晃动着眼神问道："怎么了？"

道河的眼神也在晃动着。两人晃动的眼神近距离地交汇了。当道河的脸贴得更近时，异彩蜷缩着肩膀，避开了他的视线。

就在道河逐渐逼近，两人的呼吸即将融合时，道河突然停止了动作，因为他脑海中闪现出郑画家的声音。

"将会消失。"

现在的道河，以及这个瞬间，都将会消失。

道河就这样退了回去，回到了自己的阳台。而独自靠在玄关门上的异彩什么也做不了。

伍

数千数万个小时的时光长河

　　道河的嘴角露出了自嘲的微笑。仔细想来,他一直在欺骗异彩。从谎言开始的这段关系,在无数的秘密中崩塌了。所以现在的他,只是偷窥孔作家和异彩的故事的观众。

"我出去了。"

她像往常一样说道。

"辛苦了。"

道河也像往常一样回答道。

在阳台相遇的两个人像商量好了一样,都没有提起昨晚发生的事儿。

异彩关上阳台的门,通过窗帘的空隙看着外面。道河坐在以前常坐的位置上看书。他那曾经朦胧模糊的感情,如今真真切切地向她涌来。

昨晚,他大发雷霆。而今天早上,他却陷入了悲伤之中。

"真别扭。"异彩暗自思忖。

她逃也似的来到公寓外面,环顾了下四周。孔作家好像还没有到。

异彩靠在花坛边上坐下。随风飘扬的小雏菊宣告着夏天的到来。异彩静静地看着小雏菊摇曳,蓦地想起了埋在花坛里的500韩元硬币。

她用掉在地上的树枝将花坛边上的土扒开,里面露出了一个卷着的拉链袋,袋子里装着一枚500韩元硬币。

异彩将硬币拿出来放在手掌上,上面能清楚地看到道河的签名。如果阳台的连接中断的话,那他们在一起的时光就只有这个小硬币能证明了。

她将硬币埋在比原来位置更深的地方,将土压实,然后"啪啪"地拍落掉手上的土。

"一大早就在玩儿土吗?"

异彩被这突如其来的声音吓了一跳。她回过头,看见孔作家正站在自己身后。他身后的天空布满了乌云,"看这天气是不是要带伞啊!"异彩暗自思忖。

"您来啦?"

不知怎么地,异彩无法直视他的脸。

"你很听话啊,知道出来等我。"

他们的对话和往常一样,但异彩却踌躇着退后了一步,既有些害羞,又有些尴尬。

孔作家对异彩那种"在意"的反应非常满意,这总比昨天那样几个小时只盯着窗外看要好得多。

她吞吞吐吐地问道:

"胳膊……没事儿了吗?"

"没事儿了。每次见面你都要问我这个吗?今天的日程是什么?"

"……您真的要和我同行吗?"

"我就是为了这个而来的。"

"要一直这样吗?"

"还有两个绑架犯没抓到,先抓到那两个人再说吧。"

"那如果永远都抓不到呢?"

"那就永远陪你一起啊!"

这虽然是句玩笑话,但其中蕴含的心意却很深沉。异彩为了掩饰自己尴尬的情绪,将视线转向了旁边。

"您说'自己忙得连睡觉的时间都没有',这是骗我的吧?"

"我的确很忙。所以你还是别玩儿土了,我们走吧。"

她深吸一口气,拿出智能钥匙,按下了按钮。只见孔作家身边停着的车的车灯伴随着喇叭声亮了起来。

孔作家脸上满是疑惑,之前没听她说过会开车。

"你买车了?"

"我租的,感觉最近应该会需要。"

她坐上驾驶座系上安全带,孔作家也立马跟着坐上副驾驶座。

"你之前开过车吗?"

孔作家虽然上了车,但心里还是有点儿不安。

"现在开始开不就行了。"

"这车不是你开到这里的吗?"

"最近租车都是送车上门的。"

孔作家的内心越来越不安了。

"还是我来开吧?"

"不用了。我得练一练才行。"

孔作家紧紧地系好了安全带。

所幸的是,车很顺利地出发了。她并没有超速,而是开着双闪灯,"亲切"地让所有的车都走在自己的前面。这种"善良的"驾驶行为可真是让人郁闷至极。

"你这样开,咱们今天能到哪儿啊?"

"我得安全驾驶啊,安全驾驶。我讨厌因为自己而改变其他人的人生。"

"那是什么话?"

"我瞎说的。"

她温柔地转动着方向盘。

孔作家无意识地注视着后视镜,突然他在手机备忘录上写下了一辆汽车的车牌号。从刚刚开始,这辆中型车就紧紧地跟在他们两人后面。那个"resemble man"发来的邮件中暗示异彩会有危险,这让孔作家感到格外紧张。

异彩继续按照导航的指示开着车。看样子,她比较放松,甚至还分神注意到了孔作家的举动。她看到孔作家反复确认着手机和后视镜,似乎有什么事儿让他很焦躁。

"有人要打电话来吗?"

"不是电话,不过我正在等一些消息。"

昨晚他升级了"resemble man"账户的安全等级。如果对方不是在指定的电脑上登录的话,他的手机将会收到提示。虽然得到的信息有限,但可以获取IP地址,这样就可以追踪到"resemble man"了。

他判定,那个出现在异彩家的"年轻男人"和"resemble man"是有关联的。不过目前,这些只是他的猜测,还需要一些物证。

"那您专心看手机就好了。我现在开车很安全,您不看后视镜也可以。"

"我喜欢看后视镜。"

孔作家随口答道,然后在手机上又输入了一辆车的车牌号码。不过,那辆车转了方向,上了高架桥。

就那样,他不断地记录并删除着几辆车的车牌号码。

不一会儿,她的车来到了停车场。一直跟着他们的车在公寓入口处转弯了,不知道是故意尾随还是只是偶然。

她在停车线内准确地停好车。孔作家从车上下来,环顾着四周。

"公寓?"他有些疑惑。

这个公寓很破旧,外墙都龟裂开来,油漆也脱落了。这里是市区中心,估计很快会传出"拆迁再开发"的消息。

"为什么来这里?"

"我有东西要买。"

"在公寓里面?"

异彩没有回答,而是信步走进了公寓。异彩按下一楼第一户的门铃,门被打开了一半,一个穿着正装的男人探出头来,问道:

"请问有什么事儿吗?"

"我想买防身用品。"

穿着正装的男人将门打开,亲切地欢迎道:"请进来吧。"

里面不是家庭住房,而是一个办公室。不管是从简单利落的室内装修,还是从职员的年龄段来看,这里都像是一家IT公司。

异彩脱下鞋子,换上室内鞋,对职员说道:

"我想买瓦斯枪。"

异彩听了道河的劝告,也觉得自己买一些防身用品会好一点儿。

"请随我来。"

他们跟着那个男人,来到了一个小咨询室。这个房间很窄,只有椅子和桌子,不过窗户很大,并不会让人觉得很沉闷。

异彩和孔作家并排在真皮沙发落座后,那个职员将宣传册递了过来。十六页的宣传册上，排列着各式各样安保用品的图片。异彩浏览着宣传册，面前摆放了五种瓦斯枪，大小和外形都不尽相同。

职员一一说明道："这个性能较好，目前警察都用这一款，不过缺点是太重。这一种比较小巧，可以放在包里，一般女性会选择购买这个当作防身用品。剩下的产品都是比较常见的。请问是哪位要用呢？"

异彩做出了回答。

"我。"

"携带瓦斯枪必须要获得许可。首先，要接受简单的身体检查，不过这也可以用驾驶证来代替，您只要将在职证明和申请书一起提交就可以了。我们将为您代办许可的事宜。"

她原以为直接购买就行，没想到会这么复杂。她脸上露出一丝吃惊的表情，见此，那个职员立马补充道：

"当然，也有不用获得许可就能买的瓦斯枪，那种枪可以喷射催泪液。需要给您看一下吗？"

"嗯，请给我看一下吧。"

那个职员从后面的陈列柜里拿出几个其他类型的瓦斯枪给异彩看。异彩选了里面最小的一个。

一直在旁边观察的孔作家说道：

"有类似位置追踪器的东西吗？紧急情况下，能马上联系警察局的最好。"

"我们有GPS基础位置追踪器。"

职员从抽屉里拿出三个项链模样的位置追踪器。异彩看到位置追踪器，嘴角露出了笑容。这个型号和道河送给自己的生日礼物很像。因为那条项链不能带出玄关门外，所以现在还放在鞋柜上。

"这是我们公司自主研发的'惊世之作'。紧急情况下，只要按着这个宝石三秒钟，您所处的位置将会被传送至'112'及事先设定好的号码上，误差范围不到三十米，而外表看起来就是一条普通的项链。"

孔作家挑选了一个镶嵌着天蓝色宝石的吊坠，并将自己的名片和卡递了过去。

"号码就请设置为我的号码,瓦斯枪也请一起结算。"

"好的,请稍等。我马上为您处理。"

异彩惊讶地问道:

"孔作家为什么要结账啊?"

"这是礼物。"

"平白无故地,送什么礼物啊?请刷我的卡吧。"

异彩虽然拿出了卡,却被孔作家拦下了。

"给你就收下,以后我会时不时地检查你有没有随身携带。"

自己不光没支付汽车修理费和罚金,还收到一个防身用品。异彩心里有种"负债累累"的感觉。

"这样就太过意不去了。"

"过意不去就过意不去吧!"

异彩有些尴尬,便翻起了宣传册。

宣传册里,从警报器到各种刀具,再到三节棍,样样俱全。此外,还有让人质疑"连这样的东西都可以卖"的东西。

手铐的种类也各式各样,有铐住双手的普通手铐,有连着长绳只能铐住一只手的手铐,还有挂着秤砣的脚铐。

不一会儿,那个手拿信用卡和收据的职员将瓦斯枪递给了异彩。手枪模样的瓦斯枪小巧精致,可以装进迷你挎包里。

"请您务必确认好安全装置,仔细阅读注意事项及说明书。如果有什么疑问,请打这个号码联系我。"

异彩接过了职员的名片。她将瓦斯枪放进包里,拿起那个有着位置追踪性能的项链。看到项链,她有些蒙了。

"连颜色都一样啊!"她暗自心想。

每次在孔作家身上发现道河的影子时,异彩都有种很奇怪的心情。异彩和那个职员客套地打过招呼后走了出去。

从公寓出来,她下意识地抬头一看,天空像是马上要下雨的样子,阴沉沉的。正走在前面朝着停车场方向走去的孔作家转过头,看了看她。

他拿起异彩手里的位置追踪项链,轻轻撩起她的头发,将项链给她戴上。他手上的动作让异彩突然变得紧张起来。他很自然地凑过来的脸庞，如此狭促的距离，还有那柑橘的香气。

异彩不知道是自己的心脏停止了，还是时间停止了。

"任何时候你都可以按。到时候，我去接你。"

孔作家将绕在异彩脖子的手收回来，异彩的心再次跳动起来。

他走在前面，问道："下一个地方去哪儿？"

异彩掩饰了下自己的表情，回答道："没有了。我带您回工作室。"

今天她也想休息一下。她已经熬了几天几夜了，尽管精神上还能坚持，但体力上她感觉已经到了极限了。

"那个，你会读古书吗？"

"认识一点儿，但不是很擅长，有些磕磕巴巴。"

"那，我们去一个地方吧。"

"现在吗？"

"怎么了？你还有其他事要做吗？"

"啊，没有。走吧，去哪儿？"

异彩跟在孔作家身后朝车的方向走去。这时，一个将帽子压得很低的男人，和异彩擦肩而过。他嘴里哼着一首旋律轻快的歌曲，而那首歌的歌词却很不寻常。

"快速迅速极速，快速迅速极速。"

异彩停下来，凝视着那个走进公寓的男子的背影。

导航引导的地方是位于首尔郊外的一处田园住宅。他们把车停在可以望到江的院子里，天边的夕阳已经开始西下。

田园住宅红色的屋顶与晚霞融为一体。

"这里的夕阳很漂亮。"

真的像他说的那样。

凄美的光芒抚慰了异彩的疲惫。她沉浸在这风景中好一会儿，才发觉孔作家已经进去了。

她走进敞开的玄关门，进到屋里。

最先映入眼帘的是带有贝壳装饰的古家具，再往里走就是一个充满古朴气息的客厅。

"这里是……"

打开窗户换气的孔作家回过头，视线停在异彩正在看的一个大型相框上。里面是孔作家的父亲和一个陌生的女子以及年幼的柳河一起拍的照片。

"这是柳河母亲以前用的别墅。我叫她大妈。"

异彩静静点了点头。虽然已经听道河说过了，但这样看感觉又不一样。照片里的三个人看上去是一个非常和睦的家庭。

"柳河来过吗？"

她暗暗想着，仔细地观察客厅。也许能在这里发现柳河目前藏身之处的线索。但和她希望的不同，这里看不出任何最近有人来过的痕迹。

垃圾桶是空的，水池上方整齐地放着拉面和罐头等保质期较长的食品。

异彩再次把视线转向孔作家。

"这里和本家的感觉不一样。"

"因为这是只属于她的空间，她去世以后也一直这样放着，柳河以前经常带我过来。"

这是照片里这个女人曾经住过的地方，异彩仿佛能听到她在亲切地说"快进来"，感觉有点儿悲伤。

"真残酷呢！"

"残酷？"

"对孔作家来说不是很残酷吗？这个地方看上去有点儿那样，那照片也是。"

好像在说"你和我们不是一家人"一样。说完异彩才觉得不对，轻轻转头看孔作家，他的表情僵硬。

"对不起，害你难过了吗？"

"上去吧，我要给你看的东西在上面。"

孔作家好像避开她的视线一样上了楼。

"残酷吗?"

他内心暗想,其实他一直希望有人能理解自己的心,但真被看破的时候,心情却有点儿奇怪。他听到身后异彩微微的叹气声,不用看也知道,她肯定在惴惴不安。因为她是一个有情有义的女人。

尽管藏着无数秘密,谎话连篇,但她仍然是一个有情有义和善良的人。这种反差正是她的魅力之一,所以他才更想了解她。

和一楼不同,二楼的整个空间都打通了。屋顶的一部分用玻璃建成,角落里还放着可以观测星星的天文望远镜。地上铺着柔软的羊毛地毯,看上去很适合躺下来枕着靠垫,在这儿放空大脑,打发时间。

孔作家用长杆子钩住天花板上的一个小环拉下来,随即降下来一个通往阁楼的木质楼梯。阁楼里凝滞的空气一下子涌下来。

异彩跟着他爬到上面,发现里面全是书架。阁楼里的空气维持着适当的湿度和温度,和特制书库很像。里面保存的图书也和特制书库里的古书一样历史悠久。

"这些都是什么?"

"她收集的书。"

因为天花板有点儿矮,孔作家弯下头往里走,但这高度对异彩来说毫无压力。

他走过几个书架,停住了脚步。紧跟在他后面的异彩赶紧也停下来,问道:"怎么了?"

异彩踮起脚尖,越过他的肩膀往前看。

"不见了。"

"什么不见了?"

"这里的古书,好像全被柳河拿走了。"

他看着的是一个空空的书架。

"什么古书?"

"里面收集了很多民间故事,大多是关于流落在人间的神灵之物。"

异彩想起了在特制书库里读过的古书。

"我看过类似的古书，博物馆的藏品里有，这里以前有很多那样的书吗？"

"有二十本左右。因为没有译本，所以不太知道里面的内容，书里还有插图。我记得里面有和柳河找的项链类似的图片，所以才带你来的。"

没有译本这句话引起了异彩的注意。

"我姐会翻译古书。"

虽然翻译二十本的话需要花不少时间。

"但这不足以作为柳河绑架你姐的理由。如果目的是翻译的话，雇人翻译不就好了。"

孔作家好像看出了异彩的想法一样说道。他还在相信柳河。也许这也很正常，因为他们是一家人。

异彩有点儿担心他，因为相信越深日后伤害越大。

"不管以后发生什么事儿，那都不是孔作家你的错。"

她不希望他像道河一样失去笑容，或把所有的过错都归咎到自己身上。

"什么意思？"

"就是这个意思。我可以随便看看吗？"

异彩含糊地说完，拿起了一本古书。

"小心点儿，柳河很爱惜这里。"

"好的。"

异彩从最近的书架开始逐一确认。这里的古书保管状态好到令人惊奇。

一开始以为这里只是一个普通的阁楼，但这里温度、湿度都保持恰当，为了不影响古书，这里的照明装置也经过了精心设计。

异彩津津有味地翻阅了几本古书。从正史到野史，从民间传阅小说的手抄本到《春宫图》，这里的藏书数量和种类都非常丰富。感觉不像是特别为了某个目的而收集的，而是花了很多时间和心思收集来并精心分类保管的。

"收集古书是她的爱好吧？"

"她喜欢收集古书和茶具。茶具都在柳河的公寓里，古书因为保管的问题就放在这儿了。"

"孔柳河是一个什么样的弟弟？"

"内心脆弱、善良的弟弟。"

"原来如此。"

她把刚刚浏览的古书整齐放回去，又拿起了另一本。这次孔作家问了同样的问题。

"郑多彩是一个什么样的姐姐？"

"是我的家人。"

不需要任何其他的形容词，光是这个理由就充分值得她去冒险了。这和孔作家面对不断出现的证据还依然选择相信柳河是一个道理。

异彩放下浏览的古书转过身的瞬间，两人的手机接连响起。两人分别拿出手机一看，原来是允亨发来的，告诉他们采访新闻已经发出去了。

新闻整体上写得很温馨。

异彩先抬起头说：

"应该会有效果吧？"

"其他的允亨哥会看着办的。"

也是，允亨总是会想尽办法办成。

"罗睿熙真的退出电影拍摄了吗？"

"她应该是作秀，都已经签合同盖章了，她不会乱来到那种程度。"

光是提到睿熙的名字，孔作家的脸上就布满了不悦。

"作家先生，因为绯闻的关系，你变得很为难吧？"

"你对我负责就好啦！"

异彩尴尬地笑了一下，转开视线。他的心意真是鲜明，就算不用道河说，都能看出来。看她默默地看起古书，孔作家接着说道：

"托你的福，我正在逐一发现我之前忽略掉的事情，就当扯平了吧。"

他以后还会知道更多。揽下所有伤痛以后，他的心意还会和现在一样吗？不，不会。他还是孔道河。

因为愧疚而避开的男人。

放下古书的异彩和他的视线相对。

"明天，我会把孔柳河引出来。新闻出来后应该有很多事要处理，你如果忙的话可以不用来。"

"我决定只对一个人不忙。"

异彩心情有点儿透不过气来。

孔作家之所以能若无其事地表达自己的感情，是因为他不相信柳河是嫌疑犯。但如果明天两人一起去的话，他就会当场知道真相。这对他和她都是一件残忍的事儿。

"对不起，把你牵扯进来，不应该这样的……"

"已经晚了。"

两人之间开始弥漫着一种微妙的气氛，这时春天般的手机铃声响了起来。异彩努力摆脱尴尬，确认了一下屏幕，明亮的屏幕上出现"朴女士"三个字。

紧张的她竖起食指放在自己嘴唇上。

"家里来的电话。"

孔作家轻轻点了点头。异彩深呼吸一口，按下了通话键。

"喂，妈。"

马上话筒里就传出几乎要把手机震碎的洪亮声音。

"你到底什么时候把那家伙带来！都传遍全国了，还不带给妈看？"

异彩咽了一下口水。平时都不怎么上网的人，到底是怎么看到恋爱新闻的。

"过不久我就带他去见你，忙……忙，他太忙了，妈。"

"忙？都在首尔能忙到哪里去？！"

朴女士的嗓门儿又抬高了八度。那嗓门儿即使没有开免提，也都清楚地被孔作家听到了。异彩正着急地想解释，孔作家一把夺过手机。

"您好，伯母。"

"你是谁啊？"

听到男人的声音,朴女士的嗓门降低了。

"对不起,这样通过电话初次问候您,我叫孔道河。我现在就去拜访您。大概需要三小时。"

异彩用口型对他喊:"你疯了吗?"但他却已经干练地道别完,挂了电话。她看了一眼屏幕上闪烁的"通话结束"四个字,提高嗓门儿喊道:

"你疯了吗?!为什么要去我家?!"

孔作家把手机还给他,扬起一侧嘴角说:

"你不也去过我家一次吗,要公平啊!"

"那个和这个能一样吗?!"

"我不去的话,伯母会一直生气的不是吗?"

"那也不能和她说去啊,我们不是过不久就要宣布分手的吗?"

原本温和笑着的他突然严肃地说:

"你打算要宣布分手吗?"

"我们不是决定了要宣布吗?"

"对不起,我是保守的男人,你得对我负责。"

他偏着头,满脸不悦。异彩故意退后一步回答道:

"我为什么要负责?"

"你不是说喜欢我吗?难道那也是谎话?"

"那……那个和这个有什么关系,告白了就都要负责吗?"

"我们不是还接吻了吗?"

异彩被堵得说不出话来,眼前浮现了好不容易忘掉的那个瞬间。她感觉到自己的心动加速,口不择言地说:

"我很开放,接吻是我的兴趣。"

"那,我们一起享受这个兴趣吧,我乐意参与。"

孔作家对她露出温和的笑容,异彩变得更不知所措了。偏偏两人正单独待在一个四面封闭、连窗户都没有的空间里。

"不……不用了。"

"不要推辞。"

"不要捉弄我，而……而且，你都不知道我家住哪儿就说三小时到？"

"伯母不是说都在首尔吗？三个小时的话，首尔哪儿都能到。"

看他大步朝自己走来，异彩犹豫地往后退。好像要吻她一样走过来的孔作家从她身边擦过，笑着说：

"我们出发吧！"

传统市场的入口处十分嘈杂，商贩的叫卖声此起彼伏。有的喊着"买就送"，有的喊着"折扣金额"，竞相拉客。

孔作家从车上下来，环顾着四周，悄悄地问异彩："不是去家里吗？"

"我妈在市场里开店。"

"店？"

传统市场对他来说是一道十分陌生的风景。市场入口处，林立着蔬菜、水果、海鲜、野菜和干货等各种各样的店铺。很难猜到哪个才是她母亲开的。

见孔作家的视线飘忽不定，似是很迷茫，异彩亲切地告诉他：

"是金枪鱼天国。"

沿着她手指指的方向看去，有一块小小的竖式招牌，印着"金枪鱼天国"的蓝色字样。

"名字好特别啊！"

异彩感觉受到了歧视，所以把向道河作过的解释，又原封不动地向孔作家重复了一遍。

"所有的菜品里都有金枪鱼。金枪鱼方便面、金枪鱼紫菜包饭、金枪鱼饭团、金枪鱼炒饭、金枪鱼拌饭之类的。您不是吃过金枪鱼方便面了嘛。那是我家的招牌菜。"

孔作家的嘴角挂起一抹微笑。

"今天能够尝到'原版'了吧？"

"啊，对了。我爸爸去世了。姐姐比我大三岁。其他的您就随机应变，好好表现吧。"

"都需要动用'随机应变'了吗？会疑问百出，为难我吗？"

"也许吧?"

托她的福,孔作家开始变得有点儿不安了。

"是压力面试风格的吗?"

"这个嘛,我也说不准。"

"之前是什么样的?"

"我没带男朋友来过。"

"我是第一个登门拜访的吗?"

"是,反正事情就变成这个样子了。"

他莫名感到很高兴,向前一步,牵起异彩的手。她吓了一跳,连忙回头看着他。

"怎,怎么了?"

"我们可是在公开恋爱,走路离得那么远不是很奇怪嘛!再说了,我们不能空手去。"

孔作家环视着周围的店铺,很自然地搪塞过去。

"我可是空着手去的啊!"

"当时是绑架。现在是去登门拜访。伯母是实用主义,还是浪漫主义?"

"实用主义。"

"那么买个果篮吧。"

他拉着异彩向水果店走去。但在她看来,果篮并没有多么实用。

"如果是浪漫主义,您打算买什么?"

"花。"

"还是水果好。"

异彩不情愿地扭动着莫名被孔作家牵着的手。孔作家以为她要抽出手,反而抓得更用力了。

她刚要说"松开手走",就和海鲜店的老板四目相对了。这里有很多商贩和朴女士关系很好,海鲜店的老板就是其中之一。

"您好,阿姨。"

异彩尴尬地笑着问好。海鲜店老板的视线固定在异彩和孔作家紧紧牵着的手上。

"男朋友吗？"

"啊，是……啊！"

孔作家也跟着她问好："您好。"

之后，又和市场的商贩们陆续相互问候了几番。异彩深深地低着头，挪动脚步。她觉得水果店好远啊！

两个人牵着手，刚走进水果店，老板就两眼放光。

"哎哟！男朋友吗？"

"是的。啊哈哈。"

异彩尴尬地笑着，孔作家再次主动问好。他现在几乎是自动鞠躬了。

"您好。"

"哎哟，真是仪表堂堂啊，仪表堂堂。是来见家长的吧？做得好，做得好。异彩妈很担心呢。是要买水果带去吗？"

"是的，果篮能立刻做好吗？"

"要多少钱的呢？七万起价，还有九万，十二万的。"

"那就拜托您做个十二万的。"

两人正说着，异彩插话道：

"阿姨！请做个七万的。"

"请做个十二万的。"

虽然孔作家纠正了，但异彩拉着他的胳膊，再次说道："不用。七万的。"

老板听着两个人的声音转过头，然后干脆按着自己的想法开始装水果。异彩瞪着孔作家说道："这样会被我妈骂的。十二万的话，相当于五十条金枪鱼紫菜包饭卷。一条两千五百韩元。"

"不是四十八条吗？"

"两条是赠送的啊。都买了四十八条，连两条都不赠送吗？那也太小气了吧！"

水果店的老板突然把果篮递到两个人面前。

"给。看起来像十二万的七万果篮。你们很般配，很让人喜欢，所以我多装了一些。"

如她所言，果篮非常丰盛。

"谢谢。"

孔作家付完钱后，再次致谢。自从进入市场以后，他一直保持着彬彬有礼的态度。

走出水果店，异彩看着孔作家提在手里的果篮，这才有了"正式"的感觉。虽然带成洙去过几次，但带"男人"去，还是第一次。

孔作家再次牵起结账时松开的异彩的手，与她并肩而行。异彩扭动了一下手指，抬起头看着孔作家。

"我妈以为我姐去旅行了。千万不要失言。她血压高。"

比起说她是向父母介绍男友的女人，她更像是初次送儿子上学的母亲。

"知道了。"

两个人并肩而行，走着走着便看到了"金枪鱼天国"的招牌。"今日休业"的标牌吸引了他们的视线。异彩做了个深呼吸，松开孔作家的手，小心翼翼地推开了店铺的门。脱掉了围裙，美美地化了个妆的朴女士正在看电视。很明显，有匆忙修饰过的痕迹。

"妈妈！"

听到异彩的声音，朴女士回过头。朴女士看到他们两个，站了起来，露出夸张的微笑。

孔作家大步流星地走进店里，大声问好："您好，伯母。我是孔道河。很抱歉没有早来拜访您。"

异彩的担心是多余的，孔作家非常从容。

"欢迎。"

"来得匆忙，没准备什么东西。"

他说着，把果篮放在桌上，朴女士嘴角的笑容更灿烂了。

"准备什么，空手来就行啊，用不着买这些。快坐吧！"

朴女士招呼异彩和孔作家坐下，她看起来非常开心。按理说，她应该会查一下户口,可是只要上网一查,所有的介绍都一目了然,所以她好像没有其他好奇的了。

"你们吃饭了吗?"

"没有。我想尝一下原版金枪鱼方便面。"

朴女士摆摆手,笑着说道:"哎哟,吃方便面怎么行。我做了清炖鸡。"

"看来我们朴女士抓了只鸡回来啊①。"

异彩耍起贫嘴,朴女士白了她一眼便进了厨房。

过了"第一关"的孔作家环视着店内。用宫书体手写而成的巨大菜单和挂在入口处的镜子,是店里仅有的装饰。这个温馨的小店从整体看来非常整洁。

这时,朴女士从厨房走了出来,把用方便面碗盛着的一整只炖鸡放在了孔作家面前。

"希望能合你的胃口。"

这个量大得惊人,感觉两个人都吃不完。但是,异彩的面前也放了一个碗,碗里也盛着那么大一只鸡。个头儿也太大了,说是土鸡也令人难以置信呢!

孔作家被眼前的大碗吓了一跳,不自觉地干搓了下脸。

"快吃吧。"

孔作家思来想去,决定放弃自己的胃。因为来登门拜访,必须表现出吃得很香的样子。

"谢谢!我不客气了。"

食物中有一种"朴素"、"温暖"的味道。问题只有一个,就是量太大了。孔作家啃着肉吃,偷偷地打量了一眼,异彩悄悄地问道:"给您米饭吗?您要泡饭吃吗?"

孔作家满眼的不可置信。这一碗的量都可以说是"情侣套餐"了,绝不是一人份。竟然还要泡饭?

---

① 在韩国,有女婿登门丈母娘用鸡招待的习俗。

"这可是一整只鸡啊！"

"应该一人一只啊！"

此"一只"彼"一只"啊！孔作家把这句话咽进肚子，挽起了衬衣的袖子。然后，像和她比赛似的吃了起来。朴女士给他们准备了各式各样的小菜后，便坐在两人面前，露出了欣慰的笑容。

大概就那样过了二十分钟吧。孔作家感受到胃脏的极限，放下了筷子。当然，碗里已经被他吃得干干净净。

"我吃好了。"

"再加点儿吗？"

"不用了，我已经吃得很饱了。"

他想喝水，奈何他感觉吃的东西已经填到了嗓子眼儿，所以只是润了润嘴唇。他一放下水杯，朴女士一脸的严肃。

"我想问的只有一个。"

"是。"

孔作家铿锵有力地回答道。异彩也跟着紧张起来。

"打算什么时候结婚？"

"妈妈！说什么结婚啊！"

异彩抬高了嗓门儿，朴女士也随之抬高了嗓门儿："那么，是没想过结婚，就惹出这样的事儿吗？"

朴女士下定了决心。

小女儿初次带来的男人仪表堂堂，给人印象也很好。听市场商贩们说，他家境殷实，人也很聪明。她自己调查的结果也是如此。

虽然她很在意他和女演员传出的绯闻，但既然异彩否认了，她也打算不再追究。现在都已经亲自登门拜访了，所以之前异彩说是误报的话，也是可信的。

"本应先送多彩出嫁才对，但是如果等那丫头先出嫁，说不定我死之前都抱不上孙子。所以你先嫁人吧。"

听到母亲提及到多彩，异彩的表情瞬间僵住了。孔作家替她开口回答道："如果伯母和异彩允许的话，哪怕是下个月结婚我也愿意。"

听到他堪称模范的回答,朴女士的脸上笑开了花。虽然嘴上说想问的只有一个,但她早已准备好了下一个问题。

"你说你是小说家?"

她知道他的父亲是有名的政治人士,也很富有。但说白了,那只是他父亲的能力罢了。朴女士是想先问问他,他是否有能力置办房子。虽然听说他是人气作家,但在朴女士的眼中,小说家是贫穷的职业。

若他们以后双双出去工作,虽然不至于饿死,但朴女士不希望异彩过得太辛苦。是自主选择当"双职工",还是迫不得已才做"双职工",这是两个不同的概念。考虑到还要养育孩子,所以至少要有个像样的房子,才会觉得放心。如果不能自购住宅,哪怕是全租房①也好。

"是的。"

"如果是小说家的话……"

她不想看起来像俗人一个,所以她欲言又止。正在此时,店门开了,有人探进了脑袋。是在市场里边卖菜的昌原家。

很显然,她是听到传闻,来看异彩的男朋友的。异彩和孔作家手牵着手,在市场里阔步而行,现在传闻应该已经传遍了。

昌原家应该算是某种意义上的探子吧!

"哎哟,看来是异彩的男朋友登门拜访来了啊!帮我打包点儿紫菜包饭。"

"今天不做生意,你下次再来吧。"

虽然朴女士想打发她走,但昌原家却笑嘻嘻地走进来,一屁股坐了下来。

孔作家后知后觉地起身问好:

"您好。"

见他鞠躬行礼,昌原家便"咯咯"笑了起来。

"你真是好福气啊,姐姐。老二找了这样帅气的新郎官。"

---

① 向房东交付一定金额的押金,获得一定时间的房屋免费使用权,期满还房时全额退还押金的租房模式。

"你来这儿，店怎么办？"

朴女士平白数落道。

"我妹照应着呢。对了，刚刚老金看到了，说那台车也非常非常好呢！"

虽然是台租赁车，但异彩和孔作家只是笑着，并没有说什么。昌原家直勾勾地看向异彩。

"哎哟，听说准新郎是当红小说家，父亲是国会议员。异彩啊，你现在该给你妈尽孝了。得知恩图报啊！"

朴女士板起了脸，怒视着昌原家，对异彩说道："异彩啊，不是说很忙吗？有事儿就先走吧。"

阴冷可怕的气氛在几人之间流动着，让人格外紧张。异彩对孔作家使了使眼色。

"哦，嗯。妈，那我们先走了。阿姨，您再多待会儿再走吧。"

"怎么这么快就走啊？"

昌原家客气地挽留道。

"他本来就比较忙。哈哈，那我们先走了。"

异彩拉着孔作家向店外走去。他们刚走出店门口，里面就传来怒喊声。孔作家被朴女士的高喊吓了一跳，转首看去。

"我做错了什么吗？"

"没有。我妈是因为刚才的阿姨说的话。"

"因为她提到"知恩图报"了吗？"

这个男人还真是敏锐。异彩给他讲起了自己的回忆。

"我其实是捡来的孩子。我当时被丢弃在了朴女士的家门口。"

孔作家用惊奇的目光看着正向停车场走去的异彩。

"我那时候才七岁，但却记忆犹新。那时，没有人来牵住我的手。"

她平淡地讲述着，脸上不带一丝难过和孤单。

"如果你不想说就别说了。"

"没关系。因为在那天，我第一次遇到了妈妈。妈妈向我伸出了手。"

异彩半推半就地牵住了朴女士的手。直到现在，她都还记得当时从朴女士的手心传来的温度。还有那天拂过的轻风，甚至是那晚透过大门扑鼻而来的饭香味儿，她都记得。

而且，还有一名……

"男孩子"，她陷入了回忆中。

当时有个和她年纪相仿的男孩子，递给了她一个无花果。

在异彩的成长过程中，每当难过的时候，她都会想起那天。每当她面对偏见时，面对别人的指指点点，说她是"捡来的孩子"时，面对困难时，她都会想起和那个男孩子之间的记忆。

她偶尔也会好奇。好奇那个男孩子现在在哪儿，正做着什么？

现在也还那么温柔吗？

孔作家与异彩并肩而行，他一点点地靠近异彩，牵住了她的手。

异彩低头看向她那被孔作家牵住的手。她应该要拒绝的，但是从他手上传来的温度是那么温暖，她只能佯装不知了。她想再多温暖一会儿。

两人往停车场的方向走着，孔作家小心翼翼地问道："你没有与亲生父母相关的记忆吗？你想不想见他们？"

"有点儿微妙的是，我越长大越像我爸爸了。因为我爸爸是个花花公子，他去世之前，经常让我妈妈伤心。也因此，我学会了看人眼色。在我家，禁止提起和我亲生父母相关的事儿。"

"你不想确认下这件事儿吗？"

"不想。如果爸爸是我亲生父亲的话，那我可能就会对妈妈感到愧疚，我不想那样。但如果他们说爸爸不是我亲生父亲的话，我又可能会伤心。虽然有点儿奇怪，但我就是这样想的。有时候，将一件事埋藏在心里会更好，不是吗？"

异彩只是微微一笑。

第一次在便利店前见到她的时候，孔作家就觉得她是一个有故事的女人，因为她在大白天就喝得烂醉。在那之后，他就觉得她是个奇怪的女人。他到底是从什么时候开始觉得她可爱的呢？第三次？还是第四次见面的时候？直到最近，他都一直以为她是从小被宠到大的老幺。

但事实并不是这样。

像她那样笑是容易的,但是要带着伤痛笑却不容易。孔作家活到现在,他见过太多的人因为心理上的创伤而放弃自己,失去生命的色彩,变得丑恶。但这世界上还有一类存在,他们怀着伤痛,却依旧能活得漂亮。而异彩就是那样的存在。

"对我隐瞒的事儿也属于那种吗?埋藏起来会更好?"

"也许是吧。"

"你家里的事儿也可以跳过不说的啊!如果你适当地转移了话题,我应该也看不出来的。"

"因为这是我的事儿,所以可以告诉你。"她毫不在意地回答道。

"标准是什么啊?能说出来的和不能说出来的事儿。"

"牵扯别人命运的事儿和不牵扯别人命运的事儿……这样说会不会太宏伟了?"

"非常宏伟。"

"那就是看我心情了,你就当是这样吧。"

他好像了解她又好像不了解她,但他还是喜欢她。虽然他已经不是什么青春期少年了,但光是牵住她的手,他就有一种拥有了全世界的感觉。

"如果我问你什么事儿,你不回答的话,我会认为你有不得不那样的理由。所以,以后不要再对我撒谎了。"

"知道了。但是,和姐姐相关的事儿例外。"

孔作家停下了脚步,他们牵着的手也随之分开了。

"你冒着生命危险找你姐姐,是因为想报恩吗?"

她转过身来,摇了摇头。

"我希望在我的世界里,有妈妈和姐姐的存在。所以,我是想要守护我的世界。不是因为什么牺牲精神和义务感。"

她迈着坚定的脚步继续向前走。孔作家一直呆呆地站在原地看着她,直到她上了车。

他感觉自己好像被她控制住，永远都逃脱不了了。但他似乎并不讨厌这种感觉。

有朝一日，只要他能进入她的世界……

孔作家晚一步坐到了副驾驶座位上，询问了下一个目的地。

"现在去哪儿？"

"回家啊。您是要回工作室吧？我送您回去。"

她刚启动车子，孔作家便又熄灭了车子。

"你把我送回去时，顺便帮我煮好方便面再走。"

"您刚刚不是吃过饭了吗？"

"我不想让你回家。"

"什，什么？突然？"

"现在，我觉得我们的相处也可以更加色情一点儿。咱们告过白了，也接过吻了，也都见过两家父母了，不是吗？是时候验证我们是否已经是成人了？"

虽然孔作家是开玩笑的，但异彩听了这话还是一下子紧张了起来。

"好了，别开玩笑了。我很保守的。"

"我记得你好像说过你比较开放吧？"

"我本来就是这种摇摆不定的人。"

孔作家忍俊不禁，笑了出来。

"你想回家做什么？"

"我想休息一下。"

"你去我工作室休息。我会让你安心休息的。"

"我为什么要在那里休息啊，我要回家休息。"

"那你回去了就只能睡觉。我讨厌你和那个跟我长得很像的人隔着阳台见面。"

"什么？"

"对。我就是在嫉妒。"

"哪有这么爽快地承认自己嫉妒的人啊，您不能偷偷嫉妒吗？"

"我不要。"

异彩看起来一脸为难，孔作家突然靠近异彩，轻轻亲了一下她的脸。

"踩刹车。"

异彩被孔作家突如其来的动作吓了一跳，她下意识地踩下刹车。随后，孔作家按下了车子的启动按钮。

"出发。"

异彩启动了车子，用余光瞥着孔作家，坚定地说道："我只负责把您送回工作室。"

孔作家温柔地笑了起来。

My lady?

柳河怀疑自己的眼睛。刚公布不久的采访报道也太荒唐了。他无法相信孔作家会说出这么肉麻的话。而且，叫他"孔作"？这也太不像话了。

"这是允亨哥惹出来的事儿吗？"柳河怀疑着。

不管允亨待孔作家再怎么好，这也太过了。孔作家竟然接受这种承认恋爱绯闻的肉麻采访。

柳河更不相信孔作家会答应接受这种采访。

柳河转过头，凝视着多彩。多彩是柳河见过的最冷漠的女人。如果她妹妹的性格和她相似的话，那这篇采访就是捏造的不实报道。

"郑异彩，是个什么样的女人啊？"

正在翻译古书的多彩抬起了头，眼神里透露着不安。只要一提到异彩，她看起来就会特别紧张。

"异彩……怎么了？"

甚至她的声音都在微微颤抖。

"她好像正在和我哥恋爱。这样下去，郑异彩就该成为我的嫂子了。那么，我和姐姐算是亲家关系了吗？啊，因为郑异彩是捡来的孩子，所以我们也不算是亲家关系？因为不是亲妹妹，所以我们算半个亲家？"

柳河"哧哧"地笑了起来。多彩皱起了眉头。

"你到底在背后做了多少调查？"

"能够绑架的程度。在姐姐消失之后，不能马上报警申报失踪，所以调查是必需的。只要有钱，即便在这儿干坐着，也可以调查到一切。听说姐姐的父亲很厉害啊，您很有可能不止郑异彩一个妹妹啊！"

"你别在这嘲讽我。"

"我这不是嘲讽，只不过是感同身受罢了。因为哥哥和我也是这种关系。我们身上只流着一半相同的血液，是同父异母的兄弟。啊，那姐姐和我也不算是半个亲家，应该是半个的半个亲家。"

柳河独自嘻嘻地笑着，转过头看向笔记本电脑屏幕。

但多彩却一直注视着柳河。在他表现出的各种感情里，多彩唯一猜不透的便是他对孔道河的感情。

一开始，多彩以为他对他哥哥只有怨恨。但他每天都在查看着和他哥哥相关的报道，情绪阴晴不定。他有时候会赞同那些针对孔道河的恶性评论，但有时候看到那些恶性评论又会十分愤怒。

或许，他是想怨恨他哥哥。因为他想找到一个正当的理由，来解释自己做出的那些不像话的行动。

"你怨恨哥哥吗？"

"您觉得我在现在这种状况下，会喜欢他吗？他把我搞成了这个样子。"

"你真的认为事情发展到现在这个地步，都是你哥哥造成的吗？"

柳河转移了话题，似是想要回避这个问题。

"姐姐就不好奇吗？郑异彩是自己半个亲妹妹，还是毫无关系的外人？"

"我不想知道。"

她立马回答了这个问题，没有一丝犹豫。她并不是为了回避这个问题才这样回答的，这是她在长时间苦恼忧虑过后，才下定的不容置疑的结论。

"这两个结论，姐姐更害怕是哪个呢？是毫无关系的外人，还是半个亲妹妹？"

"无论结论是哪个，都并不会改变什么。你不要小看时间的力量。"

无论结论是什么，异彩都是她的妹妹，这一点不会有任何改变。如果说她害怕什么，那就只有，她怕知道这个事实的异彩会受伤。

"姐姐真是心胸宽广啊！"

柳河一脸无趣地注视着笔记本电脑。

"异彩她就好像没有青春期。别说反抗了，到现在为止，她都没有发过一次脾气。你相信一起生活了二十多年，她却没有发过一次脾气吗？"

"那有什么奇怪的，我哥哥也是这样。"

"你觉得他为什么会这样呢？"

"因为我没做过会让他生气的事儿啊！"

"是因为愧疚呀！"

"半路插进来，依附着我们，他们当然应该感到愧疚啊！因为郑异彩，姐姐您能享受的不就减少了吗？你们家境也不是特别富裕啊！"

这话听起来很过分，但多彩确实这么想过。不知道是不是因为这个，每当她在柳河身上发现自己的影子时，她都觉得心里不好受，就好像是在回望自己曾经是个多么糟糕的人。

"……她作为一个被捡来的孩子，在她成长过程中，从来没有无理取闹过。她从来都是让着我，照顾着我。也从来没有让我看过眼色。虽然我们家不富裕，但是再养一个她，还是养得起的。这也是妈妈做出的选择。但她总是对我们感到愧疚，也有可能是害怕再次被抛弃吧。"

"没办法，那就是她的遭遇。"

"但她越长大越像爸爸，所以她就更是看着眼色过日子。她没有做错任何事儿，她的出生又不是她的错，被抛弃也不是她的错。"

柳河停下敲击着键盘的手，抬起了头。他好像是想起了哥哥。多彩并没有等待他整理好思绪，便继续说道："我很心疼她，也觉得她很可爱，有时候也讨厌她。所以就任由她跟随着我了。我任由她留在我身边，看着她有愧于我，我却什么都没做。到底是这样的我更坏呢，还是现在的你更坏呢？"

柳河嘟囔着回答道："我怎么了？"

"其实你很喜欢哥哥，不是吗？你也知道哥哥并没有做错什么，但是你需要一个泄愤的对象。"

"不要胡乱猜测。"

"你知道吗？这样生活在一起，真正感到痛苦的应该是他们两个，但是活得更糟糕的却是你和我。"

"我也知道。"

其实一直都知道。

就因为一篇新闻报道，所有人都背弃了柳河。只有哥哥自始至终都没有对他放任不管。但是柳河却更加讨厌他。

因为他觉得哥哥之所以这么做，归根结底是看不起他。

随着时间流逝，当他清醒过来时，哥哥已经不联系他了。直到只剩下自己一个人时，柳河才意识到自己过去活得有多么荒唐。

"所以我想重新开始，重新好好地生活。"

"那你现在这模样是在好好生活吗？"

多彩朝着柳河晃了晃手腕上的手铐。

"这只是一个过程，变幸福的必经过程。为了未来，任何人都会学会忍耐。"

"为什么要我为了你的未来在这儿忍耐？这样算好好地生活吗？"

"这一点我觉得很抱歉。"

"即使这样，你也不会放了我。"

"我会在新的时间里报答你的。找到忘记一切的姐姐你，跟你告白怎么样？那个时候，姐姐你会怎么回答呢？"

"什么？"

"姐姐你不好奇吗？"

"如果你找到项链回到过去的话，是不是你会记得我，而我却忘了你？"

"是的。"

"太好了，我可不想记得你。"

"所以如果我表白的话，姐姐你会怎么回答呢？"

"我会说不愿意。"

"没意思。是不是因为那个大哥？这样的话就激起我的好胜心了。"

"不是因为成洙，是因为你太无趣了。"

"天哪，你是说我吗？"

"对啊！你长得很帅，个子又高，穿着时尚，看上去也很有钱。但是那又怎样，你还不是抵制不住自己的欲望。这样的男人很无趣。"

"我只是希望所有的一切都不要发生变化。我只是想找回原来属于我的东西。"

柳河只是在像小孩子一样耍小性子，把期望寄托于不切实际的幻想。

"就算软玉项链真的具有操控时间的功能，如果你自身不改变的话，即使你得到了项链，以后还是会陷入寻找项链的循环中。"

"别对我说教。"

柳河从座位上站起来，躲进了房间里。多彩看着柳河坐过的空位，轻轻地叹了口气。

异彩没有开灯就走进了黑暗的屋内，接着就倒在了床上。衣服也没换，斜挎包也还抓在手里。

虽然很想休息，但又无奈地度过了忙碌的一天。

异彩叹了口气，爬了起来。

她躲在黑暗里，看了看窗帘外面，坐在阳台上的道河映入眼帘。他没有看电脑，也没有看书，就像静止画面一样呆坐在那里。

异彩心想："他在想什么呢？"

如果道河今天走出了月池，那肯定看到了她和孔作家接吻的画面。异彩突然觉得心情沉重。她完全不知道该如何面对道河。难道要装作什么都不知道，什么都不在意的样子去跟他说话吗？

"太尴尬了。"

异彩觉得面对柳河，比面对跟自己接吻的当事人孔作家更难。

但是也不能一直这样躲着他。异彩很了解自己，现在不开门的话，以后肯定会后悔。如果明天把柳河叫出来，然后能顺利找到姐姐的话，她和道河的连接很可能就此断掉。

所以说今天也许是跟他在一起的最后一晚。

异彩小心翼翼地打开阳台门，像静止画面一样坐在那儿的男人回过头来。

"我回来了。"

异彩拿出了戴在脖子上的位置追踪器，说道：

"我去买护身用品，然后孔作家送了我这个。怎么你们的喜好也这么一致啊！"

她故意把话说得很轻松，但并没能掩饰掉其中的尴尬。

看到异彩突然从黑暗的屋里走出来，道河似乎有些惊慌。他盯着异彩看了一会儿，迟迟地附和道："因为喜好不会轻易改变。"

谈话一时中断。异彩用脚尖"咚咚"地踢着阳台栏杆，继续说道：

"就是明天了。"

"你紧张吗？"

"有一点儿。"

其实比起紧张，更多的是害怕。

"之前想要绑架你的那些人都有经验得很。孔作家一个人肯定对付不了。或者找警察帮忙……"

"我不想让警察参与进来把事情搞大。"

"……是因为柳河吗？你不需要考虑我的情况。难道你忘了之前差点儿被绑架的事儿了？你真的不用考虑我，已经不需要了。"

"不是因为道河先生。我不想让警察牵扯进来的原因是为了我姐姐。我不想让事情变大闹上新闻。我想让姐姐顺利地回来，过平常日子。"

多彩是有名的修复师，而且孔作家和异彩的绯闻传得沸沸扬扬。如果多彩的事儿再被传出去，即使她是绑架被害人，也会受到露骨的讽刺。

道河也同意异彩的想法。事实上，当多彩的尸检结果显示她有孕在身时，就遭到人们不堪入目的嘲弄和鄙视。

"如果讨厌警察的话，那雇人怎么样？"

"您是说雇用那些想要绑架我的人？"

"如果需要的话。"

"有点儿反感，而且他们也不可信。不要再动摇了，就按照一开始的计划实施吧。"

"那么金成洙怎么样？"

异彩并不是没有考虑过成洙，但是那又极可能会引发其他变数。已经发生改变的未来就是证据。成洙会在一个月后不知缘由地死去。

"我不想失去成洙。万一他被杀的日子提前了怎么办？"

异彩的话很有道理。不能预测结果的变数在这里不受欢迎。但是没办法，道河担心异彩。

"如果情况没有朝着预想的方向发展，你就放弃。我们再想办法就好了。所以一旦遇到危险，你就赶紧逃跑。"

异彩轻轻地点了点头，向道河传达着不要担心的意思，然后开始转移话题。

"如果明天找到姐姐的话，您的人生轨迹会完全改变吗？"

"应该是的。因为找到了柳河，所以不再需要到处徘徊了。"

"如果您对新的人生不满意，可不要怪我哦！"

"我都不会记得你。"

"说不定都会记得呢！"

与其说是对道河的安慰，还不如说是异彩的希望。她就这样一点点地做着离别的准备。

"……我有个请求，您能接受吗？"

"说。"

道河的口气听上去像是不管什么请求他都会接受。

"明天您好好待在家里，也不要出去确认过去是否改变。如果您在所有事情发生错位时，走出月池，那一切就都结束了。您就在阳台上等我回来。我会告诉您明天发生的所有事情。"

道河沉默了一会儿，勉强地回答道："我会准备好晚饭。"

"我也不知道要几点才能回来。等我回来煮方便面给您吃吧,金枪鱼方便面。"

"我会期待的。"

"那么,让我们一起加油来改变未来吧!"

异彩微微地笑了,是一种与现在氛围极不相符的牵强的笑容。

"快去休息吧,明天还得早起呢!"

"那我先睡了,晚安。"

异彩轻轻地挥了挥手,拉上了窗帘。她没有关上阳台门,风透过窗帘的缝隙吹了进来。异彩收起笑容,叹了口气。

有很多话想对道河说,但是她却只说了能说的话。最重要的"谢谢"也没能说出口。

异彩换下衣服,马马虎虎地洗了澡就倒在了床上。她感到心烦意乱,怎么也睡不着,只想流眼泪。是因为多彩,还是成洙,或者是道河?她自己也不知道。

异彩抑制住自己的感情,给成洙打去了电话。成洙那刚从睡梦中醒来的声音在耳边响起。

"……什么事儿?"

"睡了?"

"都几点了,不睡觉还给我打电话?"

"就是想问你件事儿。"

"你是觉得休假太长了吗?那就来上班呗!"

"你周末干什么?"

"你要跟我玩儿吗?别费心了,好好去约会吧!"

"算了,你睡吧。"

成洙暂时还没事儿。姐姐也会没事儿的。现在大家都很好。明天也会是这样。

异彩相信自己能做到。她再次努力想要入睡,但还是睡不着。

朴女士和多彩、道河以及孔作家,还有成洙的脸整夜都在她的脑海中晃动着。

灰色的墙看上去很粗糙。墙的另一边飘散出浓郁的大酱汤味道，刺激了七岁的异彩的鼻子。

"好饿啊！"

又渴，腿又疼。异彩蹲坐在那儿，握着小小的拳头敲打着自己的腿。

妈妈说过，不能穿着裙子蹲坐。但是没办法，她的腿已经疼到要掉眼泪了。

郁郁寡欢的她低头看了看脚上穿着的粉红色玛丽珍皮鞋。这是她最喜欢的鞋子，袜子也是她最喜欢的蕾丝袜。除了这些，最让她喜欢的是身上穿的新连衣裙。

这样打扮起来的异彩就像是一个洋娃娃，饿肚子的洋娃娃。

"好饿啊，好饿啊！"

妈妈叫她哪儿也不要去，就待在那儿看着对面的蓝色大门。所以连续几个小时，异彩就一直站在那儿看着大门。

蓝色大门里藏着什么秘密呢？一直看着的话，会不会有妖精出来实现自己的愿望？

"我想回家。"

管他妖精什么的，异彩现在只想回家吃妈妈做的热乎乎的饭，然后钻到被子里去。

但是她不认识回家的路。妈妈牵着她，坐了火车、公交车和地铁，才来到了这个地方。

每次外出时戴在脖子上的防走失项链今天也没戴。而且异彩还不会背妈妈的电话号码。

一个跟她差不多年纪的小女孩从异彩面前走过。小女孩牵着一个女人的手，那女人看起来像是她妈妈，胸前戴着红色的康乃馨。

异彩的眼睛里流下了一滴眼泪。

"妈妈……"

伤感一阵阵袭来。

异彩一边喊着妈妈，一边开始号啕大哭。虽然哭得上气不接下气，但是没有任何人理睬她。异彩哭得筋疲力尽，不停地呜咽着。

"你迷路了吗？"

异彩红着眼睛，看了看走过来跟自己说话的小男孩。穿着整齐的小男孩手里拿着一根枝叶茂盛的树枝。

"我很饿！"

异彩说完，觉得饥饿感更强烈了。小男孩看上去很慌张，他把手上拿着的树枝递给了异彩。

"你要吃这个吗？"

异彩看了看树枝，发现树叶中间挂着从没见过的紫色果实。她瞪着小男孩喊道：

"不要。人贩子！妈妈说过不能拿陌生人给的东西。"

小男孩似乎觉得异彩很可爱，"噗"地笑了起来。

"你不是说肚子饿了吗？"

"嗯。虽然很饿，但还是不行！"

异彩难过地回答道。

"你妈妈去哪儿了？"

异彩皱起了眉头，像发动引擎一样，再次大哭了起来。

"呜啊啊，妈妈，你为什么还不来。"

看到异彩大声地哭泣，小男孩露出了为难的表情。

"妈妈，呜呜，我妈妈还没来，呜呜。"

男孩摘下一个挂在树枝上的果子，将它掰开。果实还没有熟透，但男孩对此并不清楚，他将果子递给了异彩。

"吃吧，剥了果皮再吃。"

异彩看着里面的果肉，犹豫着摇了摇头。

"我不要！我不会被你拐骗的。"

"我不会拐骗你的。"

男孩再一次递给异彩。刚刚还连连摇头的异彩"咕嘟"一声吞了下口水，迅速地接了过来。

"还是不行。"

异彩一边喃喃自语，一边将果肉放进嘴里。

被咀嚼后的爽脆果肉散发出少许的甜味。如果熟透了的话，果子会更加香甜和松软。尽管异彩不知道这些，但她还是吃得很香。异彩将果肉全部吃完后，咂着嘴巴品着味道。这时，男孩又摘了一个果子递给她。

"我真的不能要。"

"没关系。你不是说肚子饿吗？"

"那你不要告诉我妈妈。"

异彩转了转眼睛，再次将果肉放进了嘴里，慢慢地一动一动地嚼着。男孩看着她，过了一会儿并排坐在了她身旁。

"你为什么坐下啊？"

"你一个人很孤独，不是吗？"

"什么是孤独啊？"

"就是会让人心痛的东西。"

"我不喜欢心痛。"

"所以我会一直在你身边的。你几岁了？"

"七岁。"

男孩听到异彩的年龄后，吓了一跳。

"你都七岁了，为什么会这么矮小啊？"

"……是不是我太矮小了，妈妈才不来的啊？"

异彩又开始了抽泣。男孩见此，立马挥挥手道："不是。仔细再看看，你根本就不矮，一点儿都不矮。"

"真的吗？"

"嗯。不矮。"

异彩这下安心了。如果妈妈是因为自己个子矮小才不来的话，那自己要等很久了。因为如果想要长高的话，自己还得再多睡一百个晚上才行。

"如果你住在这附近，我带你回去吧。我在那里住，所以很熟悉路。"

男孩指着住宅区后面的高级商住两用公寓说道。可是，异彩摇了摇头。

"我不知道我家在哪儿,很远的。我必须要待在这里,妈妈说让我在这里等她。"

"那她应该马上就来了。"

听到男孩沉着的语调,异彩也冷静了下来。

"是吧?妈妈要是快点儿来就好了。"

男孩又从树枝上摘下一个果子递给异彩。

"再吃一个吧。"

异彩爽快地接过果子吃了。

"听人说,'不送康乃馨,不见佳人来。'我没有钱买花,妈妈如果不来的话,该怎么办啊?"

那样的话就糟了,早知道像去年那样用彩纸做康乃馨就好了。男孩摘下最后一个果子,将它放在又开始抽泣的异彩的手里。

"送这个吧。这个也是花啊!"

异彩凝视着手里拿着的果子,这怎么看也不是花。

"骗子!这怎么会是花啊?"

"是花,虽然长得不太一样,但这就是花。"

"你错了!你这个骗子!人贩子!骗子!"

男孩纠正了一下异彩说的话。

"我没说错,只是不一样的花而已。这是我妈妈说的。"

"不一样?"

"嗯。不一样的东西又不是坏东西。没关系的。"

"有关系。"

"有人说过,'就算有关系,以后也会没关系的'。"

"谁啊?"

"我妈妈。"

"你妈妈?"

"嗯,我妈妈。所以你就送这个吧,肯定会没事儿的。"

"这个叫什么啊?"

男孩爽朗地笑了。

"无花果。"

异彩为了不忘记它的名字，嘴里反复地喃喃自语着。太阳下山后，男孩还是一直陪在异彩的身边。

这时，蓝色的大门打开了。

从蓝色大门里面出来的，既不是精灵，也不是帮人实现愿望的魔法师。打开门出来的朴女士，来到孩子们的面前。

"你们怎么在这里？大人们会很担心的，快点儿回家吧。"

"她妈妈让她在这里等。"

男孩的话让朴女士担心起来。

"她好像从白天开始就在这里等了。"

"我妈妈让我在这里等，我不能回家。"

"你知道妈妈或者爸爸的电话号码吗？"

"不知道。"

异彩摇摇头。

"你吃饭了吗？"

"没有。"

"那你要和阿姨一起回家里等吗？如果你妈妈来了，我会告诉你的。你在阿姨家吃了饭，洗漱好后乖乖地等妈妈。好不好？"

朴女士向着异彩伸出了手。

听到闹铃声，异彩睁开了眼睛。有关那天的梦，她做了很久。

"他现在过得好吗？"异彩心里默念。

决定领养异彩的朴女士选择了搬家，自那以后，异彩就再也没有见过那个男孩。

即使这样，异彩还会偶尔像这样在梦里见到他，每次梦到他，就像是收到了礼物一样。

仔细想来，五月是没有无花果的。这么看来，那个男孩说不定真的是精灵呢！

她凝视着阳台上随风摆动的窗帘。

　　"今天好像也跟那天一样令人害怕，要是有人能在身边就好了。"

　　异彩看了一眼时间，走进了浴室。她用温水沐浴后，比平时更加悠闲地将头发擦干。她挑了一条清爽的连衣裙穿上，画上精致的妆容，这实属难得。她担心自己的脸色会因为紧张而变得苍白，所以她涂了厚厚的浓妆。

　　最后，异彩拿起一个长带提包，又一次凝视起阳台那随风摆动的窗帘。异彩就那样站了一会儿，转身往玄关走去。她早上还没来得及跟道河打招呼。

　　她想等回来后，好好地跟道河道个别，她要向他表示感谢。

　　异彩走出公寓，看到孔作家站在花坛前面，正在用手机记录着什么。感觉到异彩的动静后，他将头抬起来。

　　"睡得好吗？"

　　他脸上满是高兴的神情，这让异彩蓦地有些悲伤。她用智能钥匙将汽车解锁后，说道：

　　"您等了很久吗？"

　　他走近异彩，眼角里满是酥软的笑意。

　　"我刚来。"

　　"您做好心理准备了吗？"

　　"要做好准备的，是你吧。"

　　异彩握着钥匙的手指尖微微抖了一下。她将手伸开后又重新握住，缓解了下内心的紧张。

　　"是呢，走吧。"

　　他们上了车，很长一段时间里两个人都默不作声。

　　孔作家一如往常地注视着后视镜，将后面跟着的车辆的车牌号码记录下来。不经意间，他瞟了一眼异彩的脖子。他看到异彩衣领里露出来的项链，嘴角泛起了笑容。

　　过了一会儿，车到达了目的地。异彩将车停在两个人经常光顾的咖啡店前，将钥匙交给了孔作家。

孔作家环顾了下四周，向异彩询问接下来的计划。

"我需要做什么？"

"您要在这里盯着。"

"然后呢？"

"我会从咖啡店往博物馆方向走，孔作家，您就开车跟在我后面。因为这里是单行道，所以您很轻松就能跟上我。如果我猜得没错，孔柳河将会在我到达博物馆之前出现。"

孔作家的神情变得有些僵硬，显然是在强忍着内心的复杂情绪。

"如果他出现的话？"

"他一定会抢我的包。孔作家您只要跟着孔柳河就行了。到时，如果我能上车就上车，不能上车的话，您就独自开车走。因为不知道他会什么时候出现，也不知道他会去哪儿，所以您要紧跟着他才行。"

"跟上以后呢？"

"只要找到我姐姐被关着的地方就行了。如果您没和我在一起，那就什么都不要做，等着就可以了。"

"知道了。"

他轻描淡写地回答道。她的话到底是不是真的，过一会儿就知道了。

"对不起，把您牵扯进这种事儿。"

"没事儿。我也觉得这事儿不大对劲。"

犹豫不定的异彩从车上下来，走进了咖啡店。接着，孔作家也下了车，换到驾驶座位上。

异彩拿着美式冰咖啡，坐在了靠窗的位子上。从这里可以很清楚地看到孔作家的车。

她短促地深呼吸了一下，拿出手机，给多彩发了一条短信。

——大周末的，你干什么呢？

异彩没有收到回复。她从包里拿出《我们家》，打开来看。她刚读了几页，就听到一声短信提示音，便抬起了头。

那是一条简单的回复。

——我没啥事啊。

异彩这下安心了。刚刚她还害怕自己收不到回信，内心有些惶惶不安。现在，异彩准备进入下一个阶段了。她将事先拍好保存的软玉项链的照片，发给多彩。

——这个可以这样乱扔吗？我打扫房间的时候找到的，这不是你研究的东西吗？

——我也正找它呢。你不要乱碰，把它放在书柜上吧。

事情进展得很顺利。对方回复信息的速度明显变快了。

——这次博物馆新进了一批设备，我帮你检阅下项链的数据，等你回来就能看了。

——放家里就行。

——已经把项链带出来了。我再看会儿书，就把它带到博物馆去。比起家里，把它保管在博物馆不是更安全吗？前不久，博物馆刚升级了安保强度。

——在哪儿？

——咖啡店。我在喝咖啡呢！

——附近吗？

——博物馆前面的咖啡店，姐姐，你也看报道了吧？

异彩故意没说出咖啡店的名字，而是给了对方可以推断出来的提示。异彩想让柳河感到焦急。

——在那儿待到什么时候？

——为什么这么问啊？

——是说你在看书吗？我想问，这大周末的，你就只待在咖啡店里吗？

——计划和道河一起吃晚饭。在那之前，我会先去一趟博物馆。今天天气可真好啊。

异彩故意提到了"晚饭"一词。晚饭离现在还有超过半天的时间，就算柳河在釜山，也能赶得过来。不过，都过了好一会儿了，异彩还是没有收到回复。

或许是因为紧张的缘故，异彩手心里渗出了冷汗。

"没事儿,肯定会没事儿。"她默默安慰自己。

异彩凝视着放在桌子上的包。今天,她特意选了一个容易被抢拽的提带很长的包。

"他也有可能会来到这个咖啡店里面。"异彩心想。

她又煞费苦心地将包放到对面的椅子上。这样,他会更加轻松地将包拿走。柳河只要将包拿走,这事儿就算成了。孔作家也正在待命,不管怎样,他都会尾随过去的。

她再次将书打开,翻着书页,装作一副看书的样子,但她的注意力全都集中在包上。

大概过了两个小时,异彩的手机上来了新的消息。

——待到什么时候啊?

这次不是柳河,而是孔作家发来的消息。虚惊一场的异彩给他回复道:

——天黑之前开始行动。

——道路管理的车一直在附近转来转去,这里是强制拖车区域。

——驾驶员在车上,不会强制拖车的。

异彩把手机放在桌上,拿起冰块融化已经变淡的美式咖啡喝了一口。

信息提醒又响了。这次是柳河。

——书都读完了吗?

异彩一边发消息,一边收起慌乱的表情。一想到柳河也许就在某处看着自己,她不由得紧张起来。

——差不多了,很有趣,虽然是惊悚题材,但很值得回味。

——你现在要去博物馆了吗?

这个问题让她一时不知该怎么回答。原本的计划是五点才去博物馆,但似乎没有这个必要了。可以感觉到他已经在附近。

她没有苦恼很长时间。

——不知不觉已经这个时间了呢,该去了。

她假装喝咖啡,趁机观察窗外,但没有看到柳河。

异彩又磨蹭了十分钟左右，给孔作家发了个现在要走了的消息，然后才起身。她把咖啡杯还回去，买了一袋曲奇，还神采飞扬地和店员聊了一会儿。

出了咖啡馆，因为紧张，她的整个身体都僵硬了。她哼着歌，努力假装镇定，走路的时候还故意把包包甩来甩去，希望别人一看就觉得她是一个要去约会的女孩。

距离博物馆还有七百多米，从这里到博物馆的路她很熟悉，闭着眼睛都能走过去。

如果把项链放在博物馆的话，就算是孔柳河也没法偷走。有十万余件文物的皇博物馆安保系统是全国最顶级的，不是凭个人力量就能越过的。

所以，柳河很有可能会在异彩到达博物馆之前出现。

"快点儿，出现吧，孔柳河。"异彩心里默念道。

她没有余力确认孔作家有没有跟上来。

和她担心的不同，孔作家正紧跟在她后面。在附近藏着某人的前提下，孔作家正以不让人起疑的程度移动。但一直到博物馆入口，柳河都没有出现。

"这会不会是毫无意义的行动呢？"

孔作家用不满意的表情放松了肩膀。柳河不可能会出现，白白紧张了。为了把车停到可以看到博物馆入口的地方，他转动方向盘离开单行道。

他通过后视镜确认异彩的位置，看到停在正门前的白色小轿车右后侧门打开了。从门里伸出来的手迅速碰到了从旁边经过的异彩。

睁大眼睛的孔作家反射性地转动方向盘，违反交通规则掉头回去。

瞬间瘫倒的异彩被拉进了小轿车里。这时对面的车门打开，一个男子下了车。该男子坐上驾驶座，开动了车子。

那一刹那，看到男子面孔的孔作家惊讶之余猛地踩下了刹车。他的身子因急刹车而前倾，又被安全带拉了回去。

"柳河？"

他的脑海里仿佛窜过电流一般。绑架异彩的人是柳河。

虽然异彩的计划看上去有点儿冒险,但他之所以没有太担心,是因为她要跟踪的对象是柳河。他以为即使柳河盯上了项链,她也不会有危险。

但柳河出现了。真的是柳河。

好不容易回过神儿来的孔作家赶紧向渐渐远去的小轿车追去。

"到底为什么?"

在追赶柳河的时候,他还是想不明白。

博物馆前面有很多监控,但柳河却露着脸绑架了异彩。

发现小轿车在前面的十字路口等信号灯,孔作家提高了车速。真要撞上去的时候他又担心后座上的异彩会受伤。但要他撞驾驶座那侧,他也做不到。

他换到左边那车道,撞向了小轿车前面轮胎的位置。

小轿车因撞击车身向旁边转了半圈,孔作家的车开始冒烟,防盗警报响起。正在十字路口人行道前等待的人们视线都向这边看过来。

扒开弹开的安全气囊,气急败坏下车的孔作家走到小轿车驾驶座旁拉开门,一把抓住同样被埋在安全气囊里的柳河的衣领,把他拉下来。

"你!"

被突如其来的事故蒙住的柳河很快回过神儿来。

"哥?!"

柳河的脸惊慌地皱起来。

"你为什么,绑架异彩小姐……为什么?!"

看他大声追问,柳河反而咧嘴笑了起来。

"你看到了?"

和他充满狂气的眼睛对视的瞬间,孔作家全身都起了鸡皮疙瘩。这不是他认识的柳河。

"……什么?"

"你就当不知道吧,我把嫂子放下。"

从眼前这个人身上完全找不到以前那个爱哭和内心脆弱的柳河。

就像异彩说的那样，他是绑架犯。情绪爆发的孔作家抬高了嗓门儿。

"你抢劫、偷窃，甚至预谋绑架，还让我装不知道吗？"

柳河翻了个白眼。

"偷窃的事儿你也知道？那你为什么装不知情？"

"什么？"

"别担心，马上就会没事儿的。我会让一切都恢复原样。"

"不行，你不可以这样，我来想办法，柳河啊，你不可以这样。"

"想什么办法？哥你又不能让时间倒流。"

柳河的声音划过孔作家的心脏。异彩说过的话都是真的。

柳河正相信时间可以倒流。

"郑多彩，是你绑架的吗？"

"……哥你怎么知道？"

充满狂气的柳河第一次表情动摇了。

"柳河啊！"

孔作家哀切地喊着他的名字，但柳河并没有感受到。

"看来比起女朋友，你还是更关心我。知道了，也没有报警。"

半年未见的柳河已经变成了怪物，怪物接着说道："知道了，我会考虑原谅哥哥的，我们在新的时间里见吧！"

柳河的手碰了一下孔作家的肩膀。伴随着强烈的刺痛，他的膝盖无力地弯曲，耳朵里响起耳鸣声，呼吸突然不顺畅。

柳河推开孔作家的肩膀，拿起异彩的包，向市中心跑去。

躺倒在柏油马路上的孔作家看着渐渐远去的柳河，什么都做不了。身体动不了。视线渐渐模糊。只听到围过来的人群发出的"嗡嗡"声。

"知道我带什么回来了吗？"

无比兴奋的柳河推门进来。半天前，他慌里慌张地跑出了集装箱仓库。

多彩愣愣地看着处在兴奋状态的柳河。

"……带什么回来了？"

"看。"

柳河炫耀地拿出软玉项链。

"你怎么找到的?"

"郑异彩说打扫卫生的时候找到的。"

多彩心中涌起了不安。柳河把项链带在自己脖子上说道:

"这样就可以了吗?"

"你偷偷潜入我家了?"

"她说要拿去博物馆,我就在半路抢走了。就算是我,也没法去偷博物馆。"

"……你没伤害她吧?"

"稍微电击一下,死不了。"

柳河一副没什么问题的样子回答道。

"电击?这像话吗!"

"我按体重来计算的强度,几小时后就会醒的。没什么事儿,真能操心。"

他咧嘴笑了一下,开始尝试开集装箱里每一扇门。似乎在寻找古书里写的通往其他时间的"门"。

直到把柜子和冰箱的门都开了一遍,他脸上的笑容消失了。

发现没有其他门了的柳河慢慢转过头。

"为什么没有门?"

他询问的语气好像这一切都是多彩的错。

"那项链,我拿着有一年了,如果拿着就能连接的话,早就连接上了。"

话说出口,她才猛地反应过来,如果柳河发现不存在什么时间旅行的项链,肯定会暴怒的。

她赶紧补充说:"应该会有其他方法。"

"方法?"

"念咒语?不对,那太像电影了吧?没错,翻一翻古书记录应该能查到的。把这些都翻译完应该就能知道了吧。"

柳河翻了一下多彩前面叠放的古书，现在才翻完了两本，这都已经算很快的了。

"算了，我有可以问的人。"

"什么？"

背对着多彩坐在沙发上的柳河打开了手机电源，向谁打了个电话。以前他每次打开手机电源之前都会启动那个收音机模样的机器，但今天没有。

"叔叔，我找到项链了。是的，多亏了叔叔。但是我不知道启动项链的方法。什么？好的，谢谢您。"

挂断电话的柳河从脖子上解下项链，放在桌子上。多彩没忍住好奇，问道："有什么……问题吗？"

再次变兴奋的柳河对多彩咧嘴一笑。

"我找到方法了。"

"……什么方法？"

没等他回答她的问题，外部侵入警报就响起来了。

"嗯？"

柳河迅速点开了笔记本画面上的监控视频。

眼前最先看到的是输液瓶。她感觉到围在床四周的帘子外面有骚乱声。

"医院？"

异彩偏过头，看到焦躁不安的孔作家正盯着病房的地板。

"……怎么回事儿？"

干涩嘶哑的声音从她的喉咙里挤出来。听到她的声音，孔作家抬起了头。

"你没事儿吧？能认出我吗？"

他的脸上流露出小小的安心。

"嗯，就是头有点儿痛。"

坐起身的异彩接过孔作家递过来的矿泉水瓶。喝了一口水，脑袋就"嗡嗡"地疼。

"你被电击了……"

啊,原来是这样。

异彩想起了晕倒前那一瞬间的感觉。她以为已经做好应对准备了,但还是不充分,没想到柳河会带着电击器来。

"还出了轻微的交通事故。"

交通事故她想不起来。

"要叫医生吗?"

异彩摇了摇头,迷离的意识已经渐渐清晰了。

"可以给我解释一下吗?"

孔作家看着异彩的眼睛说。

"……柳河把你拉上车带走了。"

听完这话,异彩感到后怕,差点儿又被绑架了。是他救了自己。

"你怎么救我的?"

"我撞了他的车。"

这就是他说的交通事故。

"谢谢你,如果连我都被抓走的话,就真的没办法了。"

虽然异彩表达了谢意,但孔作家的脸没有轻松起来。他像下定了决心一样僵着脸说:

"报警吧。"

"现在还不行。"

"我跟丢了柳河,是我把他跟丢了。"

他自责道。

异彩这才想起来,自己并没有把"今天的计划"原原本本地告诉他。

"包被抢了吧?"

"嗯。"

"那就行了。项链上藏着定位器。"

"什么?"

异彩从连衣裙的口袋里掏出手机。她故意没有把手机和包放在一起。

"过了多久了?"

"大约三个小时。"

因为是微型定位器,其内置电池的时效只有四十八小时。必须在那之前找到多彩。她打开应用程序,给孔作家看了一下地图显示。

"是金浦市。"

地图上的红点闪烁着。那是可以把他们两人带向全新未来的光芒。

"立刻就能显示出来吗?"

"这显示的不是移动路径,而是项链现在所在的位置。走吧。"

异彩拔掉手背上的输液管针头,迈脚下床,站了起来。浑身乏力的异彩有些踉跄,孔作家上前搀住了她。

"没关系吗?"

"没关系。您有没有伤到?"

"我的衣服穿得比较厚,电击的伤害与体重也有关系,所以还好。"

他好像也被电击到了。异彩实在讲不出什么安慰的话语,她感到左臂有些疼痛,于是拿手放在上面。手臂上瘀青斑斑。

"电击也会留下淤青啊!"

"因为用的不是电流,而是电压,所以会这样。"

低沉的声音让孔作家的心烦意乱表露无疑。异彩同样心神不宁。

"我们边走边说吧。车呢?"

"被拖走了。"

他拿出异彩的迷你挎包递了过去。是从被拖走的租赁车里带过来的。里面装着钱包之类的私人物品,还有瓦斯枪。

"谢谢。"

办完出院手续后,他们走出医院的大门,一排待客的出租车便映入眼帘。两个人并排坐在了出租车的后座上。

孔作家关上门以后,向出租车师傅说道:

"请往金浦市的希望正教会的方向开。"

四周一片漆黑。没有过往的行人，也没有过往的车辆。

周围全是农田，只有零星几栋建筑。而且，那也不能称之为房子，而是农民们为了偶尔逗留，临时搭建起来的窝棚。

教堂是唯一一座像样的建筑，实际距离比看地图猜测的距离稍远一些。

异彩和孔作家隐身在黑暗之中，注视着眼前的集装箱。他们故意在远离目的地的地方下车，刚刚迂回到此处。

集装箱仓库外覆盖着灰色的劣质毯子，坏掉的铁大门随风微微摇摆，发出金属的碰撞声。

就像是在向他们两人招手示意——"快进来"。

异彩从挎包里掏出瓦斯枪，攥在手中。放在地上的手机里，红点仍然指向集装箱仓库。

"对不起。"

孔作家不合时宜地道起歉来。

"什么啊？"

"我应该相信你的话的。"

异彩苦笑着。虽然对于这一时刻的到来，她早就做好了思想准备，却比想象的还要难受。

"他不是您的家人吗？如果连您都不相信孔柳河，还会有谁相信他呢。"

如果是家人，就应该坚信到底。因为那才是家人。

"我跟丢了柳河。我应该在那儿抓住他的……"

"我希望的不是抓住孔柳河，而是找到我姐姐。虽然，到头来都一样……"

"现在不要轻举妄动。我们只要确认郑多彩小姐在这儿，然后就报警。"

"不，如果可以的话，我想安静地处理。至于报警的事情，我想先听听姐姐的意见，再做决定。"

"万一有同党呢？"

"同党吗？"

"柳河不可能一个人作案。应该还有别人。"

"我们先确认一下吧。"

阳台那边的道河对于有同党这件事儿持怀疑态度。

项链只有一条。就算项链到手，也只会引起纷争而已。所以他猜想，如果是有人帮忙的话，应该是花钱雇来的。

两个人等了三十分钟左右，却并没有人出入。看起来像院子的地方，种满了密密麻麻的树木，而且那里杂草丛生，所以看不到里面。

"得进去看看。"

"万一被发现了怎么办。会不会有监控？"

"所以要小心，不能被发现。"

孔作家猫着身子，沿着围墙挪动。异彩也轻轻贴着围墙，小心翼翼地跟在他身后。

孔作家来到集装箱仓库的后方，向围墙里张望。透过树枝缝隙，他看到了一个小窗户。

异彩也微微望了一眼。见窗子里没有透出光亮，她低语道：

"能进去看看吗？"

"我去。"

"一起去吧。"

"你留在这儿。万一被发现了，你得报警啊！"

异彩闭上了嘴巴。

孔作家一个箭步跃上围墙，跳到了院子里。幸好没有发出太大的声音。

异彩瞬间紧张地屏住了呼吸。孔作家小心翼翼地向窗户靠近，确认了下里面，回过头看了她一眼。然后，他把胳膊一下子伸到了窗户里面。窗户空荡荡的，没有玻璃。

孔作家抓着窗棂，先把上身探了进去。然后，他进到里面，不见了踪影。

进去了吗？！

异彩的心里忐忑不安。本以为他稍微探查一番就会回来，没想到他竟然进了房子里面。她侧耳倾听，想要听到里面的声音，但是什么都没听到。

时间一点点流逝，她越来越担心。手里攥着的手机上已经按下了"112"的号码，她感觉自己快要哭了。

凝视着手机的她被"当啷"的金属声吓了一跳。声音是从建筑的正面传来的。她双手握着瓦斯枪，沿着围墙绕回到初次藏身的地方。

铁大门仍然不停地发出金属的碰撞声。和刚刚听到的声音并不相同。这次的声音明显更大、更沉重。

不会被发现了吧？

异彩握着瓦斯枪的双手瑟瑟发抖。

不然报警吧？

正当她苦恼到底该如何是好的时候，仓库的院子里有人影晃动。拿着手电筒出现的人影把头伸出围墙外。然后，把灯光准确无误地打向了异彩所在的方向。

异彩感觉呼吸停止了。光束照在脸上，使她看不清对方的脸。

"一个人都没有。"

听到对方的声音，异彩僵硬的身体放松了下来。是孔作家的声音。照向异彩的手电筒灯光，向大门移去。

铁大门开了，孔作家出现在眼前。但是他的表情并不好。

"里面是空的。似乎是被舍弃了。"

"……什么？怎，怎么会？您是说不是这儿吗？"

异彩推开他，向里面走去。

她径直穿过院子，刚一走进漆黑的集装箱仓库里，就感觉似乎踩到了什么。跟在身后的孔作家用手电筒四处照着，找到开关，开了灯。

日光灯一亮，集装箱仓库内都明亮起来。异彩看到滚落在脚边的东西，震惊了。

被发现了吗？

孔作家也认出了那是碎了的软玉项链，眉间紧蹙。仔细观察就发现，这里处处都是有人逗留过的痕迹。当孔作家发现了放在沙发上的柳河的平沿帽时，异彩发现了散落在床上的针织开衫，她的手簌簌发抖。

"是姐姐的。"

这个地方像监狱一样。

与长长的铁链连在一起的手铐表明多彩一直是被拴着的。

床的一侧有一个笔记本，密密麻麻地誊写着一些翻译的古籍。苍劲有力的字体全是多彩的字迹。

"姐姐……"

异彩瘫坐在床上。没想到就这样错失了机会。项链是赝品的事情，太快被看穿了。

现在，该怎么办？

"……看来他们换了藏身点。"

孔作家走到她身边，轻轻地抓了抓她的肩膀，又松开了。

"我们报警吧。"

异彩点了点头，没有说话。现在只能接受警察的帮助了。也许从一开始就错了，就不该打算一个人解决。

孔作家搀扶着她，向外面走去。异彩低着头迈出房门，发现了泥地上的污痕。

"……这是什么？"

听到她的问题，孔作家摸了摸湿漉漉的泥土，闻到一股铁腥味儿。他用手电筒照了照，似乎是拖着什么走过的痕迹。痕迹是往集装箱仓库左侧方向延伸的。

"我们沿着痕迹，过去看看。"

孔作家打着手电筒走在前面。痕迹一直延伸到集装箱左侧的花坛。

"那儿，像是有什么东西？"

异彩攥着瓦斯枪，紧紧跟在他身后，似是发现了什么，开口说道。孔作家看到杂草丛中的黑色物体，脸色一沉。

"在这儿。"

"什么？"

"是人。"

异彩的身体僵住了。当意识到一路蜿蜒的痕迹是血的瞬间,她就挪不动步子。

孔作家拨开及腰的杂草走了进去。走近一看,一个男人倒在血泊之中。他按捺着不安的心情,确认了一下脸。幸好,不是柳河。

他把手放在他的脖颈上,摸到极其微弱的脉搏。

"还活着。"

站在草丛外无法进来的异彩,颤抖着问道:

"还,还活着?"

"打'112',不,打'119'。"

"啊,知道了。"

异彩颤抖地按下了紧急呼叫按键,打了"119",也报了警。她犹犹豫豫地走向孔作家。

正如孔作家所言,昏倒的男人的肩膀微弱地抽动着。

"您知道是谁吗?"

"不认识。"

"会是同党吗?"

"不知道。"

异彩借着手机的光看了一眼,瞪圆了眼睛。她双腿一软,瘫坐在地,一个名字脱口而出,犹如叹息一般。

"……成洙。"

她的手沾满了泥土和血迹,不停地发抖。她瘫坐的地方也因血变得潮湿。

孔作家的心变得动荡不安。这对他来说,也是个熟悉的名字。"resemble man"曾经提及过这个名字,金成洙。

"是你认识的人吗?"

异彩凝视着孔作家,眼里噙满了泪水。不觉间决堤的泪水,肆虐着他的心。

"成洙,成洙啊!"

异彩瘫坐在地上,匍匐着靠近成洙。孔作家阻止了她。

"不要碰他。咱们现在还不清楚他到底哪儿受伤了,伤得重不重。"

异彩无力支撑住自己,倚靠着孔作家。她抓住孔作家的衣角晃了晃。

"这些血应该不都是成洙的吧?是吧?会没事儿的吧?"

"会没事儿的。救护车马上就来了。他是你朋友吗?你朋友是共犯?"

孔作家怀疑着成洙。异彩提高了音量,抽泣着说道:"不是的。他不是共犯。他是我博物馆的同事,也是我的高中同学,还是……"她语无伦次地说道。

"那也有可能是共犯啊!"

"成洙,他喜欢我姐姐。"

"所以呢?"

"这个傻瓜独自一人寻找着姐姐。"

异彩不能自已地哽咽着。她本是为了成洙好,才没有如实告诉他姐姐的事儿。如果自己告诉了他的话……如果自己那么做了的话……

时间在慢慢流逝,一分一秒都度日如年,在漫长的等待之后,远处传来了救护车的警笛声。急救员从救护车上跑了下来,先确认了成洙的身体状态,然后将成洙挪到了担架上。

孔作家和异彩也一同乘上了救护车。

救护车上的电脑显示屏显示着成洙的生命体征,里面传来的电子音此刻听来格外刺耳。车上有两名急救员,其中一名正用手机和附近医院联系,另一名正按压着成洙出血的腹部。

异彩坐在旁边的同乘者座位上,她实在是不忍心看见成洙这副模样,紧紧地闭上了眼睛,眼泪顺着脸颊止不住地流。孔作家搂着异彩的肩膀,异彩的眼泪浸湿了他的衣角。

"都是我的错。"

她说话的声音微微颤抖着。

异彩以为还有时间,她没有意识到事情的发展已经变成了另一个走向。

心烦意乱的孔作家也同样没有想到事情会变成这样。他不相信柳河会做出这种事儿。"resemble man"发来的信息也一直在他的脑中浮现。按照那个人所说的,下一个出事儿的将是异彩。

他之前一直对异彩所说的话都不以为然,把那些话都当作无稽之谈。孔作家现在回想起来,肩膀上如同有一座大山压着。

躺在他面前的成洙戴着人工呼吸器,挂着输血袋,腹部被刀刺伤,出血量极大。每当成洙的生命体征信号不规律地变化时,孔作家的心脏也会随之忐忑不安。

异彩两只手紧紧地抓住成洙那冰冷的手,再次泪如雨下。

"会没事儿的。"

就在孔作家刚说出这句话的那一瞬间,成洙的心率突然下降。电子音的声音突然变大,急救员赶忙采取急救措施。异彩被吓得脸色苍白,孔作家抱住她的头将她拥进怀里。

"会没事儿的,没事儿的。"

他能说的只有这句话。

她在孔作家的怀里放声痛哭了起来。孔作家那"会没事儿的"的安慰和"哔哔"作响的电子音都被她的哭声掩盖住了。

孔作家这才恍然大悟。

异彩"推开"自己的理由。即使在告白之后,她还是会"后退一步"的理由。

她并不是因为急于找到姐姐,才"推开"他的。她早就知道,他们是被害者家属和加害者家属的关系,而他们两个是绝对不会有幸福结局的。

"会没事儿的,会没事儿的。"

生命体征提示音、异彩的哭声,急救车的警笛声和孔作家的安慰生硬地搅杂在一起。

负责本案的刑警赶到医院问了几个问题后,留下一句"明天还会再来的"便走了。异彩一直注视着窗外渐行渐远的警车。

"警察已经开始搜查了,很快就会找到你姐姐的。"

孔作家安慰着异彩，但可惜，并没有起到多大作用。

她能大概猜测到警察介入之后的未来会是什么样，肯定和之前的状况不一样。现在，这不再是单纯的失踪案件，而是刑事案件。所以，虽然警察已经进行搜查了，但却不可完全信赖警察。

因为柳河也会躲得更隐秘。

她将视线转向成洙，成洙身上盖着医用被。

结束了几个小时的手术，成洙被移送到单人间重患者室已经有两个小时了。医生说虽然成洙出血量较大，比较严重，但因及时送达了医院，所以已度过危险期。成洙的器官被损伤得也不是特别严重，也不会有生命危险。

异彩陷入了沉思。孔作家拍了拍她的肩膀。

"你没事儿吧？"

"我没事儿。"

"咱们去吃点儿东西吧，再这样下去，你就该跟他一起住院了。"

"我没事儿。"

"你别光说'没事儿'。"

"本来大家就都是说着'没事儿，没事儿'这样活下去的。"

"我也有话要跟你说。"

"我现在什么都吃不下去。您想说什么？就在这儿说吧。"

"是关于你家阳台对面那个男人的事儿。"

异彩本来悲伤的表情，现在又添了一丝为难。

"那件事儿……"

"好吧，我知道你有你不说的理由，所以我也想不再过问。但事情发展到现在这个地步，我不能不问，不能再这样发展下去了。我收到了一些电子邮件。"

异彩听得一头雾水，反问道：

"电子邮件……吗？"

"一个叫'resemble man'的人发来的。"

"相似的男人？"

他点了点头。

"我认为这个人是生活在你家阳台对面的那个男人，你觉得呢？"

异彩根本不用想。因为能用"resemble man"这个ID给孔作家发电子邮件的人，除了道河，再无他人了。

但她没想到道河会单独联系孔作家。

"邮件，您是从什么时候开始收到的？"

"你差点儿被绑架的那天。那天，我是根据'resemble man'给的信息找到你的。"

原来并不仅仅是因为运气好，才让孔作家救了她。道河那天走到月池之外，知道异彩失踪了。有了道河的帮助，异彩才能得救。

"您为什么没有跟我说呢？"

"他说如果对你保密的话，就会给我其他的情报。其他的情报是关于柳河的。我为了见'resemble man'，曾经到Rivervill五楼去找过他，结果那里的主人是个女人。并且，我确认了阳台那里根本跳不过去。"

"那您那天生气是……"

孔作家在凌晨找了过去，做出了不理智的行动。异彩现在才后知后觉地明白过来。

"那个男人到底是谁？他为什么给我情报，却不露面？那个男人，和柳河是什么关系？我搞不清楚他到底是敌是友。他从一开始就知道很多的事情。"

面对一连串的提问，异彩却只回答了其中一个问题。

"他不是敌人。"

"那他的目的到底是什么？他为什么不露面呢？"

"他是为了找到孔柳河。从三年前，他就开始找孔柳河了。"

"三年？是因为怨恨之类的吗？"

"不是。是因为他对孔柳河的愧疚、感动和思念。因为，他们是那种像兄弟一样的关系。他的目的只是希望找到孔柳河，让一切都回归原位。他的目的和我相同，所以我们才合作的。"

孔作家的注意力都集中在了"像兄弟一样的关系"这句话上。长相相似。

"难道跟我一样,是同父异母的兄弟?"

"不是的。对不起,我就只能说到这里了。"

孔作家的脸色变得更加阴沉。

"他说如果金成洙出了什么事儿,那下一个目标就会是你。"

"我知道。"

"什么?"

"我早就知道。这件事儿,比您想象的还要危险。"

"所以,这就是你不能告诉我所有事情的原因?因为这件事儿很危险?"

"也有这部分原因。"

"我也已经卷入这件事儿了。你不知道吗?我感觉自己好像被'resemble man'监视着一样。所以,你说说看。我不知道的到底是什么?"

"总有一天,我也能说出所有的事儿吧。"

"总有一天?"

"但不是现在。拜托您了,请您不要再问了。"

孔作家还想要再追问的时候,他们耳边传来了成洙呻吟的声音。异彩有种等到援军的感觉。

"成洙,好像要醒了。"

"你这是在转移话题吗?"

"是的。所以,就此转移话题吧。因为我答应过您,不再对您说谎话。"

孔作家闭口不言了,因为他感觉再怎么追问下去,她也不会回答。最重要的是,他现在没有资格去追问。

他心里很不是滋味,转过头发现成洙的眼皮在颤动着。似是麻药劲儿还没有完全过去,意识还很模糊,无力地眨着眼睛。

"成洙啊!"

异彩按下了护士呼叫铃,马上走到成洙床边。好长一段时间,成洙只是眼珠来回转，没有任何回应。

随后进来的护士查看了下成洙的状态。

"金成洙先生，您知道这里是哪儿吗？"

成洙点了一下头。

"我现在给您换一下输液剂。如果感觉很疼的话，就按一下这个按钮。就算您总是按，镇痛剂也只会是每三十分钟进一次，所以请您自己调节一下按按钮的频率。"

成洙再次点了点头。护士为他换了输液袋就走出病房了。

异彩担心地问道："很疼吗？医生说手术进行得挺顺利的啊！"

成洙微微扬起嘴角，艰难地开口道："……真的……好疼。"

异彩看到成洙能开口说话，才稍微安心了一点儿。她更感谢他能平安无事地醒过来。不经意间，异彩早已泪眼汪汪。

"我真的以为你要死了呢，你流了那么多血……"

异彩拭去决堤的眼泪，说话的声音越来越小。

见她这般模样，成洙也随之变得忐忑不安。成洙还是第一次见异彩哭。自高中认识以来，他们两个相识十多年，经历过很多事儿，但成洙从未见她哭过。

"如果你死了，你真的死了的话……"

"呀，我这不是……没死嘛，我没事儿。"

成洙向站在后面的孔作家投去求救的眼神，但孔作家却一动不动。

成洙不得不移动着自己不太方便的胳膊，抽出纸巾，递给了异彩。她擦过眼泪之后，还熟练地擤了擤鼻涕。

她勉强镇定下来，向成洙投去埋怨的眼神。

"怎么回事儿啊？你怎么会去那儿啊？"

"嗯？什，什……么？"

"是我们发现你的。"

成洙明显一副惊慌失措的表情，他悄悄地转移了话题。

"你没联系我家里人吧？"

"我太慌了，所以还没顾得上。对不起，我现在就联系你家里人。"

异彩在口袋里摸索着手机，却怎么摸也摸不到。正当她不知所措时，孔作家递过替她保管着的手机。

她刚接过手机，成洙就摆了摆手，阻止了他。

"不用，不用了，我的意思是让你们别通知他们，免得让他们操心。"

刚镇静下来的异彩又抽泣着大喊道："所以说，谁让你做这种让人操心的事儿啊！你为什么会去那儿啊！如果我们没有发现你，你很有可能就已经死掉了！知道吗？你流了那么多血……"

话题又转回来了。成洙缩着脖子，非常胆怯地回答道："我知道，我也以为我要死了……"

成洙当时正在张望集装箱仓库周围情况，突然感觉后面有动静，在他回头看之前，突然感觉眼前一片黑暗。他感觉到脸被粗糙的布盖住，小腹处传来烧灼似的痛感。全身的力气也在慢慢失去，心脏像快要爆炸似的快速跳动着。

成洙感觉意识渐渐变得模糊，潮湿的泥土味道混合着草的味道，传入他的鼻尖。他感觉越来越冷。

成洙将当时的情况说了个大概，他看了看异彩的眼色。

她看起来好像已经生气。只见她再次问道："你为什么会去那儿？"

"……"

"我问你为什么去呢！"

虽然异彩再一次问道，但成洙始终缄口不言。

"我问你，你怎么知道姐姐在那里！"

异彩竟然知道自己去那里是为了找多彩，成洙很是惊讶。因此，他更不知道该说什么。

"说吧，你非要挨了打才说吗？"

"……我可是病人啊！"

"所以叫你解释一下，你是怎么变成病人的？"

成洙不得不说出实话。

"……我是去找多彩姐的。"

异彩倒抽了一口气。

"你也知道姐姐被绑架了？什么时候知道的？"

成洙听到"绑架"这两个字，想要坐起身来，结果却疼得直叫唤。成洙疼得双手紧紧扶着肋下，一旁的异彩强行让他重新躺了回去。

"你别起来，快躺下！"

成洙再次问道："绑架？真的是绑架吗？"

"你不知道吗？"

如果真的不知道，他就不会像疯了一样到处寻找多彩。成洙基本上已经猜到了，只是不想相信而已。

"多彩姐的回复有些奇怪，所以我就开始怀疑了。她的话像迷一样令人捉摸不透。"

这时异彩觉得一切都说得通了。从成洙拿着烤肉来家里找她的那天开始，就一直觉得哪里有点儿不对劲儿。不，也许是更早之前……

"是那个脑筋急转弯对吧？以前你问过我们的？"

"是不能按照正常思维方式来理解的信息。"

"你给我从头到尾说清楚。"

"就是……"

当异彩听到成洙寻找多彩的整个过程后，惊叹不已。仅靠微弱的线索一路寻找，其中的努力可想而知。他中间肯定白跑了很多趟，才最终找到了金浦的集装箱仓库。

默默地听完成洙的解释，异彩问道：

"那里是第几次了？"

"第十四次。"

异彩一下子皱起了眉头。那就是说他找了不止一天两天。

"为什么没告诉我！至少要跟我说啊！那样的话你就不会遭遇这种事情了。你买烤肉来我家的那天，就是想跟我说这事儿的，对吗？"

"也不是。我是想见到你后再决定要不要跟你说。因为我对自己的推理也不是很有信心。"

"你当时应该告诉我的！"

成洙慢慢地转移了话题。

"你是怎么找过来的？还跟大哥一起。"

异彩听到"大哥"这个亲密的称呼，顿时紧张地缩了下。但是孔作家却好像没有对此多想。

"我们也在找姐姐。"

"什么？那么……你是因为这个才休假的？为了找姐姐？你为什么没告诉我？"

情况一下子发生了反转。

"怎么了！就是担心变成这样，所以才没说！只要是跟姐姐有关的事情，你都会不顾一切地冲上去……看到你躺在这儿我真后悔，还不如当时就告诉你。你见到姐姐了吗？"

成洙摇了摇头。

"我从窗户口观察的时候，看到集装箱里灰蒙蒙的，就像弥漫着烟雾一样。然后我就去入口那边查看情况，想看看能不能进去，结果就变成现在这个样子了。"

"烟雾？难道着火了吗？"

"不知道。"

"只有一个罪犯吗？"

异彩想确认是否有同谋。

"因为脸上罩着布，我什么也看不到。甚至连一点儿声音都没听到。多彩姐……会没事儿吗？"

成洙紧紧地攥住了盖在身上的毯子，拳头上青筋暴露。

"警察已经开始搜索了，我们也会继续找下去。因为我知道罪犯想要的是什么。"异彩为了安抚成洙，乐观地说道。

"罪犯想要的？你知道罪犯是谁？"

这次，异彩躲开了他的视线。而孔作家帮着回答道："罪犯是我的弟弟。"

他的话像施了魔法一样，让成洙愣住了。

"您拨打的号码是空号，请重新确认后再拨。"

听到电话另一边传来的语音提示,道河顿时慌了。

他用手搓了搓脸,坐到了沙发上。他期待着能听到那轻狂的声音,却传来了号码是空号的提示。LAN给每一个顾客提供了不同的电话号码。所以之前跟他通话用的号码是道河的专属号码。

"电话号码消失了……"

这意味着月池外面的情况发生变化了。

道河看了看玄关门,心想:

"不是用的其他号码,就是根本没有委托他办事儿。"

如果没有委托LAN办事儿,那就意味着异彩成功救出了郑多彩。

"怎么办?"

道河犹豫着要不要到玄关门外去看看情况。如果现在的情况是郑多彩被成功救出,他就无法再回到月池里面了。

他不想走出去,是因为异彩曾嘱咐过让他在家里等她回来。不,即使没有异彩的嘱咐,他也会犹豫。

这可能是最后一次见到她了。

——AM 07:36。

但是,手机屏幕上显示的时间使他变得无比焦急。

异彩没打招呼就出门了,一去就是一整天。道河做不到就一直这样干等着。如果未来已经按照道河和异彩所希望的那样发生了改变,那是最好不过的了。但是如果是按照错误的方向发展的话,他就应该去帮助她。

道河走到阳台上,注视着对面TOMATO公寓的501号房间。

异彩说过她喜欢他。

她是说只喜欢孔作家呢,还是也喜欢自己?

道河的嘴角露出了自嘲的微笑。仔细想来,他一直在欺骗异彩。从谎言开始的这段关系,在无数的秘密中崩塌了。所以现在的他,只是偷窥孔作家和异彩的故事的观众。

如果从一开始就对异彩说了实话,现在会不会有所不同呢?

他喜欢她。不,他爱她。

在月池外面的长久岁月里,他一直爱着她。但是此时后悔也没有用。事情都已经过去了,而且等到月圆,他们之间的缘分也就断了。

道河抛开了这些烦乱的思绪,越过阳台走进了异彩的家里。他用A4纸写了一封长信放在了异彩的书桌上。

他在信上写道,他有事情需要出门确认,很抱歉没能等她回来……

道河想表达自己动摇的心,却发现自己有的全是愧疚。他在书桌上寻找能压住A4纸的东西,突然看到了柳河的刀和假的软玉项链。这两个东西都是从道河的时间里拿过来的。

如果连接断掉的话,这些东西会怎么样呢?

道河用软玉项链压在了A4纸上,他希望这个能留在异彩身边。然后他关上异彩的阳台门,回到了自己的时间里。

回去后,道河毫不犹豫地打开了玄关门。

走出门的瞬间,他感受到了强烈的痛感。他无奈地倒在地上,埋着头胡乱地挣扎着。他大口喘着粗气,最后翻身躺了下来。走廊的深灰色天花板旋转着,然后慢慢停止。

等他恢复意识,冰冷的地板让他头脑冷静了许多。

情况发生了变化。

异彩失败了。他也确认了她一直不回来的原因。道河在脑中整理着变化的情况。其中最重要的变化是委托LAN的时间提前了。

但是那时的LAN正好手上有其他事情,所以拒绝了道河的委托。

专属号码变成空号也是这个原因。

道河现在正在雇用其他的情报公司。那个公司提供的情报跟LAN的完全不能相比。一直知道LAN能力很强,但是没想到差距这么大。

道河回到家里,缓了口气。接着他给雇用的新的情报公司"Justice"打去了电话。

"您好。请问今天打电话找我有什么事儿?"

不知道是不是习惯了LAN那调皮的声音,现在这个沉稳的声音让道河觉得非常别扭。

"整理一下三年前的昨天和今天发生在郑异彩小姐身上的事情,然后发邮件给我。"

"知道了。"

"还有那个叫TOP的公司后来怎么样了？"

"OP吗？"

对方反问了一句。

"5月17日郑异彩小姐的绑架未遂案件。罪犯们应该是TOP情报公司的成员。"

"嗯，那个案件啊？这TOP公司好像是我们同行。不过您说的这个情报准确吗？"

道河对这种反问的态度非常失望。虽然对案件调查了近三年时间，但是他们提供的情报远远不够。

"听说有些线索只有同行之间才能看出来。"

"那应该能调查到。我们也不是完全没打过交道。"

"还有我想找到情报商人LAN。麻烦帮我打听一下他的联系方式。"

"知道了。您要求的内容我会发邮件给您。"

对方淡淡地回答后，先挂断了电话。

道河感到非常疲惫，他靠在沙发上，闭上了眼睛，脑子越来越乱了。不一会儿，他收到了LAN的电话号码，是从来没见过的号码。

道河拨通电话，熟悉的彩铃结束后，传来了轻狂的声音。

"我是无论什么时候都竭尽全力的迅速LAN。您需要什么帮助？"

"我想要委托您调查三年前的失踪案件。"

"啊，对不起，顾客。这个月预约的业务量太多……"

道河打断了他的话。

"我会预付您三倍的费用。"

"即使您那样说，我还是把信任当作生命！"

"五倍。"

"我会全心全意为您服务的。您具体想要什么样的情报？"

道河一边的嘴角微微翘了起来。虽然月池外面的LAN不了解道河，但是道河却非常了解LAN。

"我想要郑多彩、郑异彩、孔柳河、金成洙这四个人的情报。我会给您这四个人的简介。请帮我调查三年前的5月、6月、7月，他们身上发生了什么事情。然后从简单的情报开始，用累积的方式，每天发送给我就可以了。把所有情报都放在一个文件里。如果有修改的事项，不要新建文件，在原有的文件里更新即可。"

"每天？"

"是的，每天。我不是要求每天都能有新的调查成果。如果当天没有新的，把前一天发送给我的邮件再发送一遍就可以了。您觉得可以吗？"

"是的。如果顾客希望这样的话，我当然照做。"

"第一封邮件几个小时内可以收到？"

"时间啊？就算是最基本的调查也要几天……"

"十倍费用怎么样？"

"……今天日落之前，我会让您看到邮件。"

"税务发票请立刻发给我。还有个人专属电话号码也发给我。"

LAN没有立刻回答。这个人似乎不仅知道自己一直提供税务发票，连每个顾客使用不同的联系号码都知道。

道河开始催促道："十二倍。"

"好的，顾客。我会迅速为您提供准确的情报。"

挂断电话后，道河变得有些心神不定。

"如果早点儿委托LAN调查的话，就能得到更多情报。"

这其实是件很简单的事情，为什么之前没有想到。只要利用异彩和孔作家，就可以将委托LAN调查的时间提前。

郑多彩的尸体被发现六个月后，LAN才开始着手调查。即使过了六个月，也找到了很多的证据。那如果再更早些雇用LAN的话，一切就可能都不一样了。

说不定还能调查到柳河的行踪。

道河重新越过阳台，拿回了写给异彩的信。

"只剩下一周的时间了。"

"进去吧。"

"您先走吧。看您下去后我再进去。"

孔作家看了看异彩背靠着的501号房间的玄关门，几次想开口说些什么都忍住了，最后他还是叹了口气，说道："今天好好休息。下午我一个人去警察局。我知道即使叫你好好待在家里你也不会听话，所以出去的时候叫上我，有什么事情时也记得叫我。"

"我知道了。"

孔作家这才转身走下了楼梯。

异彩转过身，面对着玄关门。她的手指在门锁周围徘徊，并没有去按密码，而是扶住了墙壁。

"他应该很担心吧！"异彩心想。

他正在等她，但是，她必须要告诉他计划失败了。

"他一定会很失望吧！"她默默地想。

即使他们的关系有些尴尬，但现在也都无所谓了。对他们两个人来说，在目前这个"艰巨的任务"面前，其他的小事儿都无关痛痒了。

"未来会变成什么样呢？"异彩不禁想。

不过有一点可以肯定，未来不会往积极的方向改变。

她强忍住沉重的心情，按下了密码。打开玄关门走进去，她看到有人坐在餐桌前面。整个房间里灯火通明。

确认那个人是道河后，异彩的心从嗓子眼儿沉了下来。

"吓死我了。您为什么在我房间里？"

异彩下意识地提高了嗓音。

"因为太晚了。"

异彩来到屋里，将挎包扔在椅子上面。道河的视线在异彩那沾了泥土和血迹的连衣裙下摆上停留了一会儿。异彩感受到了道河的视线，心里苦恼着要怎么向他开口。

这时，道河先开口了。

"我肚子饿了。"

"啊？"

"我是叫你给我煮方便面,我快饿死了。"

这是他们之前约好的。她以为事情会顺利解决……

她根本没想到会变成这样,当时,还颇有闲心地计划着怎么跟他告别。

"请您稍等。我这副模样……"

她拿着替换的衣服,走进洗手间。换好衣服出来后,她站在水槽前,将水倒入小锅中。直到水烧开,异彩一句话也没有说。

过了好一会儿,异彩转过身说道:

"为什么您不问我呢?也对,您光看我的表情就应该知道了。我去找了孔柳河和姐姐藏身的地方,但他们早已经不见了。项链造假的这件事儿好像也被发现了,现在要找到他们更难了。另外,成洙也受伤住院了。我还报了警。"

她将面和调料包放进锅里,打开了金枪鱼罐头的盒盖。盒盖被开到一半时,罐头拉扣"砰"的一声断了。真是一件顺心的事儿都没有啊!紧接着,她将棉籽油倒出来,然后用勺子将金枪鱼舀出来放进方便面里。

异彩关掉火,将方便面盛在盘子里。这时,道河用平静的语气说道:

"未来被改变了。你的姐姐和柳河两个人都失踪了,连尸首都没找到。警察的搜查任务也在一周后终止。"

异彩闻此,胃里一阵翻江倒海。她转过头来问道:"搜查要终止了?"

"我爸爸做了些手脚。他知道了柳河的这些事儿,好像故意妨碍了搜查。真正的搜查行动从未展开过。"

看来警察是信不过了。她将盛着方便面的碗放到餐桌上。

"那我和成洙呢?"

"失踪了。但因为失踪的时间点一直在变化,所以无法预知。"

"看来,我和成洙是找到线索了,那样的话就可以了。"

异彩从冰箱里拿出泡菜,不经意间神色已恢复了平静。

"事情不是你想的那么简单。"

她坐在道河对面,喝了口水。

"我知道情况会如何发展。现在孔柳河一定在紧盯着我们。我们一定要小心行事才行,还要重新制订计划。"

脑袋里的想法翻腾着,异彩突然意识到了什么,说道:"您出去过了吧?"

"嗯。"

虽然这不是什么大事儿,但异彩还是有种遭到背叛的感觉。看来,他还是没有听她的话,没有在家里等着她。就是想和他作最后的道别,这个请求就那么难吗?

虽然,她自己也迟到了很久……

"现在最重要的,不是这事儿。"

异彩拿起筷子,道河也开始吃方便面。这碗方便面是两个人这一整天里吃的第一顿饭。异彩草草吃了几口后,悄悄地问道:"'resemble man',是道河您吧?"

"……对。"

"如果孔作家察觉出了所有的事情,那我们怎么办啊!"

"我需要这么做。他好像已经察觉到一些事情了。我是故意这么做的。"

异彩说不出埋怨他的话。如果他不以"resemble man"的身份去发邮件,她现在可能都无法出现在这里。

"他还不知道时间连接的事儿吧?"

"这毕竟不是一件合常理的事儿。"

"……那孔作家没事儿吧?"

"不。他很受打击,各个方面的打击。"

"……"

异彩又一次透过道河窥探到了孔作家的心情。尽管心里很不舒服,但对异彩来说,她现在已经无暇顾及孔作家了。

多彩的处境更加危险了。那件事儿本是不能失败的,气急败坏的柳河可能更加不会善待多彩。如此看来,从现在起,该费心的事儿就只有一件了。

"您想到找孔柳河的方法了吗？除了追踪孔柳河坐的车，别的我什么也想不出来。"

就在异彩征求道河的意见时，门铃响了起来。大吃一惊的异彩掩饰不住自己的紧张，大声喊道："哪位啊？"

门外传来让人意想不到的声音。

"是我。"

"这人疯了吧！"

异彩惊慌失措地站起身来，打开了玄关门。

门外，穿着病号服的成洙双手捂着肋部站在那里。异彩呆呆地看着成洙，他跟跟跄跄地走进了屋里。

"这个公寓没有装电梯吗？好累啊！"

这才回过神儿的异彩大喊道："你从医院里逃出来了吗？"

"那里实在太闷了。刚刚大哥在那儿，有些话都没好好跟你说。啊，您也在这儿啊！"

成洙和道河对视了一下。

"先进来吧。"

道河放下吃着的方便面，站起身来说道。见此，成洙尴尬地笑了笑，然后一歪一扭地挪进屋里来。成洙正胡乱脱掉鞋子，异彩一把拉住他的胳膊。

"过来。"

"怎么了？"

"你得躺着。"

异彩硬拽着成洙把他拖到床上躺好，给他盖上被子。但成洙反抗似的想要爬起来。

"我不用躺着也行。"

异彩推了一下他的胸口，让他再次躺下去。

"你昨晚才做了手术！在急救车上，你有好几次都差点儿迈过奈何桥了！"

听到异彩"危言耸听"的话，他这才安静下来。

道河走过来,将她拉到玄关门边上,在离床最远的地方低声问道:
"你有什么想法?"
异彩反而觉得这样更好。
"既然事情已经到这一步了,干脆全部说出来吧。成洙以后还会见到孔作家,瞒也瞒不了多久。他今天没精力,不会去深究,但很快他就会觉得奇怪。再说,成洙的人生不也被牵扯进来了吗?"
情况已经乱成一团,正朝着意想不到的方向发展下去。对于这些变数,哪怕是最小的力量也都要去"团结"。如果知道多彩被绑架了,成洙肯定不会袖手旁观、专心治疗的。
不过,除了告诉他真相,还有一个根本性问题。
"他会相信吗?"
"也许吧。"
"把他也牵扯进来的话,你不会后悔吗?"道河指着成洙问异彩。
"我们要给他自己选择的机会,不能让他什么都不知道就往里跳。"
异彩再次将道河拉到成洙面前。成洙感受到一种很微妙的气氛,他故意大声地咳嗽了一下。
"有什么我不知道的?简单一点儿挑重点的说吧。"
简单说的话,事情就是这样的。
"你在医院里看到的孔作家,是和我们生活在同一时空里的人。而现在眼前的道河,是从三年后的未来时空里穿越而来的人。"
"啊?"
"所以,这位住在对面的道河,现在正在时间旅行中。"
"你在说什么啊?"
"我是说,如果翻过那个阳台,就能连接到三年后的未来。"
"你在说什么?你在开玩笑吧?"
异彩摸了下额头,看来一字一句的解释还不如直接展示给他看,那样效果更好。
"你给我一个三年后你还能认得出来的随身用品。"
"随身用品?我只拿了手机来。"

异彩伸出手,成洙将手机递给她。她关掉手机的电源,放进拉链袋里,往玄关门走去。

"喂,你去哪儿?"

"我去下一楼马上就回来。你躺好,我马上就回来。"

成洙的身子支起一半,听到玄关门关闭的声音,他又重新躺了下去。成洙仔细一想,自己跟着下去肯定力不从心。刚刚捂着肋部从楼梯爬上来,实在是太累了,自己如果再往返一趟,估计得打"119"急救电话了。

成洙瞟了一眼旁边的道河。异彩不在,屋里的气氛有点儿尴尬。在异彩回来之前,这两个男人都在各自欣赏着壁纸的花纹。

幸亏,她很快就回来了。

"道河,我埋在同样的位置了。"

道河会意,他赶紧翻过阳台回到了Rivervill公寓。成洙看到"嗖"的一下翻过阳台的道河,开口说道:

"难道就是这样来回穿越吗?通过阳台?"

"嗯。"

"你们难道是'罗密欧和朱丽叶'吗?这样会摔死的。这里可是五楼啊!你们可真是缺乏安全意识,完全缺乏安全意识啊!还有,你埋了什么?难,难道把我的手机埋了吗?"

"嗯,一会儿就会给你挖出来的。"

"喂!我手机还没还完贷款呢!"

他大声咆哮过后,用手捂住了自己的肋部。

"我知道了,你再等一下。"

成洙露出怀疑的眼神。他不知道他们在策划些什么。

异彩一直盯着阳台,等道河回来。她意识到成洙的目光,问道:

"你为什么那样看着我?"

"难道你想说时间旅行的事情吗?你们现在是在证明给我看吗?"

"我看起来像是在撒谎吗?"

"……"

"我也花了很长时间才相信这件事儿,甚至在我相信了以后,很长一段时间内都以为是幻觉。"

这时,伴随着一阵骚动,道河回来了。他手里拿着一个沾满泥土的拉链袋。他将里面的手机拿出来递给成洙,整个屋子里弥漫着一股微妙的紧张感。

成洙打开手机电源,查看屏幕。手机打开的一瞬间,未接电话的提示音接连不断地响起来,中间夹杂着信息的提示音。

"什,什么啊?怎么会这样?"

他还没来得及确认短信的内容,就又收到一条短信。提示音响了好一阵子才终于停了下来,他这才有机会确认手机里被改变的内容。

手机屏幕上显示的日期是三年后的今天,不止日期变化了,就连这期间的手机费也被一一从存折里划走了,三十六个月的时间里一笔也没落下。

成洙还确认了短信和未接电话的通知。手机上罗列了一百多个未接电话,短信也是一样,几百条未读短信正在等着成洙去查看。

短信里,大部分都是寻找成洙的内容。第一个月里收到的短信铺天盖地,渐渐地,信息收到的频率越来越低了。

成洙凝视着异彩,脸上写满了疑虑。这次,道河替异彩开了口:"异彩埋在花坛里的手机,是我去拿回来的。所以,这个手机成了三年以后的物品。"

不断摆弄着手机的成洙抬头看着道河:"我,失踪了吗?"

道河没有回答。但这已然是最充分的答案了。成洙再次翻阅短信的内容,可怎么找也找不到异彩和多彩的短信。

"我很快回来,等着我。"异彩说道。

异彩出去以后,成洙还在继续确认着短信。成洙看到因自己的失踪而悲伤的人们发来的短信,心里一股想哭的冲动涌上来。

就在成洙一条条地仔细研读短信时,忽然眼前一亮,他手里拿着的手机神不知、鬼不觉地消失了。手机就像在空气中破碎了一样,飘散开来。

"哦？"

成洙惊慌失措地抬起头，道河的脸上也是一副吃惊的表情。这时，只见异彩从外面快步走进来，手里摇晃着成洙的手机。

刚进屋的异彩摇晃着手机走过来。

道河小声对成洙说：

"来自未来的手机消失的事儿暂时不要告诉异彩。"

"什么？"

"拜托了。"

成洙微微点了点头。这时来到床前的异彩递上了手机。

"来，这次确认一下这个。"

稀里糊涂的成洙接过手机打开电源。屏幕上的日期又变回了今天。数百通短信和未接电话提醒都没有了。

他静静地整理思绪。

"好，我已经做好听你们解释的准备了。谁来解释？"

异彩开始给成洙解释阳台时间旅行的法则和目前的情况。成洙安静地听着。

听完所有的故事，他问出了第一个问题。

"照你的说法，按现在的情况下去，我们三个都会失踪？也就是可能被杀害了？"

"都是真的，你不相信的话可以翻过阳台试试，你没法从对面的玄关门走出去。或者，我可以从阳台跳下去给你看。"

成洙仔细看着异彩和道河，眼神充满了混乱。

"不用了，我相信。"

"嗯？"

"你不可能会拿姐姐开这种玩笑。"

知道他会相信，但没想到他相信得这么容易，心情反而有点儿奇怪。她动了动手指。

不知道是不是抻到了伤口，成洙摸着腰侧问道：

"接下来的计划是什么？"

异彩的脸色一下子黯淡下来。

"我们没算到现在的情况。从现在开始要重新,不对,要从一开始重新制订计划。而且我还有一件事情没告诉你。"

"什么事儿?"

异彩张了张嘴巴,又犹豫了好一会儿。

"姐姐死的时候,也就是道河先生看到的未来里,姐的尸体被发现的时候……她正怀着孕。"

成洙的脸瞬间变得毫无血色。

"什么?"

原本静静听着的道河开口说:

"你好像误会了。"

"什么?"

"柳河不是那种人。"

"那要不然呢?!"

异彩像追究一样反问道。

"DNA鉴定结果和柳河不一致。虽然也有人假设是否还有共犯,但从怀孕月数上看不吻合,应该是在被绑架前就怀孕了。"

"这怎么可能!姐姐没有男朋友,那是谁的孩子?"

异彩否定了道河的话,这时失魂落魄的成洙低低地说了一句:

"……我。"

孔作家站在像独立门似的大门前,掏出手机打开邮箱。

缉毒警察发过来的回邮很短。内容是说光凭通话录音不足以重启调查,还提到对方是个大人物。

"不要逃避。"

他默念了一下,打开大门,穿过庭院。每走一步肩膀都更加沉重,但他还是没有放慢脚步。

进到里面,在熙就朝他迎了上来。

"这个时间你怎么来了?"

在熙满脸担心地整理了一下衣服。孔作家脱了皮鞋往里走,在熙跟在后面再次问道:"什么事儿啊?"

"爸爸在吗?"

"在书房,到底有什么事儿啊?"

"一起过去吧,我告诉您。"

孔作家大步向前走,跟在后面的在熙这才发现了孔作家身上沾染的血迹。

"你受伤了?很严重吗?"

"这不是我的血。"

孔作家淡淡地回答,然后门都不敲一把推开书房的门。正在看书的父亲抬起了头。

"我看你要再学学礼仪了。"

说完,他的视线又回到书上。

孔作家瞪着这样的父亲好一会儿,眼神里流露出怨恨与悲伤交织的心情。

"您不好奇我为什么来吗?"

"真麻烦,什么事儿啊?"

他的声音听上去并不怎么想知道,只是一副快说重点的语气。

"您知道柳河现在过得怎么样吗?"

"我不想知道。"

"那孩子,绑架了人,还刺伤了一个人,请看看这衣服上沾染的血。"

父亲这才把注意力转向孔作家。

"说明白一点儿。"

"大妈收集的古书中有关于'倒流时间的项链'的记载。柳河信以为真,所以绑架了持有那条项链的人。不仅抢劫,还刺伤了人。"

听完孔作家的话,父亲还是没有丝毫波澜。一旁的在熙脸色惨白。

"柳河真的做了那种事儿吗?"

"一开始我也不信,直到我当面问他……"

"愚蠢。"

527

父亲"啧"咂了一下舌头。

"请找到柳河,爸爸您一定能找到,要在他犯下更多错误之前赶紧阻止他啊!"

"幸亏把他赶出去了,如果你说的是真的,那差点儿就出大事儿了。"

书房里的空气压迫着他的呼吸。

"爸爸。"

"我不打算做任何事儿,本来别人就在怀疑,如果我再出面,那不就等于昭告天下他是我儿子。你也别掺和。"

父亲是如何做到这样始终如一的?

孔作家领悟不用再对他有所期待了。

"绑架案件已经开始调查,柳河和爸爸曝光也只是时间问题了。这么刺激眼球的新闻,记者们一定会蜂拥而至。"

父亲轻笑了一下,视线转回书上。

"不管被害者是谁,只要和解就行了。不用一周,调查就会结束,不用太在意。我平时经营人脉就是为了在这时候派上用场。"

"那柳河出事儿的时候您为什么袖手旁观。那人脉,那时候您就应该用啊!是因为股份吗?"

"那时候媒体先曝光了。被人口诛笔伐是一瞬间的事儿,你也算是半个公共人物了应该知道。看你最近就没少受罪。"

"那您打算就放任柳河不管了吗?"

"就当没有这个儿子,我不需要那么愚蠢的儿子。"

孔作家反而觉得头脑清醒了。突然觉得自己一直以来为了得到父亲的认可而做的努力都毫无意义,那些战战兢兢担心不被他认可的所有时间也是虚无。

"那,您就当也没我这个儿子吧。"

孔作家转身离开了书房,他现在满脑子就是快点儿离开这个家。

跟出来的在熙在后面焦心地喊着孔作家的名字,但他毫不回头。

"道河啊!"

好不容易追上来的她抓住孔作家的手臂。

"柳河的事儿，是真的吗？"

"……是的。"

"怎么会，那孩子怎么会……"

她的脸色沉下来，不管是继母，还是乳母，养大柳河的始终都是她。

"我无法再假装不知道柳河的事儿了，不，我不会假装不知道。"

"你要怎么做？"

"不久您就会知道的，对妈妈您我感到很抱歉。"

"道河啊！"

孔作家扔下脸色煞白的在熙离开了家。

"心情真是恶心。"

心情无比恶劣的他掏出手机打电话给允亨。

刚刚成洙是说了"我"吗？异彩怀疑自己的耳朵。

"……你说什么？"

"那天，姐姐把项链扔掉的那天。"

"你该不会……"

"虽然姐姐断片儿了，但我全都记得。"

成洙揉了揉自己的头发。大概因为腰侧刺痛，他马上皱起了眉。

异彩愣着站了好半天，回想起成洙这段日子的行为。他成天吵着让自己叫他"姐夫""姐夫"，看来这下真要成姐夫了。

"好吧，那这个问题先放一边……"

孩子居然是成洙的。

这应该庆幸吗？暂时保留判断的异彩一边整理思绪一边低语。

"孔柳河在未来杀过姐姐一次，所以只要情况有变，他随时可能会杀掉姐姐。而且现在，情况又变了。"

成洙问道：

"等等，其实我从医院开始就一直有个疑问。大哥你为什么要帮我们？孔作家也是。弟弟被抓进监狱也没关系吗？"

道河立即回答道：

"犯了罪就应该接受惩罚。"

"难道你帮助我们救多彩姐不是希望能帮他减刑吗？"

"你说的没错。"

他没有看异彩，也没有看成洙，而是看着阳台接着说。

"在得知时间连接的时候，在得知异彩小姐是生活在三年前的人的时候，是这么想的。"

"那……"

"我以为能在他越界之前解决好，但看来是我想错了，柳河从绑架那刻开始就已经越界了。"

道河的苦闷充斥了整个房间，气氛变得沉重起来。成洙吃力地坐起身子。

异彩伸手阻止他。

"说了让你不要动了！"

成洙轻轻甩开异彩的手。

"没事儿，等到找到姐姐以后再担心我的身体吧。"

他走到桌前，在抽屉里翻找。

"有便利贴吗？需要多种颜色的。"

"要那个做什么？第三个抽屉里都是办公用品。"

异彩一脸不明所以的表情。成洙从抽屉里找出一沓便利贴，分给异彩和道河。

"淡紫色是异彩，黄色是我，天蓝色是大哥。"

成洙拿着黄色和淡绿色的便利贴走到阳台门前。

"你刚刚说要重新制订计划吧？如果一下子想不出的话，就从我们擅长的开始吧。"

"擅长的？"

"修复。组合各自的时间，复原整个情况。"

成洙在淡绿色便利贴上写了什么。

"淡绿色是多彩姐。"

他把写着"获得软玉项链"的便利贴贴在阳台窗户上。接着又在旁边依次贴上了写有"着手研究"和"从博物馆辞职"的便利贴。

反应过来成洙意图的异彩也拿来粉红色便利贴，写上"看到多彩发到社交网站上的项链"，贴到窗上。

"粉红色是孔柳河。"

道河也找了一支笔在自己的便利贴上写着什么。

三个人分别把自己知道的写下来贴上去，然后按照时间顺序调整位置。

几小时后，阳台的窗子上已经贴满了便利贴。

直到夜幕降临，三人仍在讨论意见。地上到处散落着写完又撕掉的便利贴，餐桌上还摊着吃完没来得及收拾的外卖餐具。

成洙读着便利贴，再次将情况从头历数了一遍。不知何时，道河插话道："这一部分不符合逻辑。需要补充一下。"

他越过阳台，回来时手里拿着一叠文件。这些资料上记录着发生改变的情况，是根据原来的案件内容和日期整理而成，一目了然。三个人以资料为基础，把漏掉的线索写在便利贴上。

临近午夜的时候，异彩贴完最后一张便利贴，扔掉笔。笔骨碌碌地滚落到桌下，发出"啪"的一声响。但是，谁都没有在意。

三个人探讨了下整理好的案件概要，还是留有几处解不开的疑团。

首先就是，柳河为什么会变得对项链那样执着。对于这一点，即便是通过时间的连接而相遇的异彩和道河也难以置信。如此盲目地相信虚无缥缈的事情，总得有一个契机。

虽然他通过郑画家确认了项链的存在，但这并不能成为其根本原因。因为那只是素未谋面的一个人的留言而已。

肯定还有其他原因。

还有一点就是柳河现在的藏身之处。根据道河的判断，柳河并不是那种做事儿滴水不漏的性格，不可能会为了以备不时之需，准备临时处所。

异彩的想法也是如此。她想起了柳河的公寓，没有收拾，到处乱糟糟的，还有那并不整洁的集装箱仓库。

所以，他很有可能去了原本就熟悉的地方。柳河熟悉而孔作家不知道的地方。需要找这样的地方。

道河浏览着整理好的内容，开口说道：

"再引他出来一次吧。当然，要承担一定的风险。"

"怎么做？"异彩问道。

"再给他发送项链的照片。"

"他不是已经知道是仿造的项链了吗？"

"那他应该也知道那条项链做得非常精巧。就像看着真品做的一样。"

"您是想让他觉得真品就在我的手上吧？同样的方法，他还会再上当吗？"

"会的。因为他很迫切。"

"我也这么认为。"成洙也补充了自己的意见。

异彩看着成洙憔悴的脸，点了点头。

"今天就先到这儿吧。我先把成洙送回医院。"

"我不去。"

"如果你想帮忙，就抓紧康复。你现在就是个累赘。快点儿好起来就是帮忙了。我并不是让你在医院玩儿，是让你动脑子。奔走寻找的事情就交给我。不管查到什么，我都会如实相告。"

"……知道了。"

"如果你想到什么，也要立刻联系我们。"

"需要联系哥的时候，该怎么办？"

道河刚要说"resemble man"这个账号，异彩就把自己的邮箱地址和密码写在了便利贴上。

"这是我的子邮箱账号。明天出门回来的时候，我会开通一部手机。即使不能拿出玄关门，至少在这里可以用。在那之前，就先用这个吧。"

异彩把记着邮箱地址和密码的便利贴贴在道河的手上。

头痛欲裂，她忍不住皱起眉头。即便稍微一动，就禁不住发出呻吟。多彩扭动着，想要解开反捆着的双手。

不知道捆得有多紧，只觉得血液都不流通了。多彩强压下泛起的干呕，用脚底板儿轻轻地碰了碰躺在面前的柳河。

"喂，死了吗？"

她的声音很小，但在黑暗的空间里，听起来却很大。

"喂，起来。"

她用脚更加用力地摇晃着柳河，然后听到了低沉的呻吟声。

多彩放心地松了口气。比起只剩自己一个人，还是有柳河在比较好。虽然这有些奇怪，看到绑架犯还活着，却感到安心。

"你没死啊！醒一醒。"

在反复的刺激之下，柳河睁开了眼睛。他的手也被反捆着，侧躺在地上。蜷缩着的他有点儿无法控制自己的身体。

"……这儿是？"好不容易直起上身的他问道。

"你怎么能问我呢！那个人是谁？"

柳河这才回想起昏迷之前的情景。集装箱里弥漫着白色的烟雾，烟雾之中出现了一个戴着防毒面具的男人。

"我不知道。"

多彩叹了口气，很是无语。绑架犯被绑架，这件事儿本身就很无语。虽然早知道他不是那种心思缜密的人，但他现在看起来都有点儿傻乎乎的了。

"你猜不到是谁吗？知道你在那儿的人。"

"我不知道。"

看到柳河一副失魂落魄的样子，只是反复说着"不知道"，多彩瞬间怒火中烧。

"你知道些什么！"

"我不知道。"

柳河真得一无所知。

"你不是和他打过电话了嘛。不是那个人吗？"

"他不可能来得那么快啊！再说，大叔不是那样的人。"

"那我们为什么被抓？是谁干的？"

"我不知道。现在该怎么办？"

"你怎么能问我呢。你得罪过人吗？"

"没有。"

他没得罪过谁，没到值得别人用绑架来报复的地步。不对，柳河最近根本没有和任何人交流。

"你好好想想。"

"……我不知道。"

他这样说着，突然抑郁起来。

"现在该怎么办？不能扭转时间了……我绑架了姐姐，看来我是遭报应了。"

"我为什么要和你一起遭报应啊。你振作起来，好好想想。他没杀我们，应该是有目的的。等待一下，应该就会知道我们为什么会被绑架了。"

"姐姐，你怎么这么从容？"

看来对恐惧也会慢慢熟悉。被绑架以后，她有好几次想到了死亡。她下定决心，不管是想起死亡的瞬间，还是直至最后一瞬间，都不能失去理性。她一再下定决心，直至生命中的最后一刻，都要活出郑多彩应有的样子。

也许是受此影响，即便在这种情况下，她还是多少维持着平常心。但她并不想向柳河一一解释。

"看来是托某人的福，对于绑架，我已经很熟悉了吧。"

柳河闭紧嘴巴。

"不会又是为了项链吧？那个项链在哪儿？就放在那儿了吗？"

听到多彩的问题，柳河努力回想着。项链放在了桌子上面。

"桌子上面……难道除了我，还有别人在找项链吗？"

"如果真是如你所言，它有那种力量的话，寻找它的人应该不止你一个吧。"

"那么，我们……"

"就危险了。那会儿和你打电话的是谁?"

"大叔吗?"

"真不是那个人干的吗?也许他原本就在附近盯着。"

"不是大叔。"

"是值得信赖的人吗?"

"是,他是我的恩人。"

柳河摇摇晃晃地直起身子,环视着四周。昏暗的空间,看这个轮廓,像是在房间里面。再仔细一看,就发现还有电视和衣橱。虽然没有光透进来,但这明显是在一个房间里面。

"……这是哪儿呢?"

柳河眼珠转动,很是不安。

孔道河从不参加酒场,甚至从不在酒场附近露面,因为他觉得那是浪费时间。和允亨最多也不过是喝一两杯红酒罢了。那样的他,此时却默默无言地拿酒猛灌。

而且,还是高度的白兰地,也不吃任何下酒菜。

允亨实在看不过去,拿起了叉子。他在一动未动的水果中,插起一块香瓜,递给了孔作家。

"也吃点儿下酒菜。"

"……"

"香瓜不怎么样的话,吃苹果怎么样?还是兔子的形状……"

"不想吃。"

允亨如坐针毡。

"我做错了什么吗?"

孔作家没有回答,把一杯白兰地灌入嘴中。尚未融化的冰块碰撞着酒杯发出清脆的声音。

"难道你发现了?是吗?在大阪遇见罗睿熙的事情,好吧,那并不是偶然。是我把行程告诉她的。我希望能传出一点儿,就一点儿绯闻。啊,你不也知道吗?出一次那样的报道,有助于电影的宣传,我们的书也会卖得更好。"

听到允亨做贼心虚的坦白,孔作家却并没有回答。

"不,不是这个吗?那么,是因为上次把你叫到西餐厅的事儿吗?还没消气吗?要不,我给你下跪?要不然降低3%版税的事情,改成2%?"

孔作家把酒倒入杯中,又一口干了。

"或者,是因为威胁异彩的事情?"

"威胁?"

孔作家终于有了反应。允亨想应该就是这个了。

"啊,那个啊。毕竟还是要接受Datpatch采访。那时候的情况非同寻常,你不也知道嘛。羊腿的照片真是……哎哟。如果早知道罗睿熙做事儿那么疯狂,我从一开始就拦着了。多亏了异彩小姐,那一事件得以善终。新刊也得到了宣传。"

"你是怎么威胁她的?"

"我说照这样下去,即使过了三个月,也无法宣布分手。拖下去,也许终生都会被贴上'孔道河的女人'的标签……"

孔作家一侧嘴角微微上扬。

"这算什么威胁?"

这样的威胁对她来说是行不通的,所以才会觉得奇怪。她为什么要帮忙呢?

"为什么?"

孔作家又把酒倒进空酒杯里,心中不禁疑惑道。允亨郁闷得受不了,尖叫道:"啊,那你到底为什么这样?还不如冲我发火呢。"

"我为什么要对你生气啊,哥。"

"啊?不是吗?那我为什么在'受罚'啊?"

孔作家直勾勾地看着允亨。

"哥,如果有可以使时间倒流的项链,你会怎么做?"

"哎哟,你在苦恼新作品啊?我还以为又怎么了。最近时间旅行的题材不是很多吗?搞不好,大家会腻烦的。"

允亨这才放松下来，往自己的酒杯里倒了酒。

"如果可以回到过去，改变现在的话，哥，你想做什么？"

"我可能什么都不做。"

"为什么？"

"再活一次太麻烦了。我也没有特别想要改变的过去。"

"就没有后悔的时候吗？"

"当然很多。我为什么会开出版社？你每次迟交原稿的时候，我都非常后悔的。但是，我并不想改变。现在会后悔的事儿，但在当时，那应该是最佳的选择。应该说，我想要尊重自己当时的选择吧。就算回到过去，东改西改，又能有多大的不同呢？因为我本身没有改变。也许会去背背彩票的中奖号码吧？"

允亨自嘲地说完自己的意见，抿了口杯子中的酒。

"就当作可以去背彩票的中奖号码。"

"那还有点儿吸引力。我的胃口一下子被吊起来了。"

"为了得到项链，你觉得什么事情都做得出来吗？"

"可以使时间倒流……那么，是以想要重生的人们为题材吗？还不错嘛。这不就意味着，就算是杀了人，只要得到项链回到过去，不就可以抹去犯罪记录吗？"

"那么，你会杀人吗，哥？"

允亨沉思了一会儿，摇了摇头。

"不会。因为，首先我不相信有那样的项链。我可是理工男。"

"不相信是理所当然的吧，那才是正常的吧。"

"如果相信这种荒谬的话，进而犯罪的话，就太傻了。要不然，就是走投无路了。"

"如果是走投无路，就有可能吗？"

"如果现在的人生犹如地狱，生不如死的话。应该会以身试法，去试着相信吧！嗯。考虑到小说逻辑，引子部分就刺激一点儿，用'家人、朋友、恋人'背叛三重奏开篇，怎么样？"

孔作家又一次倒满了酒。允亨看到他手中的动作，继续说道：

"怎么？不太好吗？那要不创造一个蒙受冤屈的罪犯人物？"

在这晚，孔作家想一醉方休。如果不喝醉的话，他恐怕是坚持不下去了。他想起改变了的柳河，心痛不已。还有那个在他脑海中挥之不去的名字。

"你听听看啊。A为了得到项链绑架了B，B的妹妹得知这个事实之后，开始了对A的追查。随后，B的妹妹遇到了A的哥哥，这之后两人便一起寻找A的踪迹。在此期间，A的哥哥爱上了B的妹妹。他们两个会有幸福结局吗？"

"哇！这次要加入爱情故事吗？是啊，你这样想就对了。就应该加入些爱情故事，后续的二次版权才更容易卖出去。让我想想啊，那不就是罗密欧与朱丽叶的情节吗？那他俩要是有幸福结局的话，应该会有点儿困难，无论嫌犯被抓到，还是没被抓到。"

"是会那样吧。"

在小说里应该也不会有幸福结局吧。

"这样的结局不行，得改一下人物设定，再想想吧。我去一下洗手间。"

孔作家喝了不知是第几杯酒，他刚往空杯子里倒满了白兰地，放在桌子上的手机的屏幕亮了起来。

手机收到电子邮件的提示音响了起来。孔作家打起精神，拿起了手机。

是"resemble man"发来的邮件。

但却不是用他常使用的那个邮件账号。虽然ID相同，但账号地址却不一样。

难道他知道我升级了账号安全等级？孔作家感觉自己的一举一动都在被监视着。那个人会不会现在也在哪里注视着他呢？孔作家不禁张望了下周围，然后他又"扑哧"笑了出来，觉得疑神疑鬼的自己很可笑。

邮件中附带了一段监控视频。是当时柳河以毒品持有现行犯的罪名被逮捕的夜店监控录像。

孔作家苦笑了一下,那个人在合适的时间提供了他需要的信息。邮件里还写着一个名为"姜LAN"的情报商人的电话号码。还有信息"要想救郑异彩,最好是联系这个人",这句话触动了孔作家的神经。

这是在耍我玩儿啊!孔作家将手机反扣在桌子上,一口气喝完了杯子中的酒。杯子里发出了冰块"咔嚓"裂开的声音。

柳河的车在出了故障之后,就被放置到了违章车辆认领处。异彩从柳河的车里拿了行车记录仪的存储卡,打开了导航仪。

导航仪里有着在金浦集装箱仓库、大型超市、皇博物馆、TOMATO公寓之间往返的记录。再往前倒几个月,导航仪里出现了柳河曾到钓鱼场和别墅的记录。

异彩没有看出来其他能藏身的地方。

孔柳河,你到底去哪里了?

既然异彩都已经进到他的车里了,就顺手打开了手套箱。手套箱里面装满了收据,大部分是超市和饭馆的收据。那里面钓鱼场的收据很是显眼。

钓鱼场?那是曾经显示在导航仪里面的钓鱼场。异彩将所有的收据都放到了自己的包里。就在此时,孔作家打来了电话。

"喂。"

异彩刚接通电话,就听到孔作家在电话那头焦急地说道:

"你在哪儿呢?好像并不在家。"

"我在违章车辆认领处。"

"你怎么自己出去了?在那儿等着,我马上过去。"

孔作家说完就挂断了电话。

异彩从车里出来,跟管理人员打了声招呼就走出了违章车辆认领处。

外面的天气虽然有点儿冷,却是晴空万里。异彩坐在路边的长椅上,整理着收据。就在她快按地点和时间分好类时,一辆熟悉的车停在了她的面前。

"这车,修好了?"

"在案件解决之前,你就不要想着自己到处走了,无论要去哪里都要跟我说。"

他看上去好像有点儿生气。异彩没有做出回答,孔作家便注视着她的眼睛。她迎上了孔作家充满苦恼的目光。异彩的心脏不合时宜地快速跳动了起来。

"我跟您说了,无论是哪里,您都会和我一起去吗?"

"如果你想的话,无论是哪里,我都会和你一起去。"

在一日之间,他似乎变成了孔作家和道河之间的另一个人。

"……您没事儿吧?"

"不,我有事儿!所以你能不能听话!"

异彩微微点了点头,在导航仪里输入了一个地点。

"先去这里看看吧。"

输入"钓鱼场"之后,他们发现这个地方离别墅并不是很远。他们曾经为了找柳河,去过那个别墅。

"钓鱼场?"

孔作家疑问道。异彩从包里拿出来那些收据。

"这是从柳河的车里找出来的收据,在他车里的导航仪上也有他曾经到过这些地方的记录。直到三个月之前,他好像还经常去这个地方。先去看看吧,说不定能找到一些蛛丝马迹。"孔作家启动了车子。

车里一片寂静,异彩不知将视线放在何处。这时,异彩的手机响了起来,她低下了头。珠雅给她发来了一个新闻链接。异彩在看到标题之后,眼里满是惊慌。

——皇博物馆的未解之谜——被绑架未遂和被袭。

异彩往下读着报道内容,越来越慌张。

报道上将"被绑架未遂案件的被害人"和"被袭击案件的被害人"写得就好像同一个人一样。而且,这报道上在描述案件时,还巧妙地将罗睿熙的名字添了进去。

这是Datpatch边记者的"杰作"。

"这篇报道将之前我差点儿被绑架的案件和成洙被袭击的案件联系

在一起，写得好像是罗睿熙唆使的一样。"

"你这是说什么……是谁写了这么不像话的报道？"

"这好像是边记者的'杰作'。"

孔作家用一只手搓了搓脸。

"又该不清静了。"

异彩看着报道下面的评论，这期间她一直脸色阴沉。在那评论里，睿熙的铁杆儿粉丝们和那些对阴谋论深信不疑的键盘侠们唇枪舌战。异彩看着他们这快要引起"战争"的气势，莫名担忧。

"舆论真是可怕啊！"

"你别管，我马上就会解决这件事儿。"

"好。来，手再抬高一点儿。"

摄影棚里的灯光璀璨。睿熙将放在男模特胸部的手抬到了他的肩膀上。

"好的。眼神再热切一点儿！"

睿熙摆好了姿势，摄影师接连按下了快门。

"太棒了！最后一个！"

睿熙稍作片刻，变动了下手的位置和头的角度，摆好了最后一个姿势。

"OK！好了。咱们吃完饭再进行下一组拍摄。"

摄影导演宣布休息之后，睿熙就挣脱了男模特儿的怀抱。

"好热。"

睿熙接过了老幺经纪人递过来的冰水，马上走向了自己的待机室。快步走在前面的金代理为睿熙打开了门。

"您要先吃饭吗？"

睿熙用吸管猛吸了口冰水，说道："不，先休息一会儿。菜品是什么？"

金代理拿起了放在待机室桌子上的两份便当。

"熏鸭套餐和炸猪排套餐。"

桌子上除了便当,还有数不清的小菜,连小菜的包装都那么高端。

"我两个都不喜欢。"

她躺靠在沙发上。

金代理赶紧放下便当,看了看时间。幸亏附近有睿熙喜欢的美食店。

"要去给您打包份帕尼尼吗?您上次说那个挺好吃的。"

"这里离H酒店很近吧?我要吃那日食店里的便当。"

"那我去买兰花套餐来!"

金代理抢先说道。H酒店的日食店出售的便当分四种——梅、兰、菊、竹。其中,第二贵的兰花套餐足足卖到七万韩元的价格。

"我要梅花套餐。"

睿熙最终选择了十万韩元的套餐。虽然将这收据出示给总务组的时候,可能会被训,但那后果也要比破坏了睿熙现在的心情好。

金代理给老幺经纪人使了使眼色,老幺经纪人迅速跑了出去。

"罗演员,咱们在等待的期间先换一下衣服吧?"

事前通知的午餐时间是一个小时。就算H酒店离得近,将便当带回来最少也得需要三十分钟。

"吃了饭再换。"

"那样时间可能就有点儿紧张了,您不是喜欢慢慢享用美食嘛。"

"吃了饭再换。"

金代理立马断了念头。

"好的。"

睿熙伸出了一只手。金代理将她的手机轻轻地放在她的手上,坐在了旁边。

睿熙百无聊赖地浏览着网上的新闻,她突然摆出一张臭脸,不快地说道:"那个丑女人,据说差点儿被绑架了,这上面还说她被袭击了,性命垂危。"

"丑女人说的是谁啊?"

"那个在博物馆上班的女人啊!"

"什么?怎么会发生这样的事儿啊?"

"这上面说犯人是我。"

"什么？！"

金代理在惊讶之余，赶紧用手捂上了自己的嘴。

"罗演员您真的那么做了吗？"

"金代理，你疯了吗？"

"没，没有。肯定不是您。"

金代理快速收起了自己怀疑的眼神。然后，她赶紧在手机上查看了睿熙说的报道。正在她一个一个地看报道下面的评论时，收到了一条信息。

信息上是代表的指示，让他阻止睿熙看到报道的内容。

——罗演员已经看到了。

金代理回复了信息，不自觉地叹了一口气。

"魔女狩猎要开始了。"

"我不是魔女，是美女。"

"是，好的。"

"所以你别担心，我无罪啊，不都说美丽无罪嘛！"

金代理的肩膀上，"担忧"一层层累积了起来。睿熙再次仔细地查看了一遍报道，她突然一副恍然大悟的样子，转头看向金代理。

"果然！就是那样。"

"啊？什，什么啊？"

"他上次在采访的时候，不是说了理想型是麻烦的女人吗？问题就在这儿。"

"什么？"

"他的喜好太特别了，不过也得尊重人家的个人喜好。"

"您不会是在说孔作家吧？"

"嗯。可能是我之前处事风格都太爽快了。"

金代理反应激烈地摇着头。

"不！不是的！您的行为！已经很让人麻烦了。是的，没人比您更会惹麻烦了。"

543

"他这不是还没有联系我吗？这说明我还没那么让人感觉麻烦。"

她话刚说完，手机铃声就响了起来。打电话过来的是孔道河。

"来了！"

睿熙的脸上满是兴奋，她调整了一下声音，接通了电话。

"喂。"

"我是孔道河，您现在方便通话吗？"

睿熙灿烂地笑了。

"您终于还是，亲自打电话过来了啊！是因为我说要罢演电影的事儿吧？那个您别担心，既然道河先生都亲自给我打电话了，我当然会再考虑考虑的。"

"跟那件事儿没关系。想罢演的话，请您随意。"

虽然孔作家的反应很冷淡，但睿熙把头发撩到耳后，高傲地说道："虽然您装作强势的样子也很帅，但我还是更喜欢您甜蜜温柔的样子呢！"

"现在网上流传着奇怪的报道，您适当地整理一下立场，事情就不会变麻烦了。"

"……我让您感觉很麻烦吗？"

"是的，很麻烦。"

睿熙内心发出一声"耶嘿"，满意地笑了。成功了！

"那咱们现在要见一下面吗？"

对于这出乎意料的事情发展，金代理赶忙用手比了一个"X"。但睿熙并没有理会他。

"见面吧，我们。"

面对这难以理解的对话走向，孔作家也同样摸不着头脑，他尽量用平淡的语气说道："没有见面的理由。即使是偶然，我也不想碰到你。还有，不要再折磨Dam出版社的代表了。"

"怎么能说是折磨呢，我只是拜托他一些小事儿而已。"

"还有，请不要再上传奇怪的照片到SNS上，引起一些恶意的舆论。"

"那天我说有话对您说,但是您却直接走掉了。知道我有多丢人吗?"

"我已经明确拒绝发布假的恋爱新闻了。我不会发布跟罗睿熙小姐谈恋爱的假新闻。"

"我知道了。那就不发假的!不管什么还是真的最好。"

"请不要再开玩笑了。我的忍耐是有限的。"

"不要。我会继续的。"

"手机有通话录音功能。如果把我们的通话内容发送给Datpatch这样的公司,应该会发生很有趣的事儿吧?那您的相关检索词就能更新了。所以您最好尽快上传解释的文章,收拾残局。不然的话,我会亲自出面。"

孔作家就这样挂断了电话。

"嗯?"

睿熙看到手机屏幕上显示的"通话结束"字样后,慢慢地转过头看了看镜子。镜子里的女人很漂亮。她有着让人惊艳的脸蛋,而且不管做什么表情都很美。

"太不像话了。"

睿熙看着自己的脸,眨了眨眼睛。

"金代理。"

"是!"

"我被拒绝了。"

罗睿熙,二十七岁,平生第一次被男人拒绝。她清澈的眼睛里顿时眼泪汪汪。

"您怎么了?您现在哭的话就得重新化妆了。"

惊慌失措的金代理抱住了睿熙,轻轻地拍着她的背。睿熙靠在金代理的怀里,打开了手机,在SNS上传了一些内容。

金代理后知后觉地意识到发生了什么事儿,她声音发抖地问道:"您刚才上传了什么?"

"我需要客观的视角。"

"什么视角？"

睿熙把自己的手机递给了金代理，让她自己去看。

金代理双手接过手机，看到刚上传的内容后，感到一阵头晕。

那上面并排贴着睿熙的写真照和花五万元买的郑异彩的照片。

还写着一句话：

——魔镜啊魔镜，谁更漂亮？

钓鱼场非常闲静。只有三四个男人拿着鱼竿坐在那儿钓鱼。水腥味刺激了异彩的鼻子，她皱起了眉头。

她用脚踢着在泥土里滚来滚去的石子，不一会儿，孔作家回来了。

"通话顺利吗？"

她本来想笑着问的，却不知不觉地瞪起了眼睛。

"她也会觉得为难，所以问题她会自行解决的。"

"……您担心她吗？"

"虽然她看上去好像有些疯狂，但毕竟没犯什么罪。"

"还真是担心啊！"

异彩猛地转身，向着在码头中间钓鱼的一位老人走去。

"您好。"

听到异彩亲切的声音，正在打瞌睡的老人抬起了头。

"嗯？要钓鱼吗？钓鱼费是每人两万元韩币。"

看样子，这位老人是钓鱼场的管理人。

"不是的，老人家。我们在找一个人。您有没有见过这个人？"

异彩递出了柳河的照片。老人看了会儿照片，可能是看不清楚，他把眼镜抬高了些。

"这个学生，我知道。我认识。"

异彩和孔作家交换了下眼神，看来是找对地方了。异彩继续问道："他经常来这儿吗？"

"经常来。虽然最近来得比较少，但他是常客啊！他跟他爸爸一起钓鱼的场景看上去不知多温馨。"孔作家听到后，突然走上前去。

546

"爸爸？不可能是他爸爸。"

他们的爸爸不是有闲情逸致来这里钓鱼的人。更何况如果他要见柳河的话，肯定担心别人看见，会躲起来谈话。

虽然比起谈话肯定是说教更多些。

"是吗？看到他们坐在一起钓鱼，我还以为是爸爸和儿子……"老人有些尴尬，含糊其辞地说道。

异彩"啪"地打了下孔作家的腰，然后继续微笑着问道：

"这男人自己一个人来过吗？"

"来是经常一个人来。仔细想想，他们虽然在一起钓鱼，但通常都不是一起来的。"

"跟他一起钓鱼的那个人衣着相貌是什么样的？"

"相貌？这个嘛，就很普通。"

异彩预感到这个神秘人物很可能是重要线索。她又问了几个问题后收起了照片。

"谢谢您的回答，老人家。"

两人又环顾了下钓鱼场，但是没能找到任何线索，连常见的摄像头也没有。唯独比较特殊的是钓鱼场入口处的停车场。

"孔柳河汽车的行车记录仪可能拍到了这个人。回去确认下看看。"

当异彩转身走向入口处时，她的电话响了起来，珠雅焦急的声音传到耳边。

"你在哪儿？赶紧来医院一趟。"

异彩的心"咯噔"一下沉了下去，她不由自主地加快了走向汽车的步伐。

"出了什么事儿？是成洙有什么问题吗？"

"嗯。非常严重的问题。成洙现在正吵着要出院。听说他昨天一声不响地逃出了医院。他看来是疯了。"

异彩重新放慢了脚步，轻声地叹了口气，说道："我现在正在赶过去，你让他等着。你跟他说我有事儿需要他帮忙，他会明白的。"

"那样说，他就会听话了吗？"

异彩估算了下到医院需要的时间，正好能勉强避开下班高峰。

"我很快就过去。你跟他说我会带着线索过去，那他就会乖乖听话的。"

"我先跟他说说看。希望你的话能对那个臭小子奏效。"

异彩挂断电话后，回头看了看孔作家。

"我们需要去趟医院。"

医院走廊上弥漫着浓烈的消毒水味道。异彩连门都没敲就直接推开了门。当她走进病房时，珠雅和成洙同时回头看她。

"来了？"

看到异彩和孔作家两个人走进来，半躺在床上的成洙非常高兴。当珠雅发现跟在异彩后面进来的孔作家时，顿时两眼放光。

"天哪，您好！"

"您好。我叫孔道河。"

孔作家和珠雅尴尬地打着招呼，异彩走到成洙身边，悄悄地塞给他一张存储卡。

"这是需要你帮忙的事情。"

"这是什么？"

"这是孔柳河汽车的行车记录仪视频，你仔细看看。特别是如果出现钓鱼场的画面，以纳米为单位仔细浏览。孔柳河经常和一个男人在钓鱼场见面。我们要找到这个男人。如果能找到他的车牌号，那就更好了。除此之外，如果还能发现其他线索，就立刻告诉我。"

成洙紧紧地握住了手中的存储卡。

"我知道了。"

"你不要到处乱跑，即使熬夜，也要先确认这个。"

"相信我，交给我没问题。"

成洙态度坚决地回答道。这时，打完招呼的珠雅走到成洙身边问道："相信什么？那是什么东西？"

"没什么。一些需要修复的资料。"

珠雅用怀疑的眼神看了看两人。

"你们到底有什么事儿？一个差点儿被绑架，一个被刀捅了躺在这儿。你知道吗？成洙一开始还骗我说他是从楼梯上滚下来受伤的。"

"……他不是从楼梯上滚下来才受伤的吗？"

珠雅皱起了眉头。

"从楼梯上滚下来的话，肚子上怎么会有一个洞？"

"还真是神奇。有的时候确实会发生这种事情。"

异彩别无他法，只能用这样尴尬的辩解来掩饰。因为她不能把珠雅也拖进这危险的事件中。

"说清楚。什么呀？你们有什么事情瞒着我？快说实话。到底什么事儿？"

"我以后再告诉你。以后我请你到'酒酒'酒馆喝酒，还给你点你最喜欢的三文鱼沙拉。"

"你真的要这样下去吗？"

"再给你多点个飞鱼籽鸡蛋卷。"

"成交！"

珠雅看起来有些失望，但还是没有再盘问。异彩"啪啪"地拍了拍成洙的肩膀，看着他的眼睛说道："那就拜托你了。我们走了。"

"哦？哦，好的。你们走吧，好好约会。"

成洙迅速地向异彩道了别。站在后面观望情况的孔作家也向成洙和珠雅告了别。

"希望您能快点儿痊愈，珠雅小姐下次再见。"

虽然孔作家的话听上去有些生硬，但珠雅还是微微笑了。

"好的。一定！再见！"

成洙也向他道别。

"您回去吧！"

异彩走到走廊上，静静跟出来的孔作家突然走到她身边。

"明天你什么地方都不要去，就待在家里。"

"什么？"

"我有事儿要做。想了一下,有件事儿只有我能做。"

异彩突然感觉到了一丝不祥的预感。

"您打算做什么?"

"你明天就会知道了。"

"您不会是要去做危险的事情吧?"

"不是。其实这件事儿很久以前就应该做了。"

"太让人担心了。"

"你明天好好待在家里,这样我才能去安心做事儿。不要像今天这样一个人出去乱跑。"

看着孔作家叮嘱她的眼神,异彩觉得更加不安了。

房间里一片明亮。异彩脱了鞋,向房间里面张望,但是没感觉到有人在。

"他来过了吗?"

异彩从冰箱里拿出苏打水喝了起来。她一边感受着往外冒的碳酸,一边无意地回头看了看,顿时惊讶地瞪大了眼睛。

她出门的时候,便利贴还只贴在了阳台的窗户上。但是这会儿,便利贴已经贴到阳台门和连接的墙面了。

"……这都是他一个人贴的吗?"

异彩把包扔到了床上,解开衬衫纽扣准备换衣服。当她准备脱掉衬衫时,看到了蜷缩在床另一边的人影。

异彩吓得打了个激灵,连尖叫都叫不出声,只能大口地喘着粗气。

"啊!什么呀……吓死人了。"

这人影是道河。

异彩小心翼翼地走过去一看,发现道河头靠在床垫的侧面,睡着了。他手里拿着便利贴,还没来得及整理的文件乱糟糟地散落在周围。

看样子他是贴满一边的墙面后,往另一边墙移动的时候睡着的。

"……为什么要这样睡呢?"

异彩自言自语地小声嘟囔着,但是道河并没有醒过来。他沉睡中的脸看上去非常疲惫。异彩没有叫醒他，而是帮他盖好被子，关掉了所有的灯，只留台灯。

异彩站在黑暗中看着道河，眼睛渐渐酸疼起来。情况变得越来越糟糕了。因为有他在，她才能坚持下去。

那么她对他有所帮助吗？

异彩蹲坐在道河的身边，把头靠在了床上。这样的姿势比她预想的要舒服得多。强盗进来时，床旁边的空间曾被她当作藏身之地，没想到这个地方居然也能如此温馨。

异彩安静地坐在一旁，她看着熟睡的道河，不由自主地流下了眼泪。最近他四处奔波，虽然装作一副精力充沛的样子，但精神上却濒临崩溃了。

她迅速将眼泪擦干，继续深情地看着他。寂静的房间里，异彩自言自语的声音响起。

"我，好像爱上那个人了。"

未来是不能随便预测的。

说不定，她现在就是在承受自己因随意挑战命运而造成的惩罚呢！

"……长得真帅啊！"

即使他一脸疲惫，却依然帅气得很。

"是光线暗的原因吗？他看起来更好看了。"

异彩好不容易才从他身上移开视线。她将手伸到床边，从包里拿出新开通的手机，先输入了成洙的手机号。接着，在保存自己的手机号时，异彩有些犹豫，她不知道该怎么输入自己的名字。

"郑异彩。"她嘟囔道。

这个太生硬了。

"异彩小姐。"

这个又有点儿奇怪。

"对门的女人？"

严格来说，这里并不是他的对门。异彩思前想后，将手机拿在手里，爬到床上躺了下来。

她反复将各种各样的称呼输进去又删掉。这原本不是什么大事儿，却真的很难轻易决定。她输入"阳台对面"几个字，还没来得及输入下一个字就睡着了。

阳光透过贴满便条贴的阳台窗户洒了进来。手机短信提示音响个不停，弄得异彩翻来覆去。短信提示音她可以不理会，但紧接着传来的手机铃声却让她无法再继续睡下去。异彩将手伸出被子，摸索着寻找手机。

她将手机放到耳边，却什么声音也没有听到。不过，手机铃声还在继续。

"不是那个手机。"

道河的声音让异彩一下子睁开眼。她手里拿着的，是那个新开通的手机。

"哦？"

异彩一脸茫然地抬起头，一下和道河四目相对。

"铃声是从这里传来的。"

他指着床上的包。异彩将手放进包里翻来翻去，终于找到了手机。屏幕上显示来电人的信息为"朴女士"。

异彩条件反射似的一下子坐起来，接听了电话。

"哦，妈。"

"我看新闻了。你要好好安慰他。越是这个时候，你越要好好照顾他。"

异彩不知道妈妈在说什么，她转了转眼珠，回答道："……我会的。"

"我对你那个男朋友很满意。今天见到他之后觉得更加满意了。你好好照顾他，有空再带他过来，我给你们好好补补身子。"

听这语气，妈妈好像是在说有关孔作家的事儿。

"哦。我知道了，妈。"

她挂掉电话，抬头看了一眼站在床前的道河。

"啊，那个……"

"睡得好吗？"

"……您一直没走吗？"

"有人给我盖了被子，我睡得很香。"

她仔细一看，他的头发乱蓬蓬的。不过，匆忙起床的异彩也不例外。她用手将自己乱糟糟的头发简单整理了一下。可能是因为被人看到了自己刚睡醒的模样，异彩觉得有点儿难为情。

不过，这副模样也不是第一次被他看到了。

"对了，孔作家好像发生了什么事儿。"

异彩从床上下来，坐在笔记本电脑前。电脑上赫然出现了"新闻"二字，看来这不是简单的八卦。异彩移动电脑鼠标，打开了门户网站，只见热搜里都是孔作家的名字。

异彩向下浏览着相关新闻，瞳孔剧烈地收缩着。

一则名为"独家爆炸新闻"的采访视频，被各大新闻媒体不断地转载。异彩一打开视频，便看到孔作家语气平静地说道："我是一个私生子。大家所知道的乳母，其实是我的亲生母亲。我的弟弟孔柳河……"异彩看到这里就将视频暂停了。这个报道最初上传的时间是凌晨四点。

"原来是这样啊！他就是因为这个才让我今天待在家里的。"异彩心想。

异彩看了一眼道河的脸色，继续播放视频。视频中，孔作家不仅坦白了《我们家》这本书其实是自传小说，还表达了对弟弟所作所为的遗憾。

"为了成为父亲眼中有价值的儿子，我忍受了所有的事情。但有人曾跟我说过，'人光是生下来就是一件很有价值的事儿'。"孔作家继续说道。

异彩还浏览了其他的新闻。她看到柳河的毒品案被重新调查。被公然曝光到网上的，不仅有柳河从他父亲那获得股份的消息，还有尚未做手脚的俱乐部监控视频。

异彩眼睛里满是埋怨，她向道河问道："您为什么不跟我说啊？"

"我怕你会阻止我。"

果不其然,道河对这一切都是知晓的。如果道河在月池外面读出了孔作家的心思,那他就能充分地预感到这一切。她拨通了孔作家的电话,但他的手机关机了。

"我当时应该阻止他的。"

匿名的网友在回帖栏里吵翻了天,有人说孔作家"违背人伦道德",也有人说他是"正义的化身"。由此,孔作家的人生被彻底改变了。

"这事没有商量的余地。孔作家必须要去匡正柳河的人生,不管那有用还是没用。因为这件事儿只有他可以做到。"道河说道,"……毕竟是一家人啊!"

亲手将自己的父亲陷于困境,这不是一件容易的事情。若是被环境逼迫而草率地做出选择,恐怕会让他后悔终生。

"所以他才那样做,因为柳河也是他的家人。"

"虽然话是这么说。"

"父亲是一个不会改变的人,这我比谁都清楚。在这么长的时间里,父亲从未变过。"

"即便这样……"

"我之前没想到。不应该在找柳河的事儿上下功夫,而是应该想办法让柳河自己出来。孔作家也是因为遇到了你,才明白了这一切。"

"道河先生,您不要像是在说别人家的事儿一样,这毕竟是您的事儿啊!"

道河只是笑了笑。

那个笑容,不同于孔作家那慵懒的笑,也不像道河平时那别扭的笑。那笑容比异彩想象得要更加美好。异彩直勾勾地看着他的脸,甚至忘记了要跟他计较。

"刚刚,您笑了。"

"我什么时候没笑啊?"

"以前您没有真正笑过。"

异彩曾经很想让他笑,没想到事情发展到今天,最终,能让他笑的人不是异彩，反倒是孔作家。"

"是吗？我们得吃早饭了。"

异彩没有去餐桌，而是去准备了要替换的衣服。

"不管怎样，我得去看一下孔作家。他没有接我的电话呢！"

"也许，他不在工作室。很有可能是被父亲叫去了。"

"您不阻止我吗？"

道河的脸上又露出了美好的笑容。

"去吧。"

不知何时起，自己竟成了自己的"敌人"，还产生了嫉妒心。道河对自己的这种心情真是匪夷所思。

"道河先生，您就待在家里不要出去。现在真的不知道事情到底会变成什么样子。请您千万不要走出月池，知道了吗？"

"我会的。"

他的笑容更加灿烂了。

那个和独立门长得相像的大门，被私人保镖挡得严严实实。记者们像游行队伍一样在门前排起了长龙。政治版、文化版、社会版的记者们聚在一起叽叽喳喳，聒噪个不停。

"怎么办……"异彩心想。

异彩没有信心穿过面前的"人墙"走到里面去。就在她苦恼着是要冲进去，还是要打道回府时，一个左顾右盼的记者将她认了出来。

"这不是郑异彩吗？"

一听到这话，其他的记者们顿时聚拢过来。

"请您说句话吧！"

"请问您认识孔柳河吗？"

"对于这次事件，您是怎么认为的呢？"

记者们纷纷涌上来，来不及躲避的异彩有些失魂。记者们连连发问，气势逼人，但那些"咔嚓、咔嚓"的闪光灯更让人精神恍惚。

"啊，那个……"

"绑架未遂和被袭事件，真的都与罗睿熙小姐有关吗？"

"您只点头也是可以的。"

异彩紧紧地闭着嘴巴。在这样的处境里，自己好像说什么都不行。因此，异彩就那样挤进记者们中间，往前走着。她被记者们围困着，看来得穿过那些私人保镖进到里面去才行。

不过，异彩还没走几步，手臂就被人抓住了。

"请问，孔道河作家的采访内容，您事先知道吗？"

"请问，您还要继续跟孔道河作家在一起吗？"

那些纠缠不放的记者们继续执着地向异彩提问着。就在这时，那些堵在大门前的保镖蜂拥而来，将异彩围在了中间。

"请进去吧。"

刹那，他们形成了一堵"防护墙"，帮助异彩避开了记者，让她走到大门里面。接着，他们再次在大门口变成了一堵人墙。

他们之中有一位用对讲机说道：

"我们护送她进去了。"

异彩短促地喘了口气，整理了一下凌乱的着装。她穿过庭院来到玄关前，这时，只见在熙迎了过来。

"快来吧！"

在熙的脸上满是忧虑。

"啊，您好。"

异彩怀着感恩的心情，恭敬地打着招呼。异彩能察觉出来，那个让自己平安走进来的人正是在熙。

"外面的记者那么多，没有受伤吧？"

"是的，我没事儿。谢谢您。"

"可是怎么办呢？现在，家里的气氛不是很好。"

"嗯，我知道。我也看到播出的视频了。道河，他在里面吗？"

在熙露出为难的表情。

"今天，你和我一起喝杯茶，然后就回去吧。"

"我只看道河一眼就回去……"

异彩话未说完,耳边就传来一阵怒吼声,其间还夹杂着摔碎东西的声音。她将头转向叫喊声传来的方向。

"……我知道他在哪儿了。那我先走了。"

虽然异彩知道自己的行为有些失礼,但现在她不想管这些了。异彩背对着在熙,往发出声音的方向走去。

声音是从书房里传来的。异彩站在门前,还是先等他们两人说完比较好。

"如果我所说的话是假的,我会立马更正。但我说的这些,不是事实吗?"

"你居然敢把这些事儿说出去?"

有东西飞过来撞到墙上,被摔得支离破碎。孔作家看着父亲最珍爱的钢笔盒的"下场",脸上满是苦涩地抬起头来。

"现在,您有必须要找柳河的理由了。"

"你要是老老实实地待着,我拥有的所有东西全部都会是你的!你连这么简单的账都不会算吗!"

"我想成为父亲的儿子,也想成为柳河的哥哥。我希望不再叫妈妈为'乳母',而是叫她'妈'。这些理所当然的平凡小事,现在变成了遥不可及的'愿望',全都是拜您的贪心所赐。"

"你这辈子也实现不了你的愿望了。从现在开始,你不再是我的儿子。我不需要你这样的东西,马上滚出这个家!把你妈也一起带走,我不想再看到你们两个。"

一提及在熙,孔作家的表情有些狰狞。

"父亲。"

"别叫我父亲。"

就在孔作家抑制不住心中的愤怒,将要发作的一瞬间,书房门被打开,传来一个清脆的声音。

"您好,伯父,又和您见面了。"

异彩抿嘴笑着,走到孔作家的身边站定,低下头打了个招呼。因为她的突然出现,孔作家竟一下子忘了自己要说的话。

"……你怎么来了？不是让你今天待在家吗？"

"我本来就不怎么听话啊，原本只是因为担心你来看看，不知怎么的就这样开了门。"

异彩说完，抬头注视着道河的父亲。

"既然伯父您希望的话，我就把道河先生带走了。"

"没家教。"

"但，是，伯母请您负责。趁还不晚，现在再婚也挺好的。最近DNA鉴定特别方便容易，弄不好您的处境可能会更难堪。"

看到父亲拧着的脸，孔作家嘴里发出空虚的笑声。

"你！哪儿认识的这种女人！……现在还笑得出来？"

"笑得出来。"

很奇怪，真能笑得出来。从她出现的那一瞬间他就笑了。像氧气不足一样憋闷的书房里，空气开始流通了。这一切都来自她。

异彩拉起孔作家的手。

"走吧。"

孔作家无力地任由她拉着。

"别想再迈进这个家一步，你这样的家伙，我大不了抛弃了。"

听到背后传来的声音，异彩转过身。

"伯父您好像误会了。道河先生决心做采访的时候就已经做好准备，放弃您'儿子'这个位子了。如果无法两全，他宁愿做柳河先生的哥哥。所以，不是伯父您抛弃他，是您被抛弃了。那我们就告辞了。"

她再次拉起孔作家的手。

孔作家温顺地跟在她后面，不久前支配着他的愤怒全都消散在空气里。

"多亏你，让我能这样笑着出来。"

书房的门一关上，孔作家就满脸舒畅的表情。相反，异彩脸上的笑容消失了。

"你到底是怎么想的，不和我商量就闯出这种大型事故！"

"问题出在'大型事故'还是'不和你商量'？"

"两个都是！怎么说他也是你父亲，没有其他解决方法了吗？你知道现在外面都乱成什么样了吗？有多少人看着吗？"

"对不起，让你担心了。"

孔作家帮她整理了一下乱掉的头发。就像她说的那样，看的人会变多，相应地她就会更安全。

"你很生气吗？"

"不是生气，是担心。"

异彩正想接着说，这时身后传来在熙的声音。

"道河啊！"

异彩慌忙放开手转过身。孔作家先说道：

"对不起。"

"是我对不起才是，你不要担心这里，按你想做的做吧。异彩小姐，谢谢你，我们家孩子就拜托你了。"

异彩温顺地低头说：

"对不起，引起了骚乱。"

"你都来两次了，我连一杯茶都没能招待你。下次一起吃饭吧。"

"是，伯母，到时请叫我吧。"

异彩和气地回答完，和孔作家一起出来到庭院。穿过庭院的她在无花果树前停下了脚步。她看着叶子的眼神无比美丽。

莫名心里有点儿不痛快的孔作家试探地问：

"你想找你的初恋吗？"

"何必找呢！"

"看你眼神很怀念的样子。"

"就让怀念的记忆自然流逝，不是更好吗？"

"还是说你更喜欢怀念的这一刻。"

"其实与其说是怀念，不如说是感谢。如果有机会的话，我确实很想告诉他。告诉他那短暂的相遇、细小的善意在我的心里滋长，告诉他因此我一直很感激他。"

"很伟大呢！"

"当然要伟大啊，毕竟是初恋嘛！"

异彩再次迈开脚步。

两人往大门口走了几步，感觉到外面熙熙攘攘的动静。走在前面的孔作家观察了一下外面的动态。记者好像比他进来的时候更多了。

"搞不好这次要彻底露脸了。"

"我都已经露完了。"

"……后悔吗？"

"想后悔呢。三个月以后分手新闻一出来，我就成天下第一坏女人了。"

眼前仿佛看到了分手新闻下面成千上万的评论。

孔作家伸手握住异彩的手，自然地给她带路。

"走这边。"

"嗯？"

"从后面绕出去比较好。"

"难道有狗洞吗？"

"差不多。"

绕到住宅后面，眼前出现了一个更宽阔的庭院。各种各样树木和花的另一头还有一个幽静的小山丘。

"天啊！这房子是建在公园里面了吗？"

"嗯，据说原本是一个公园。"

"真是个肮脏的世界。"

虽然嘴上嘟嘟囔囔的，但她并不羡慕。如果和那种父亲生活在一起，别说公园了，就算建在游乐园也不会开心。

孔作家加快脚步向小山丘走去。爬上去一看，山背后有一面围墙。

"你该不会要从这里翻过去吧？"

"嗯，可以翻过去的。"

因山丘的高度，围墙的这一段看上去相对比较低。但围墙毕竟还是围墙，一开始建起来就不是为了让人翻的。

何况围墙的另一边是另一户人家。

"对面是别人家啊！"

"是哥的家。"

"哥？"

据异彩所知，他称呼为哥的人只有一个。长得像抱着蜂蜜罐的熊的那位。

"代表先生吗？"

"你要是觉得翻不过去，我们就走正门。"

"我突然觉得这围墙还挺矮的。"

"要托你上去吗？"

"不用了，这程度我可以翻过去。"

5楼阳台都翻过了，这程度围墙算什么。异彩好像为了告诉他自己不是吹牛似的，双手按了一下围墙。轻轻一助跑，一下就爬到了围墙上。

先上去的异彩跨坐在围墙上，向墙的另一侧往下看。虽然不至于特别高，但稍不小心至少也会摔伤脚腕。

"这边有点儿高啊！"

这时孔作家轻松地一下翻过围墙，张开双臂说：

"下来吧，我接住你。"

异彩向着他的怀抱跳下来，脸埋在他那充满熟悉香味的肩膀里。心脏又不合时宜地狂跳起来。她努力隐藏表情，后退了一步。

"走吧。"

孔作家先转过身，迈开步子。两人大摇大摆地穿过允亨家的院子。

"车怎么开过来？"

"停在很远的地方了。"

"啊，好的。"

沿着胡同走在前面带路的孔作家回过头问道：

"你看了新闻过来的吗？"

"你挺上镜的。"

"不知道柳河看到了没？"

"应该看到了，现在所有频道都在播这个。"

异彩很好奇，看完新闻的柳河现在会是什么心情。

"你别动！"

多彩一呵斥，柳河就停止了动作。

两人正背靠背侧躺在地上，费力地试图解开绑在手腕上的麻绳。但不知道是怎么绑的，要解开并不容易。手指发麻，指甲几乎要折断一样痛。

"怎么都不行，看来需要工具。"

多彩抬起头仔细观察漆黑的空间，但只能看清轮廓的空间里很难找到工具。

"打开那个电视机的话应该会稍微亮一点儿吧。"

这时，柳河突然开始啜泣。

"我们会死吧？会死的，死的时候会很疼。"

多彩不由自主叹了口气，感觉自己就是一个傻瓜，居然会被这样的傻瓜绑架。没有意愿也没有力气安慰他的多彩顺势把脸贴在地上。

柳河的眼泪渐渐停住之时，突然传来"哐当"一声，感觉有人朝这里走来。随即门被打开，一个男人走了进来。

外面的光线照进来，房间里亮了一些。但因为逆光，无法看清该男人的脸。

"救……救命！"

大声喊叫的人是柳河。

"不好意思，这我恐怕难以做到。"

男人像真不好意思一样，用手指挠了一下脸。

"求……求您了，拜托拜托，我不想死。"

"没办法，你就认命吧！"

他走近被绑着侧躺在地上的两人。看两人躺的方向，应该是为解开手腕做了不少努力。尤其女人的手指已经在流血了。

"真是费尽心机了，虽然很可怜，但那个解不开的。"

男人用右脚轻轻踩住柳河的脖子，柳河毫无抵抗之力地"呜呜"叫。

"我们来轻松地开始吧,项链是从哪儿得到的?"

听到柳河被压住的呻吟,多彩着急地喊道:

"项链不是在集装箱仓库吗?我看到在桌上。"

男人的视线转向多彩,脚还是踩着柳河的脖子。

"那个?不是假的吗?我要真的。"

"那个是假的?"

"没错,假的,像真货一样的假货,做得比真货还真的假货。"

"居然是假的。"多彩像辩解一样害怕地说道。

"我不知道那是假的,我也是偶然得到的。"

"不,姑娘你得到的是真的,我现在问的是你原来的那条项链在哪儿。当然你可以不回答。但是姑娘,你看到过人的脖子碎掉吗?虽然声音不怎么好听,但还能忍。你想体验一下吗?"

他脚下一用力,柳河又呻吟出声。

"被……被绑架之前我明明记得放在桌上的,真的,别的我真不知道。"

"是吗?但为什么我总觉得姑娘你隐瞒了什么?"

"我没有隐瞒,真的。"

"好,好吧。那那条假项链是怎么来到集装箱里的?"

男人脚下稍微松了一点儿力,他这是给柳河说话的机会。脚下传出被压着的声音。

"郑异彩,是这位姐姐的妹妹拿着的,我给偷过来了。"

男人咧嘴一笑,再次注视多彩。

"你妹妹为什么会拿着假项链?"

"我不知道,知道的我都说了。"

"不,你知道,真项链在你妹妹那里,所以她才能做出一模一样的。再怎么过目不忘,如果不看实物的话,很难做成那样。是放在面前照着做的,是不是?"

"不,不是的。家里有拍好的照片,还有研究资料,她肯定是看了那些做的。她什么都不知道。"

"是吗？你们俩都一无所知呢！总要有一个人知道才行啊！你们好好想想，我下次再来。"

他又踩了一下柳河的脖子，转身走了。门一关上，屋里再次变得漆黑。

多彩领悟到一件事儿：那个男人和柳河不同，他身上真的散发出危险的气息。多彩躺着转了一圈，手脚都被绑住了，动起来并不容易。她成功调整方向，用脚开了电视。刚刚门打开光线透进来的时候她就留心观察了电视电源按钮的位置。

电视画面亮起来，房间里的轮廓也变得清晰了一点儿。因为是静音状态，听不到声音。反正也不是为了悠闲地看电视才打开的，有没有声音也无所谓了。

"一个窗户都没有啊！"

并不是原来就没有，而是像被什么封住了。天花板和整个墙壁都贴着隔音材料，就算是大喊，外面好像也听不到。

她的视线落在侧躺着的柳河身上。

"你认识那个人吗？"

"不认识。第一次见。"

"不是和你打电话的那个人吗？"

"不是。"

她凝视着柳河的手腕。除了麻绳，还用了粗粗的电线扎绳，层层叠叠，捆得很紧。徒手似乎绝不可能解开。

柳河又抽泣了起来。

"你又哭？"

察觉到他的视线落在电视上，多彩也不由自主地注视着屏幕。电视里是孔作家的脸。

多彩用脚趾摸索着按键，调高了音量。

自曝是私生子的孔作家脸上没有一丝犹豫。面对接连不断的质问，甚至能从他的回答里感受到他的从容。屏幕上还同时出现了"尚未表明立场，蛰居在家"的字幕和父亲的照片。

"异彩男人选得不错嘛！"

多彩淡淡地评价道，柳河抽泣得更厉害了。

"……我是不是像个傻瓜？"

"嗯。"

"……我们，现在会死吧。"

"嗯。我要因你而死了。"

"对不起……没想到会变成这样。"

"算了。道歉又改变不了什么。不要为了让自己安心而道歉。"

柳河完全不见有停止抽泣的迹象。

"……对不起，对不起。"

"如果觉得对不起，就想想能活下去的办法吧。先把你知道的告诉我。你是怎么知道关于项链的事儿的？"

柳河抽噎着开口说道：

"我在钓鱼场遇见了大叔……钓鱼的时候亲近了起来，但我对他并不是很了解。我们大多数时候都是谈论钓鱼。后来，大叔告诉了我关于神秘项链的故事。就是关于古籍和项链的事儿。我知道那古籍是什么。那是妈妈的藏品。我不会翻译，并不知道其中的内容，但我知道题目。"

"就是我翻译过的那本？"

"是……一开始我自己对着字典，选读了那些能明白的部分。"

"然后就相信了有关于项链的事情？"

"是。"

多彩哭笑不得。

"你是不是傻？一般人不都是当作流传下来的传说嘛。"

"不是真的有吗？姐姐你的SNS上。"

"就算是有，也不可能有那种力量啊！"

"大叔说有。他说他曾经连接了过去的时间。"

"他本人吗？亲自？"

"是。"

"可真会侃啊！好吧，就算是那样。那么，那个人为什么接近你？"

"不是接近,而是偶然遇到的。在钓鱼场。"

"你到现在还觉得是偶然吗?前任绑架犯也太天真了吧。那个男人是故意接近你的。他觊觎什么呢?古籍?项链?还是,单纯地想要找个帮他寻找项链的劳动力?"

"我不知道。"

"为什么会是你呢?因为看起来好骗吗?一个人找太辛苦,所以引诱很多人帮他寻找,自己盯着吗?然后,派人绑架?"

"大叔不是那样的人。"

"那么,那个男人是谁?"

"我不知道。"

"你到底知道些什么。"

"……我不知道。"

如果再对柳河抱有什么期望,那真就是痴心妄想了。

"拖延时间吧。只要拖延时间就行。"

"……然后呢?"

"异彩和成洙会找到我们的。而且,不是还有你哥吗?不是说抢项链的时候被发现了吗?那么,警察应该也行动起来了。"

"怎么找啊?又不知道我们在哪儿。"

"我留了谜题。既然你拿来的那个项链是假的,也就是说他们已经看出了端倪,正在找我呢。他们如果找到了集装箱,也会找到其他线索的。"

多彩相信他们会找到自己的。只有相信,她才撑得下去。

笼罩在霞光之中的别墅,和他们两个人离开的时候没有什么不同。空荡荡的房子里萦绕着孤独的空气。也许是因为太过于寂静,外面传来的叽叽喳喳的鸟叫声显得格外响亮。

"没有孔柳河来过的痕迹。"

异彩难掩失望。

"因为这是我知道的地方。"

"如果他看了采访,应该会思念这个地方吧。"

孔作家的想法也是如此。所以,他才顺从了她想要来确认的想法。

"我们再转一转吧。"

孔作家这样说道,抬起头看着挂在墙上的照片。

异彩把1楼转了个遍,回来的时候,他还站在原地看着那些照片。他的身影看起来莫名有些让人担心,于是异彩走到他身边。

孔作家先开了口。

"我好像是做了一个没有必要实现的梦。我竟然想成为爸爸的儿子,多奇怪啊!我本来就是爸爸的儿子。我又不是洪吉童①。"

"这是今天闯祸后的感言吗?"

"我在后悔。早就应该把这件事放下的……那么柳河,还有你的姐姐,就都不会出事儿。"

孔作家把视线转向身边的异彩。她担心自己的样子真是可爱。如果他说出"你很可爱",她会作何反应呢?

他想说却说不出口,只是嚅动了一下嘴唇。这时,异彩的手机响了。确认了来电人,她给他看了一下手机屏幕。

"是代表。"

见孔作家没有其他表示,异彩接通了电话。

"您好,代表。"

"异彩小姐,您没事儿吧?道河那小子闯了祸,一时之间,恐怕难清净了呢!"

"是,我也看了。"

"哈哈,非常抱歉。但是,都到这时候了,那小子竟关机了。您知道他现在在哪儿吗?"

"那个,我们现在在一起。"

"不好意思,那麻烦您打开免提。"

"啊,是。好的。我打开了。"

---

① 洪吉童是韩国历史人物,是出身贵族官僚家庭的庶子,其身份不被父亲承认。

异彩刚打开免提,就传来了允亨洪亮的声音。

"你小子就算是闯了祸,也接下我的电话。我有事情要告诉你。罗睿熙的所属公司已经开始出面大肆否认恋爱绯闻。好像是因为这次的事情,想要与你划清界限。所属公司那边会自行善后,现在好像不用再费心了。还有,采访做得很好。我想夸夸你。喂,你在听吗?"

见孔作家没有回答,异彩连忙答道:

"孔作家在听,看样子像是非常感动。"

虽然他面无表情,但光看他那闪烁的眼神就知道了。他似乎没有想到允亨会支持自己。

"所以说,因为这次的事情,出版社也受到了一定的打击,知道吗?下部作品的版税,就再降低1%吧。那祝你们俩过得愉快啦!好好收尾。异彩小姐,还请您好好安慰安慰这小子。还有,罗睿熙SNS的事情非常抱歉。上传的照片那么大。我会尽快解决。那我就先挂了。"

"好的。再见。"

允亨一口气说完想说的话,先行挂断了电话。再次寂静下来的空间里,两个人的视线交织在一起。

"代表的个性,真是非常鲜明啊!"

"他是个好人。"

"我知道。"

幸好有允亨在他身边。但是……

"SNS是什么意思?"

"不是说的羊腿照片吗?"

应该不是,他说了上传的照片特别大。异彩心有不安地确认了一下罗睿熙的SNS。

——魔镜,魔镜,谁更美丽?

无语。俗话说,每个人的审美都不同。但是"绝对的美"还是存在的。拥有这个时代的"绝对的美"的人正是罗睿熙。

那样的睿熙的照片和异彩的并排传在网上。

人们异口同声呼喊着"罗睿熙",好像那是理所当然的事情。在异彩看来,罗睿熙的美貌确实是女神级的,所以对于这点,她也能够理解。让人不快的是,有很多人总是胡言乱语,议论右边的"鱿鱼"是谁。

异彩强忍着愤怒。现在不是该为这种事情患得患失的时候。

"没关系。所属公司说了会善后。照片应该也会给删掉的吧!"

虽然嘴上这么说,但却明显地一脸不高兴。

"到底是什么啊,这种反应?"

孔作家也很好奇,他越过异彩的肩膀,看了一眼帖子。他粗略地扫了一眼评论,幽幽地说道:"更漂亮。"

"什么?"

"我说你更漂亮。"

异彩眯起眼睛。

"您现在是在侮辱我吧?"

"真的,漂亮。"

孔作家眼含爱意,异彩只能尴尬地移开视线。她依然不知道该拿他如何是好。推开他,为时已晚;靠近他,便是走入雷区。

理不清头绪的她突然瞪起眼睛。

"刚刚,您说了'你'吧?"

"嗯。"

"我可是姐姐。"

"我知道。"

他慵懒地一笑,一副那又怎样的样子,然后将自己的手机开了机。

他接连收到了未接电话通知和信息。其中大半都是来自在熙和允享的。此外,还有不认识的号码,还有一部分是多年未曾联系过的人。

一一确认以后,他发现大多都是安慰和支持的信息。其中,也掺杂着些记者们不懈的追问。

而且,"resemble man"用新的账号发来了一封邮件。

——我看了采访。你辛苦了。更重要的是,你打算什么时候联系姜LAN？你就不在意郑异彩的安全吗？也是，也许你趁早放弃异彩会更好。你不也知道没可能吗？"

孔作家怒火中烧。

……他是想干什么？

他抬起头，并没有看到异彩。但是，从延伸到二楼的楼梯上传来了低语声。

孔作家被声音吸引着向楼上走去。

"是。没有。现在还在一起。我在那个别墅。是。好像没来。我现在就要回去了。一会儿见。"

随耳一听，像是在和一个男人打电话。

孔作家对那个声音特别反感。通话时，异彩声音里所带的亲近感也让他很不满意。更让他不满的是，"一会儿见"这句话。

孔作家悄无声息地走上二楼，紧靠过去。

"是'resemble man'？"

他只不过是试探性地问一问，没想到异彩特别慌张。

"啊，那个……"

"无法回答啊！"

孔作家抢过她拿在手里的手机，放在自己的耳边。

"别耍人。你用你的方式守护，我会用我自己的方式守护。"

对方沉默不语。

孔作家将手机扔还给她，像是故意不理她似的，离她远远的，背对着她站着。异彩把尚未挂断的手机放在耳边。

"……您和孔作家之间发生什么事儿了吗？"异彩尽可能地压低了声音问道。

"该发生的总会发生。"道河非常坦然。

"您又给孔作家发邮件了吧？"

"这个你不用管。"

是道河把状况搞得如此让人左右为难，现在他却说不用异彩管。

"反正您总是不听我的话。唉，以后再谈吧。"

异彩挂掉了电话,走到孔作家身旁。

可等她真的站到孔作家旁边,却不知该说些什么。她感觉不管说什么,最后都会回到关于"resemble man"的问题上。她现在已经厌烦了辩解。并且,她看着孔作家的侧脸,感觉到他似乎非常生气。

她怕自己考虑不周,不能随便说什么话,所以就静静地站在孔作家旁边。孔作家率先开口道:"别看我,我现在的样子很难看。"

他这么一说,异彩不得不看向他。

异彩尴尬地轻抚了下他的肩膀。

"本来您今天看上去就挺危险的。您太勉强了。不可能会像没事儿人一样。您和父亲吵成那样就出来了,柳河这边也没有任何蛛丝马迹……"

孔作家转过头,凝视着异彩。

"我不会放弃的。"

"我知道,我也不会放弃的。我一定要找到姐姐。"

异彩语气坚定地说道。孔作家看到她这副样子,心情变得压抑。她脑子里始终只想着多彩,而他就像不懂事儿的少年一样在嫉妒着。

但是,无论理性告诉自己什么……

"咱们先回去吧。孔作家您好像需要休息一下。"

无论她说什么……

"不要!"

他都不想放弃她。

异彩在和他四目相视的那一瞬间,感觉心脏"咯噔"一下沉了下去。这是异彩在下雨那天之后,第二次有这种感觉了。时间又一次停止了。从外面传来的鸟叫声也消失了,空间也消失了。

似乎这世界上,就剩下他们两个人一样。他的表情,甚至是他那颤动的睫毛都原封不动地印刻在了她的心里。

看来并不只有项链能够启动魔法,他也像拥有魔法一样,能制造出这奇迹般的瞬间。

在这意外对视的小小奇迹下,人总是会做出冲动的行为。

异彩将自己的嘴唇覆盖上了孔作家的嘴唇。她不知道自己为什么会做出这样的举动。就是很自然而然地靠近了他。

孔作家似乎有点儿惊讶。异彩觉得受惊的他看上去很可爱，"噗"的一声笑了出来。他又亲上了异彩的嘴唇。

异彩的鼻尖萦绕着一股清新的香气，嘴唇上留下被轻轻掠过的柔软触感，指尖传来孔作家手掌的温度。他那大大的手掌与异彩十指相扣。

纠缠在一起的气息变得火热起来。异彩双臂缠上了他的脖子。

二楼的靠垫跟她想象得一般柔软。异彩在背部接触到靠垫的瞬间，睁开了眼睛。她透过天花板上的窗户看到了外面的天空。

现在还留有一丝湛蓝色的天空上，升起了一轮下弦月。太阳似乎马上就要下山了。

就在她想再次闭上眼睛时，孔作家离开了她的嘴唇。他长长地呼出一口气，靠近异彩那羞红的脸，注视着她。

他又轻轻亲了几下异彩，用沙哑的嗓音说道：

"走吧，回家。"

听到他那低沉的声音，异彩都忘记了怎么呼吸。

夕阳西下，人们渐渐聚集到了"东宫和月池"里。"东宫和月池"的夜景可比白天的景色要美丽多了。等待着月亮升起的那些人中有恋人、朋友和家人。他们全都沉醉在这美丽的风景之中。

在那些人中，有一对男女说话的声音很大。

"太过分了！您怎么能对我说那样的谎话呢！"

"天哪！我知道的好像是错误情报。所以呢？您不会是为了异彩才来这里的吧？"

"如果我说我就是为了异彩才来这里呢？您要怎么做？"

"您疯了吗？高组长，我可是知道您这个月刚结了婚啊！"

"我会离婚的，我跟异彩也说过。"

"疯子！你还小吗？你有脑子吗！？"珠雅提高了音量说道。

"你说我是'疯子'是不是太过分了？"

"一点儿都不过分。你这个垃圾！以后别再纠缠异彩了，从她身边滚开！你很烦人。"

"珠雅小姐。"

"无耻。别叫我的名字，我会起鸡皮疙瘩。"

珠雅像真见到肮脏的东西一样，背过身去，一脸嫌弃。一直站在珠雅旁边，忐忑不安的同事抓住了她的胳膊。

"你怎么对高组长这样啊？虽然是别的组的，但他也是组长啊！"

"在他是组长之前，他是个垃圾。"

"怎么了？他和异彩又发生什么事儿了？"

"说他是垃圾哪需要什么理由。不过垃圾们倒是都有一个共同点，那就是他们都不知道自己是垃圾。"

在远处望着他们的郑画家自言自语道："真是花样年华啊！"

在郑画家的眼里，他们只不过是在打情骂俏。

郑画家在月池里慢慢踱着步，他走到了池塘边。夜幕在不知不觉中降临，平静的水面上，月光影影绰绰。

"卿过得还好吗？"

三十年前，他度过了奇迹般的一个月，从那之后，他每天都在寻找着月池。直到现在，他只要一闭上眼，在那千年之前的华丽夜晚发生的事儿依旧历历在目。

郑画家再次移动了脚步。

现在被称作"东宫"的这个地方，是被称为"时间之客"的郑画家曾逗留过的地方。他就是在这个地方，第一次遇到了她。也许就是因为这个原因，他踱步在这月池里，仿佛能听到她那爽朗的笑声。

虽然头发已经花白，已不再年轻，但他的心脏却仍像当年那样剧烈跳动。

"画水公[①]。"

她曾经这样叫他。那时候的"画水公"头发并不花白，额头上也

[①] 公，是对古代男子的尊称。

没有皱纹。他那时正值年少，满是自信又充满激情。

三十年前的那天，他穿着干净整洁的西装，走向了多功能室。一阵清凉的风从那老旧的洗衣机和橱柜之间吹来。画水毫不犹豫地打开橱柜，走了进去。

通过橱柜，偌大的莲池映入眼帘。莲池里的水清澈见底。莲池的中间建有一座小小的岛。小岛上尽是一片绿色，到处是不知名字的稀有鸟类和花朵，鸟语花香，还有一株杜鹃生长在其中。

画水刚一出现在那个地方，本来在那嚼着树叶的梅花鹿一下子躲到了树木之间。当画水正惋惜相遇太短时，一只蝴蝶翩翩飞来，落在了他的肩膀上。

"您在看什么？"

他听到这甜美的声音，转过头来。受惊的蝴蝶急忙飞走了。她带着温柔的微笑向画水走来。

她是个美丽而高贵的女人。

她身着金纱装饰着的绸缎衣服，头发梳成了盘桓髻。用那些金饰和玉饰固定住的头发彰显了那个时代的华丽。

画水努力想将那个耀眼的女人定格在心里。

想与卿共度余生。

"这月池，无论什么时候看都是这么美丽。"

"您说过这地方在千年之后也存在着，是吧？"

她用清脆的嗓音问道。

"是的。一部分保留了下来，被世人称为'雁鸭池'。那个岛倒是消失了。"

"从公那听来的故事都很神秘。"

她喜欢听画水讲关于"现代"的事情，她对现代科学和建筑尤为感兴趣。

画水对她的学习能力感到很神奇，但同时又为她惋惜。她太聪慧了，要是一直被困在宫里就太可惜了。他也害怕他教给她的知识反而会害了她。

"今天怎么不见宫里的人啊？"

"都退下了。今天，这月池只属于我们二人。虽然父亲说要举行宴会，但我向父亲请求先退下了。"

"我果然是喜欢这种温馨的环境。"

她羞涩地笑了，眉眼弯弯。她那新月般的笑容似乎快要将画水的心融化了。那是会让天下男子为之倾心的笑容。

画水将用树枝做成的发卡递给了她。发卡的尾端雕刻着莲花。她接过这头饰，灿烂地笑了起来。

"好漂亮啊！"

"还有这个，是送给陛下的。"

画水拿出来的是酒令具[①]。这是他按照庆州博物馆收藏的复制品仿制出来的。因为制造的是这个时代的东西，所以不会对未来产生影响。

"父亲肯定会喜欢的。"

"这是用月池之内的树木雕刻而成的，所以应该不会消失的。能给卿的只有这个，实在是让我心痛不已啊！"

"您为什么觉得没有能给我的呢？"

她将藏在那长袖里的扇子取了出来，将其打开。那把扇子上有画水的画作。他只能用这个时代的材料制作出新的染料，才能在扇子上作画。他运用了现代的知识制造出来的染料，在这个时代肯定会成为宝物，兴国安邦。

"画水公是新罗王朝的恩人。这个地方会产生灿烂的文化。这都是托公的福。"

她再一次露出迷人的笑容。

二人悠闲地交谈着，慢慢地踱着步，停在了小小的檀香树前。这是不久前，他们二人一起种下的树。

"这棵树要是能存活千年就好了，那画水公就能再见到它了。"

画水只能埋怨神明。他不愿相信自明天起就见不到她的这个事实。

---

① 新罗时期，行酒令时用的工具。

"难道真的没有能延长这连接的方法吗？"

"谁能知道呢！因为在您来之前，只有一位客人停留在这宫里过。"

来到这新罗王宫的人不止画水一个，在他之前还来过一个人。听说那个人曾向王提议与唐朝结盟。因此，画水受到的待遇从一开始就很好。若不是因为那个人，画水恐怕早被误认为刺客而死于非命了。

"要再走走吗？"

画水郑重地问道。她摇了摇头。

"咱们到公的月池里去吧。"

她拉着画水来到了莲池前的储藏库，打开了储藏库的门。通过那道门，走出橱柜，她轻盈地走到了多功能室。

二人并肩走过多功能室。

走到客厅之后，她便开始脱下那沉甸甸的绸缎衣服，"沙沙"作响的衣服翩翩地落在了地板上。看着她那渐渐显露出来的身体曲线，画水不禁口干舌燥。

"请速来，这不是最后一日嘛。"

看到她那催促的眼神，画水的心脏再次变得火烧火燎。虽然他曾多次觊觎这一玉体，但实际看到还是惊叹不已，只觉神奇。

"您不后悔遇到我吗？"

"谁能猜到我将来会成为谁的妻子呢？并且，这世界又能有多么灿烂呢？我只觉画水公的一切都很神奇。"

他之前只是一个研究颜料的穷画家，对于那样的他来说，这样的评价让他感到很陌生。就算今天是最后一天……

画水在和她融为一体的时候就知道了，他会思念着她度过余生。在这既短暂又像永恒的时间过后，她问道："以后还有机会再遇到公吗？"

她的询问一下子把画水拉回了现实。

"若真有神明存在，我会向神祈求再遇到卿。"

"那我也祈愿神真的存在。"

"……时间真是无情。"

她用那纤细的手指堵住了画水的嘴唇。

"不要跟我说告别的话，我要期待奇迹的出现。"

她起身，穿起了衣服。待理好衣服，端正了姿态，她再次向画水行了礼。她抬起头来，那漆黑的眼睛就像画水第一次见到她时那般清澈明亮。

到了该告别的时候了。

"看来我也要给您准备礼物了。如果能传过去的话，请您往深处看。"

画水很想把她裹在身上的碍手碍脚的衣服重新脱掉，但他还是收回了想要触碰她的手，从容地笑着说道："深处。"

她嫣然一笑，轻轻地走远了。当多功能房间的门关上时，她的背影也跟着消失了。

"总有一天，我会再去见您的。"

过了一会儿，画水才低声说道，但她并没有回答。他痴痴地凝视着房门，泪水从眼中流下，然后顺着下巴，一直流到了脖颈上。

"不能，不能就这样结束。"

画水急急忙忙地打开了多功能房间的门。

但是这次，他没有感受到清新的风，只看到充满着纤维柔顺剂味道的多功能室里，放满了各种各样的东西。他用手捂住空虚的心，瘫坐在了地上。

这时，门铃响了。画水打开玄关门一看，一个陌生的年轻人站在门外。

"您是郑画水先生吗？"

"您是哪位？"

"请您收下这个。这是我们家族传下来的任务。"

那个年轻人把文件递给了画水。

"这是什么东西？"

"虽然我说的话听起来会比较奇怪，但这东西必须要交给住在这里的您。"这时，画水才想起来她说过要给他准备礼物这件事儿。

"文件里的房产很快会转到郑画水先生名下。您现在可能一头雾水，等您去这个地方看过之后，如果还有不明白的，可以联系这个电话号码。"

年轻人把名片和钥匙递给了画水。

"啊，好的……"

"那我就先走了。"

画水看了看钥匙和文件。文件里写的地址离这儿并不远。他想了一会儿，拿起外套，朝那个地址走去。走了一个多小时后，他到了一座离雁鸭池很近的古宅。用钥匙打开门后，映入眼帘的韩屋着实令人惊喜。

画水走到后院，发现了一棵桧树，他失魂落魄地停住了脚步。画水一眼就认出，这是他和她一起种下的树。为了不让它长得太高大，长期修剪的痕迹非常明显。

从墙外面看的时候，跟普通的桧树没有区别。

画水想起来："她让我看深处。"

于是，他锁好大门，在桧树下挖了起来。

可是挖来挖去，也没有发现什么东西。正当画水想放弃的时候，突然看到了刻着莲花的砖头层。他把砖头搬出来后，最先看到了人的骨头。旁边整齐地摆着看上去像是陪葬品的遗物。

酒令具、头饰，还有只剩下框架的扇子。

她以死亡的状态回到了他的身边。

画水不禁泪流满面。

异彩轻轻地打开了玄关门，还好屋里很暗，道河不在。她悄悄地走进屋里，脱下了鞋子，突然觉得有些委屈。

"我回自己家，为什么要这样紧张呢？"

异彩没有开灯，她透过窗帘和便利贴的缝隙看了看外面。道河正坐在对面的阳台上。但是异彩却无法直接拉上窗帘。

因为别墅里的事儿，异彩觉得非常尴尬，非常难为情。他看到了吗？

"我肯定是疯了。"

异彩喃喃自语了几句，但情况并没有改变。异彩对着镜子调整了下表情，然后打开了阳台门。

"回来了？"

道河脸上的表情没有一丝波动。

"您到月池外面去了吗？"

"你不是叫我不要出去的吗？"

幸亏没出去。异彩听到他的回答，安心了一些。于是，她轻松地抿嘴笑了。

"不听话才是您的作风。"

"因为我担心出去的话就真的回不来了。你今天回来得有点儿晚啊！"

异彩转了转眸子。

"嗯。是啊！"

"爸爸很……生气吧？"

"他表情很恐怖。"

"那要被赶出家门了。"

"孔作家自己走出来的。"

"明明孔作家就是我，但我却想不到他会怎么做，我和他之间的距离，好像很远。"

道河说着，表情看上去很凄凉。

他们俩之间的距离确实越来越远。异彩现在只要看一下眼神，就能区分开。虽然如此，但还是能感觉到他们两个是同一个人。

"还有什么要跟我说的吗？"

异彩把手臂搭在栏杆上，感受着夜晚的风。

事实上，异彩想在所有问题解决后，对道河说声谢谢。虽然他对多彩的事情有所隐瞒，她也曾怨恨过他。但现在有了重新挽回的机会，所以她想对道河说，遇见他，是她人生中最大的幸运。

可是目前什么问题都没解决，所以异彩什么话也说不出口。

"没有。"

"为什么会去别墅？"

"因为我猜想，孔柳河看到采访后可能会去那里。您觉得孔柳河会有什么反应呢？"

"我也不知道。虽然我自认为自己很了解他。"

"他应该会自动出现吧？"

"等等看就知道了，希望他能出现。"

"我也在继续寻找线索。肯定会有线索的，只是我还没找到而已。"

"我没办法出去帮你，但是我会做力所能及的事儿。"

"您已经是我的精神支柱了。"异彩笑着说。

"那就太好了。"

"我先进去了。我有点累儿。晚安。"

"晚安。"

异彩进去后，空荡荡的阳台只剩下"当啷、当啷"的风铃声。

道河一个人坐在阳台上，用手指轻轻地敲着桌子，整理着思绪。

看来孔作家是不会联系LAN了。

"那就没办法了。"

即使他不去，也有其他办法。

陆

两个人的阳台

　　他说的很对。他马上就要消失了。消失在时间里的他会怎么样呢?只对他说句"谢谢"就把他送走也可以吗?

　　异彩放下了叉子。

　　"谢谢您。"

脖子上戴着软玉项链的女人,在画中笑着。异彩在那幅画前面徘徊了很久。

她心想:"他今天不来吗?"

异彩抱着碰碰运气的心态,来到了画廊,但是郑画家没有出现。她心烦意乱地盯着那幅画。

"难道就没有其他办法了吗?"

虽然她恳切地问道,但是画中的女人并没有回答她。

"你又来了。"

异彩听到声音回头一看,郑画家正站在自己面前。她顿时激动起来,就像见到了救世主一样。

"您好!"异彩高兴地大声说道。

当她后知后觉地意识到这里是画廊时,立马捂住了自己的嘴巴。郑画家慈祥地笑着,走到了异彩的身边。他抬头看了看画,眼神中充满了思念。

"你找到你姐姐了吗?"

"差一点儿就找到了,但最终还是错过了。我的朋友也因此受了重伤。"

"当事情解决不了时,从头开始有条理地再思考一遍,也许会有帮助。"

"我脑中现在一片空白。我就想躲回月池里。"

当郑画家听到"月池"这个词时,惊讶地回头看了看异彩。

"你说的是不是连接时间的界线?"

"什么?是的。"

"你,现在在穿越时间?"

第一次见到郑画家时,异彩虽然问了他关于柳河和项链的事儿,但是并没有直接告诉他自己正在穿越时间的事实。那他是怎么知道的呢?

"……您是怎么知道的?"

异彩疑惑地看着郑画家,而他的脸上却充满了惊喜。

"月池是我起的名字。但是到现在为止,我从来没告诉过任何人。那么肯定是未来的我告诉了其他人。也许是跟小姐你连接的人吧。"

"……是的。我从他那儿听说的。"

"果然如此。我当时连接的是多功能房间的橱柜和仓库。你是哪里?"

"啊,我是阳台。阳台和阳台之间连接起来了。"

"真有意思。那是和什么时间连接在一起的?"

"未来。"

"未来?那未来那边的人应该是项链的主人了。"

"主人?"

严格来说,多彩才是项链的所有者。

"连接的时候,拿着项链的人称之为主人。"

"啊,那项链的主人是我。"

"是你?能跟未来连接起来是非常少有的事儿,太神奇了。"

"是吗?"

"虽然有记录,但是我没有见到过。所以我曾以为只能跟过去连接。"

"除了我,您还见过其他穿越时间的人吗?"

"可能是因为这幅画的关系,偶尔会有人来找我,就像你和那个叫孔柳河的年轻人一样。"

"我想求您的指点。因为一个月的时间太短了。"

"是啊!你还剩下多少时间?"

"还有五天。"

"那时间很紧迫了。你应该很焦急吧。但是跟未来连接在一起的话,应该会对你寻找姐姐有所帮助。"

"一开始我也以为会很简单，但是现在不确定了。我也曾认为是项链给了我机会，但是现在却怀疑这是不是一个陷阱。"

"项链给予的机会……"

"……不是吗？"

抬头看着画的郑画家露出了微笑。

"我认为这是相遇。是一种足以改变命运的强有力的相遇。连接的不是过去或者未来，而是那个人。"

"那个人……"

"对于我来说，是三十年前的事情了。我穿越时间，遇到了她。到现在，我还爱着她，以后也会继续爱她。能够把一个人放在心上爱一辈子，这难道不是一种巨大的祝福吗？"

"确实是一种祝福。"

异彩本来打算问问有什么办法，能在一个月后还可以见到阳台对面的那个人，但是她最终决定不问。如果有办法的话，郑画家的眼里就不会含着那么深的思念。

"连接断掉后，生活还是会继续。只是回到原来的生活里去了。如果就这样生活下去，即使不和其他时间连接在一起，也会有改变未来的机会。"

"确实是这样。"

郑画家抬起手腕，看了看时间。

"我得先走一步了。你待一会儿再走吗？"

"是的。我待一会儿再走。"

"祝你好运。"

郑画家走出去后，异彩又对着那幅画看了一会儿。包里响起了信息提示音，异彩看了下，是成洙。成洙叫她赶紧去医院，看来他真的是熬夜确认了行车记录仪的视频。

异彩走出了画廊。今天的天空格外晴朗。

"姐姐也在看着这样的天空吗？"

又或者，她在连天空也看不到的地方？异彩怀着忧郁的心情，走出了小巷。

"郑异彩小姐。"

异彩突然听到有个陌生的声音在喊她。她回头一看，顿时眼前一片漆黑。

道河面前放着两个手机。一个是他平时用的手机，一个是异彩帮他新开通的手机。

看着这两个手机，道河在深思熟虑之后，拿起了异彩帮他新开通的手机。然后拨通了LAN的总机电话。在短暂的信号音结束后，传来了LAN那轻狂的声音。

"您好。我是以为您提供迅速服务为傲的姜LAN。有什么能帮助您的吗？顾客。"

即使是三年前，他的开场白也没有多大区别。道河隐藏起自己的喜悦，说道："我想找人。"

"请您再说得具体一点儿。根据业务的难易程度，收取的费用也不尽相同。"

"孔柳河和郑多彩，我要找他们两个人。他们应该是在一起。"

"啊，那个，孔柳河是不是出现在新闻上的……"

"是的，没错！我是他的哥哥。希望能平安地找到他们。"

"这可怎么办呢？先生，我们目前正在开展一个长期项目，没有精力来接这个'大单'。"

"这事儿也不算'大单'。希望你们能私下悄悄地解决。"

"这事儿被舆论曝光了，还牵扯刑事搜查，不大可能私下悄悄地行动。您也知道，我们如果暴露了，一切就都完了。"

"我会提前支付委托费，一次性付清。"

LAN沉默了一会儿，回答道：

"真的，很抱歉。目前的状况下，我们很难行动。等这件事沉寂下去后，似乎还有可能。再次向您表示歉意，先生。"

"我出三倍的钱。"

"对不起，先生。即便您这么说，我们还是不能接受此次委托。"

电话挂断了。

LAN很喜欢钱。道河以为自己出三倍的钱，LAN会装作"盛情难却"而接受自己的委托。他甚至还表示自己会一次性支付委托费用。

但，LAN还是拒绝了。

为此，道河有些焦头烂额。他心急如焚地搓着手，这时，原先的手机里传来了收到邮件的提示音。

邮件是情报信息公司——Justice发来的。他们拖沓的办事效率令人很不满意。在Justice发来的邮件里，开头部分是异彩的简介，正文部分和LAN调查的内容几近相同。

道河聚精会神地浏览着她被收养的记录。蓦然间，他觉得她被收养的地址有些眼熟。他打开网络地图，用Roadview确认了一下这个地址。

道河小的时候，每天都会经过这条路。尽管路边的几栋建筑越来越富丽堂皇，但他对胡同本身却熟悉得很。就在他看到某个房子大门的瞬间，一个稚嫩的声音在自己耳边回荡开来。

"你这个骗子！人贩子！骗子！"

手里举着无花果树枝的自己，一个小女孩，还有一扇两人一同看着的蓝色大门。

因为突然涌入的记忆，他变得非常混乱。他分不清这是走出月池后产生的记忆，还是原本就有的记忆。

虽然没有关于女孩子的记忆，但是那天的记忆还是有的。那天他被狠狠地训了一顿，因为他不仅折了在熙珍爱的树木的枝丫，而且天很晚了还不回家。

"这记忆是怎么回事儿？"他在心里疑惑道。

按照记忆，她遇到的少年是道河。但是，除了那一个场景，他什么都记不起来。即便那时候年幼，但两个人的记忆仅留在一个人的脑中，只对一个人有意义，真是神奇。

道河再次读起邮件。接下来的内容是关于TOP的行踪。

——郑异彩绑架未遂事件以后，TOP实际上已经解散。其中三人被判了徒刑，逃跑的是姜慧万和朴正焕两人。据推测，TOP所持有的房地产和存款全部落入姜慧万手中。朴正焕下落不明。

这些果然和LAN传达给自己的内容类似。继续往下读着,道河的表情一瞬间僵住了。

——姜慧万成立了新的情报集团,至今一直用"姜LAN"这一假名活动。

"她怎么还不来啊?"

成洙嘟囔着把午餐——稀粥推到一侧。他看着笔记本电脑,屏幕里正在播放着行车记录仪的视频。

是孔柳河和一个男人在钓鱼场的停车场见面的场景,那个男人把帽子戴得很低。视频还拍到了那个男人的车牌,虽然看不到车牌号的最后一位。

他反复播放着视频,这时,接到了道河的电话。

"是,哥。"

"我好像找到犯人了。"

"什么?您查出孔柳河的位置了?"

"不是。我找出了受柳河教唆而行动的人。是TOP失踪成员之一。绑架异彩的时候,他坐在面包车的副驾驶上。本名是姜慧万。现在以'LAN'或者'姜LAN'的名字活动。我把代理电话号码信息发送给你了。"

成洙合上笔记本电脑,站了起来,疼痛使他抓住了自己的肋部。

"我知道了!现在就交给我们吧。"

当他拔下输液管的针头时,病房的门开了,孔作家走了进来。

"……哥?"

成洙难掩慌张,直接挂断了电话。孔作家的视线落在了刚拔掉输液管针头的成洙的手上。

"……我和异彩约好了在这儿见面。"

他用了敬语,成洙听着有些别扭,忍不住笑了出来。

"啊哈哈。我着急去个地方。您在这儿安心地等吧!"

"……什么?"

孔作家的视线移向成洙的肋部。

"啊哈哈。您不用在意我。"

"是柳河的事情吗?"

成洙苦恼了片刻,便如实相告。

"是。"

"一起去吧!"

正在此时,孔作家的手机收到了一条信息。

——SOS紧急信息,[郑异彩]给您发来位置信息。

"罗演员,您该走了。"

金代理说道,但睿熙仍然一动不动。她紧盯着自己的SNS。金代理没有继续催促,而是悄悄地坐在了她的旁边。站了一整天了,感觉腿有点儿疼。

在旁边坐了好一会儿的金代理打量了一下睿熙的脸色,轻声问道:

"您肚子不饿吗?距下一场拍摄还有一点儿时间,我们去吃点儿好吃的?或者,您在车里睡一会儿?要不然,我们提前出发怎么样?那样确实方便一些。"

睿熙依旧没有回答。

金代理忍不住好奇,瞥了一眼睿熙看着的手机屏幕。是"镜子啊,镜子啊"这篇帖子,她正在读着下面的留言。

——闭嘴写上"左边",保持队形。

——精灵您疯了吗?把旁边的鱿鱼[①]弄走。

——请稍等,我先去守护地球。

评论里清一色地都在夸赞睿熙的美貌,但她的表情并不好。重新再看一眼,看到了一条不同的留言。

——右边。

[①] 韩国人习惯性用鱿鱼去形容一个人长得丑。

右边是异彩的照片。确认了留言ID是孔道河以后，金代理的后背冷汗直流。

"嗯，啊，那个，罗演员？啊哈哈。我们去吃点儿甜点？草莓芝士蛋糕？葡萄柚蛋挞？松露巧克力？马卡龙？"

当金代理喊出"马卡龙"的时候，睿熙突然起身。

"走吧。"

金代理麻利地跟着起身，补充道：

"甜品界的至尊果然还是马卡龙啊！"

"去庆州。"

"什么？马卡龙，还要跑到庆州……去吃吗？"

金代理快速地在脑中计算了一下时间。下一个拍摄地是大田。去庆州吃个马卡龙，再去拍摄现场的话……虽然时间很紧张，但也来得及。

"马卡龙就算了，我去见见那个女人。"

金代理的眼睛瞪得溜圆。

"什么？"

"不是说那个女人去庆州了吗？"

"为，为什么？"

"果然，还是得看一下真人。"

"等，等一下。罗演员。请您想一下今天代表说过的话。他不是说过了坚决，坚决禁止突发行动吗？而且，现在公司已经在联系郑异彩了，您少安毋躁，会见到她的。"

"联系？为什么？"

"罗演员和郑异彩小姐原本就是闺密。之前是在开玩笑，但现在据说是要走这个线路。"

睿熙流露出兴趣。

"所以联系上了吗？"

"没有。据说……她还没接电话。"

"那么走吧。"

金代理连忙死死抓住她的胳膊。

"您去了庆州打算怎么办啊？地方那么大，怎么找她啊。嗯？"

睿熙停下脚步。

"还真是呢！"

金代理安下心来。但是还是太草率了。睿熙再次在SNS上，上传了异彩的照片。

——有谁知道她在哪儿？提示是庆州。找到她的人，送上罗睿熙的吻。

看起来毫无关联的事情，仔细探究就会发现，很多时候都有某种紧密的因果关系。所以，有些事情明明不是自己的错，人们也会感到自责。

现在，坐在驰骋在高速公路上的汽车里的两个男人便是如此。

收到异彩的SOS信息之后，孔作家就失去了理智。坐在副驾驶的成洙也不例外。汽车已经超速行驶了很久，但两个人都没有提及。

成洙捂着肋部，盯着导航仪。离目的地越近，他越觉得口干舌燥。

"哥，应该能找到吧？"

难掩不安的成洙问道。对方不是道河，而是孔作家，对他用"哥"这一称呼并不合适。但两个人都没感到不自然。

"会找到的。"

孔作家陷入极度的后悔之中。

异彩说要在医院见面的时候，自己为什么要答应？他应该强行去家里接她的。现在，只是想一想她到底怎样了、她到底会有多害怕，就感觉自己正在一点点疯掉。

"必须要找到。"

车速越来越快，像是回应他们激动的情绪似的。

是孔作家打破了沉默。

"刚刚，您报警的内容。"

"关于姜慧万的事儿吗？"成洙迅速回答道。

"成洙先生认为，他是受柳河的教唆行动的吗？"

"我暂时这样认为。"

"依据呢？"

"啊，那个……"

见成洙闪烁其词，孔作家一侧的嘴角抽动似的扬了起来。

"是有人，给您提供信息吗？"

"啊，是，是有人在不断帮忙。"

"那个人是不是长得和我有点儿像？"

"……好像是像，又好像是不像。"

成洙搪塞道，语气中带有一丝防备。他观察了下孔作家的神情。看不出他是知道些什么才问的，还是只是试探。

"你相信那个人吗？"

"目前相信。因为目标一致，这很明确。"

"这样啊！"

孔作家没有再多问。

他略微减速，看着"高速公路服务区"的路标，转动了方向盘。

两个人来到高速公路服务区的停车场。那儿已有一辆警车到了。两个人匆忙停了车，竞相跑了出去。服务区来往的人群里并不见异彩的影子。

先跑过去的孔作家走到警察身边。

"我是报警人。怎么样了？异彩小姐在哪儿？"

警察们来回地看着孔作家和紧抓着肋部、气喘吁吁的成洙。

"这个是在这辆车上发现的。当时，就挂在后视镜上。"

一名警察摇了摇手中的定位项链给他们看。

"异彩小姐呢？"

"不在这儿。我们看了一下服务区的监控，只拍到了一个把项链挂在后视镜上的男人。他应该是为了混淆视听，才按了启动键。脸无法确认，另外，他戴着手套。"

孔作家的表情僵住了。

"车主呢？"

"那边穿着白色衣服的女士。"

孔作家和成洙的视线同时看向某处。

穿着白衣服的女人看上去和异彩差不多大，旁边还站着看似她朋友的人，全都看上去很紧张。

孔作家向警察追问道：

"那调查进行得怎么样了？"

"现在还不足以认定是绑架，但前几天发生过绑架未遂案，所以先按失踪来处理。请不要太担心，先回家等着吧。"

警察的语气不紧不慢到让人恼火。成洙烦躁地说："到底要说几遍，犯人是姜慧万，就是在逃的绑架犯之一。我不是给你们他的电话号码了吗？"

"我们会参考的。"

"不是参考，现在应该马上采取行动啊，你们调查过那个电话号码了吗？"

"负责这起案件的刑事部门会按照合法的流程进行调查，请不用担心。"

"不是收到SOS求救短信了吗？前几天差点儿被绑架的人现在电话也不接，定位项链在这里！后视镜上挂着！你让我们怎么不担心？"

虽然成洙不停大吼，但警察并没怎么把他的话听进去。

"绑架未遂犯是很有可能就是嫌疑犯。但没有任何证据显示他进行了绑架，而且也没有任何证据显示姜慧万就是绑架未遂犯中的一员不是吗？"

孔作家看着成洙和警察争吵的样子，摸了一下额头。感受到口袋里有振动，他掏出手机一看是允亨。

"哥，我等会儿再给你打。"

他正想挂断，允亨接下来的话让他停住了。

"异彩小姐又被绑架了吗？"

"……你怎么知道？"

"你去看一下罗睿熙的社交账号，都乱成一团了。"

"罗睿熙？知道了，我先挂了。"

他想不通异彩的绑架和罗睿熙的社交账号之间有什么关联。他登上社交网站确认，看到了从"罗睿熙的啾"开始的寻找异彩信息。

"罗睿熙的啾"话题下有数万条说目击到异彩的留言。一开始只是随便说说的寻找异彩活动慢慢扩散到了一般社群网站，变成了一种游戏。不久又爆出异彩被绑架的事情，马上成为了人们话题。

孔作家又查看留言，想确认外界是怎么知道异彩被绑架了的，这时一张照片进入了他的视线。一张自拍照的背景里偶然拍到了异彩和犯人。

异彩和犯人的部分甚至还被截图放大了。照片里的女人分明是异彩，她人事不省地被一个男人背着，那个男人的脸非常眼熟。

"是副驾驶上下来的那个男人。"

孔作家把照片给警察看。

"成洙先生的话没错，是绑架未遂案里逃跑的犯人，这是今天传上来的照片，现在社交网站上正在追踪他。"

警察们没法看出来照片里的男人是不是姜慧万，一开始他们就没查到绑架未遂犯的信息。

"这个男人就是姜慧万？这张照片是今天拍的吗？"

"不相信的话就请回警局舒服地等着看新闻吧。异彩小姐我们自己去找。比起懒散的警察，网络搜查队可能会更有帮助。"

警察中的一人感觉到了异常的气氛，走开了几步，不知给谁打了个电话。

这时不断查看社交网站和社群帖子的成洙紧张起来。LAN的电话本名和电话号码他都知道，但长相还是第一次见。

成洙把网上的信息截图发送给道河。

孔作家逐一确认下面的留言。说看到姜慧万和异彩的留言不断涌上来。其中有一则留言引起了他的注意。

是一个网名为"睿熙的一天"发上来的，该留言下已经有一百多条回复。

——那男人最近经常在我们小区出没，找到的话就啾吗？！

眼前可以看到一个老旧的电视机。只有这个古董般的电视机像照明工具一样照亮了半个房间。恢复意识的异彩不安地抬起头。虽然想坐起身子，但并不能如愿。她的手脚都被紧紧绑着。

"绑架？！"

正视情况的异彩挣扎着想掏出脖子上的项链。手不能用的话，就算用嘴咬也要按动按钮。但不管怎么挣扎，项链都不出来。脖子上也感觉不到任何东西。

"项链不见了？！"异彩心中一惊。

她挣扎着把身子滚到另一边，眼前看到一张男人的脸。

"啊！"

尖叫一声后才发现对方是柳河，她更大声地尖叫了一下，被她的尖叫吓一跳的柳河也"哇哇"大叫起来。

两人像竞争似的鬼吼鬼叫，这时多彩阻止道：

"安静一点儿！都别叫了！"

认出多彩声音的异彩停止了喊叫。

"……姐？"

"是我，小声一点儿，异彩。"

多彩干涩的声音里没什么力气。

"姐！"

"没错，是我，异彩，镇定一点儿，要小声一点儿。"

异彩把头转向声音的方向，看到多彩正靠坐在墙边。她也是手脚都被绑着。

"姐……"

一看到多彩，异彩的眼泪就夺眶而出。

"姐，真的是你吗？"

虽然多彩就在眼前，但异彩还是想听她回答。被绑架的恐怖和与多彩重逢的喜悦交织，让她失去了理智。

"没错，是我，你先镇定一下，保持安静。如果被他们知道你醒过来，没什么好处。"

"啊，我……"

"是的，我们都被绑架了。"

异彩不安地转动眼珠，和柳河的脸对视。

"孔柳河已经看到我了,他不就在这里吗?"

"不用在意他。"

"什么?"

多彩的话好奇怪,不用在意绑架犯?不过仔细一看,还有更奇怪的。柳河也和异彩一样,蜷着身子侧躺着。

"被绑住了?"

异彩想不明白眼前的情况,只是愣愣盯着柳河。他正一脸蒙的样子。

"姐,你不是被孔柳河绑架的吗?"

拿走软玉项链的人分明是孔柳河啊,孔作家不也是这么说的吗?

"是的。"

异彩更混乱了。

"现在这是什么情况啊?"

"双重绑架,柳河绑架了我,有人又绑架了我们。"

双重绑架?异彩暂时放弃理解情况,滚动身子。好不容易坐起上身的她仔细打量多彩。

"姐你没事儿吧?没有受伤吗?"

"目前没什么事儿。"

但她的脸色并不好。这次的绑架犯连一口水都没给他们喝。

"姐……"

"我没事儿,连你也这样被……"

多彩的语气很伤心。

"不,姐,我们可以出去的。成洙和孔作家会来找我们的。本来我们就一直在找你。他们很快就会发现我不见了。"

"……你们三个人?"

"听说你留了谜语给我们。成洙费尽心思找你,还找到了集装箱。虽然晚了一步。"

"解开谜语了啊!"

"嗯,姐,但你身体没事吗?你脸色不好。"

"我真的没事儿,就脚腕有点儿痛。"

"其他地方呢？没受伤吗？"

"嗯，都说没事儿了。"

异彩踌躇再三，最终还是问了：

"那个，姐……你是不是怀孕了？"

"怀孕？"

"没有吗？"

"你怎么会那么想？"

"成洙他……"

异彩虽然没说出来，但多彩马上猜出了她的意思。

"那个大嘴巴的小子把那天的事情和你说了？说到什么程度？全说了？"

"嗯？"

姐姐不是断片儿了吗？

"别让我再看到那小子，否则有他好看的。"

怎么看断片儿的事儿都像是姐在说谎。

重聚的喜悦并没有持续很久，异彩开始了解情况。

"是谁呢？绑架我们的人。"

"我们只知道他的目标是项链，其他一无所知。"

"软玉项链？"

"嗯，柳河拿来的软玉项链。"

"那个是假的，我做的。"

"我知道，那个绑架犯说了项链是假的，所以才会连你也绑了。"

异彩像被击了一记闷棍。

"……对不起，本来想找你的，没想到把你推入了更危险的境地，看来我把情况搞砸了。"

"说什么呢，别傻了。"

"我想要把你救出来的……"

"算了，你还是担心你自己吧。反正人都是独自活在世上，自己的人生都要自己负责。所以如果有什么不测，至少你要活下去。知道了吗？就咬定什么都不知道。"

"姐。"

"先活着才能做其他事情。"

她说得没错。异彩稳住脆弱的心，现在什么都没结束，没有人知道以后会怎么样。

环顾四周的异彩对上了柳河的视线。把大家都推向死亡的不是柳河，而应该另有其人。头脑虽然明白，但她心里还是很怕柳河。

怕归怕，有些事儿还是应该告诉他。

"……道河先生找了你很久。很久。"

"再久也就几天而已。"

"还有你不知道的时间。大麻曲奇案也重新启动调查了。"

"尽做些没用的。"

看了他的反应，异彩很生气。

"原来对你来说都是没用的事儿啊，你家都已经闹翻天了，你应该也知道你父亲的性格，可以想到事情变会成什么样吧。"

"不知道。"

柳河把身子转到另一边，看上去是想逃避。

房间里陷入短暂的沉默。

沉重的沉默持续不久，外面就传来了脚步声，还有男人哼着歌的声音。

"快速迅速极速，快速迅速极速……"

听到哼歌的声音，多彩和柳河一下紧张起来。异彩感受到这紧绷的气氛，仔细听这歌声。

"这歌声……"

异彩产生了一种微妙的既视感。这歌声分明在哪儿听过，声音也很熟悉。

门被打开，一个男人伴随着光线走进来。因为电视机光线的缘故，可以较清晰地看到男人的脸。

男人径直走到异彩面前。

"又见面了。"

异彩全身起了鸡皮疙瘩。他就是自己第一次被绑架时坐在副驾驶的那个套头衫。

"你……"

"我们好像经常见面,不是吗?都已经第三次了。"

"第三次?"

"果然,在公寓前你没认出我啊,害我白紧张了一场。"

公寓,哼着奇怪歌曲的男人。

"防身用具店前……"

"回答正确!那是我哥开的店。你脖子上的定位器也是我亲切为你打开的。还没用就扔掉不是很可惜吗?那可是很好的产品。啊,但你也别期待有人会来救你,因为我在路上随意打开的。"

异彩重新打量套头衫,第一次被绑架时她还以为他是柳河的手下。因为他们说什么"委托"之类的。

但若不是柳河委托的……

"是谁指使的?"

"谁指使的什么?"

"您不是接受了委托吗?钱的话,我们也可以给。"

他是TOP成员中,思维方式最正常的一个人。那样的话,是不是有协商解决的可能性呢?

"不是委托之类的呢。"

"那么,您是因为同伴被抓进去了才这样吗?是报复吗?"

"报复可换不来钱啊!虽然我失去了其他伙伴,但也没什么好遗憾的。我反倒是很感谢呢,因为我因此得知了一个新的事业项目。"

卫衣男笑了,露出一口牙齿。

"为什么做这种……"

"一、我被威胁说要杀我家人,我没办法。二、我父母早亡,需养活的弟妹众多,我没办法。三、父母把我卖给情报组织,我没办法。从这三条里,选个自己满意的理由吧!"

"……"

"好了,问完了吧?现在,该轮到我提问了吧?真项链在哪儿?"

异彩扭开头,不予理睬。

"如果不想说的话，不说也行。"

卫衣男毫无留恋地转过身，走到多彩身边。然后，用指尖轻抚过她的脸。自额头沿着鼻梁而下的手指在她的唇边徘徊。

"那么，姐姐来回答一下？项链会在哪儿呢？我已经说过了，我再次回来的时候，必须有一个人知道。"手指滑过，似有虫子在皮肤上爬行，多彩痒得皱起眉头。应该随便说点儿什么，但是他带来的恐惧感让脑子变得一片空白。

卫衣男的手在下巴处徘徊了一会儿，便沿着颈线向下往胸部游走。

"住，住手！"

先喊出来的是柳河。接着，异彩焦急地喊道："在家，在家里！在书桌上！"

卫衣男沿着多彩的胸线游走而下的手指停在了肚脐附近。他只是转过头，咧嘴笑了。

"玄关的密码呢？"

更换密码是在阳台初次遇见道河的那天。

"0501。"

"好遗憾。"

他拿开了手指，似是真的很遗憾的样子。然后，凑到多彩的耳边说道：

"你有一个好妹妹啊！"声音不大不小，刚好在场的人都听得到。

卫衣男慢慢地把三个人挨个儿看了一遍，然后出了门。

脚步声渐行渐远，最终听不到了。他刚一消失，三个人便纷纷松了口气。

"姐姐，没事儿吧？"

"没事儿。反倒是你，认识那个男人吗？"

"几天前，我差点儿被一群男人绑架。他是其中的一名。"

"什么？那么，他还有同党？"

"不知道。据说有两名仍未落网，也许还有吧。"

"'委托'是什么意思？"

"据说是情报组织，从事类似私人侦探的工作。我们一直以为孔柳河是委托人。"

听到异彩的话,柳河搭话道:"他刚刚不是说了不是委托,是事业项目。"

"那话你信吗?"

多彩开口数落道,柳河立马泄了气。

异彩察觉到,他们两个人的关系不像普通的绑架犯和人质。刚刚也是,异彩还僵在原地,柳河却先开口喊了起来。

当然,那不是重要的事情。现在重要的是……

"不管是委托,还是事业项目,他想要的都是软玉项链啊……"

"为什么大家都找那个啊?我大概知悉内幕,但那不是迷信吗?那条项链不可能会使时间倒流,为什么大家为了找它不惜做到这种地步?"

多彩把这当成了迷信,但是异彩却做不到。

"因为,说不定那不是迷信。"

"什么?难道你也相信?"

"与其说是相信……"

不如说我经历过。但是,在柳河面前,她不能如实相告。

多彩努力地想要搞清楚状况,她的脸突然变得惨白。

"我们是不是得在那个绑架犯回来之前逃跑啊?若是扑了空,等他回来还不知道会做出什么事情呢。"

"他不会扑空的。项链真的在家里。"

"什么?在家里?"

怒火中烧的多彩冲着柳河喊道:

"你看看。我就说在家嘛!"

柳河同样也很无语。TOMATO公寓501号,他不知道已经翻过多少遍了。

"之前真的没有啊……"

"等等!那么,绑架犯会找来真项链了?那也是个问题啊!因为我们现在没有利用价值了。"

多彩感觉死亡就在眼前向自己招手,她用力咽了一口唾沫。

"项链确实在家里。但我还有一张王牌。"

放在书桌上的项链是从道河的时间里穿越而来的赝品。那条项链出不了玄关门,所以可以拖延一些时间。

而且如果运气好的话,道河也许会发现卫衣男的入侵。

——那个男人最近经常出现在我们小区呢。找到的话给我一个吻?!

"睿熙的一天"的评论里,全是询问具体位置的留言。

——那是哪儿啊?!快点儿告诉我。我快急晕了。

——为什么我们小区里没住着绑架犯啊?为什么呢?

——绑架犯,我现在去见你啦。

——到底是哪个小区?哪怕说一下首字母缩写也好。

——吻?吻!!这是一条能够感受到死者温暖的评论。

然后一个小时后,"睿熙的一天"再次追加了新的评论。

庆州乐园公寓。今天上午,我还看见他从那儿出来了呢!

孔作家和成洙相信评论里的话,便向庆州出发了。孔作家开车,成洙则随时确认着SNS和各种网站,实时更新信息。

"大家都在向乐园公寓聚集。"

"万一事情闹大,被姜慧万发现,就坏了。"

"已经闹大了。"

闻到风声的记者们接连上传着尚未确定的猜测性报道。在这一过程中,被绑架的异彩摇身一变,成了睿熙的圈外朋友,"罗睿熙的吻"重新诞生成"为了寻找被绑架的朋友"的美谈。

这时,罗睿熙的粉丝俱乐部行动了起来。他们纷纷表示要成为拯救她挚友的英雄,为得到"罗睿熙的吻"而竞相踏上了庆州之行。

到达庆州的认证照片被陆续上传到SNS上。

孔作家也开着车来到了乐园公寓前,但是进不了停车场。只有五栋破旧公寓的小区前,上演着奇异的光景。

不同年龄段的男人们拿着手机,在公寓入口处徘徊。为了管控涌来的人群,连警察都出动了。想要进去的人们和以安全为借口阻拦的警察发生了争执。

孔作家随便把车一停，便下了车。跟着下车的成洙拿开放在耳边的手机，皱起了眉头。

"到底怎么回事儿！异彩为什么又被绑架了？！你们最近到底在干什么！"

珠雅的呐喊穿透了手机。成洙敷衍道：

"我现在很忙，晚点儿再打啊！"

"喂！我也正在往那儿赶，等着我！不要做危险的事情。你现在还是个病人。"

成洙直接挂掉了电话。珠雅说的倒是没错。他还是个病人。可能是剧烈活动的原因，他每次呼吸都觉得肋部抽疼。不知是不是伤口开线了，隐隐还有血迹渗出。

孔作家先行向警察走去，问道：

"我是郑异彩小姐失踪案的报警人。现在情况怎么样了？"

站在警察身后，身穿便衣的刑警走了过来。

"您好。我是庆州警察局搜查科的金大满。"

他打量着孔作家和成洙，继续说道：

"搜查组正在挨栋挨户地确认。请两位在此稍候片刻。如果犯人在里面，应该很难脱身。"

也许是意识到舆论的影响，和第一次报警时不同，这次警方已经展开了积极的搜查。这一绑架案已成为热议话题，若搞不好，说不定一批人会因此丢掉饭碗。再加上乐园公寓的拆迁日期已定。稍有差池，便有可能发生安全事故。

说话的工夫，又来了几辆警车。

虽然看起来像是动员了足够的人力，但孔作家和成洙无法袖手旁观。两个人交换了一下眼神，迅速闪进了最里面的那栋楼。

公寓大部分都空着。因为这里是既定的再开发地区，所以有些原本就是空房，但上班或单纯外出的情况也很多。锁着的房子是没办法进去确认的。

警察也没有搜查令，所以行动起来深感受限。孔作家和成洙按捺着焦躁,一一观察着空房子。当他们经过五楼走廊的时候,不知从哪儿传出了奇怪的手机铃声。

——快快快——快快快——

孔作家停下脚步,回头张望。

507号房间的门被打开,一个男人从里面走了出来。男人不耐烦地拒接了来电。重新把手机放进口袋里,再次抬头的瞬间,男人和孔作家四目相对。

"妈的。"

他"哐"的一声,重新关上了门。玄关门里不断传出简短的谩骂声。

"姜慧万!"

认出了他的孔作家后知后觉地喊道。玄关门被牢牢关紧,然后里面再次响起了手机铃声。

——快快快——

孔作家用拳头敲着玄关门。

"姜慧万!开门!姜慧万!"

孔作家用力地推着不可能打开的玄关门,成洙跑向楼下。踉踉跄跄跑到一楼的成洙扶着肋部,跌倒在地。

"找到了绑架犯,姜慧万!五楼,在五楼。507号。"

听到成洙的呼喊声,警察们蜂拥而上。有几名睿熙的粉丝也两眼放光,想要冲破警察的防线,进入里面。因此,相当一部分警力都耗在了阻拦粉丝上,那光景真叫人哭笑不得。

躺在冰冷的地面上的成洙发着疼痛的呻吟,给道河打了个电话。

"哥,找到姜慧万了。在庆州的乐园公寓。真的在那儿。他从507号出来了。"

"我知道。我刚才也确认过了。但是,这家伙不接电话啊!"

"电话?给姜慧万打电话的是您吗?多亏了您找到了。"

"姜慧万今天会在楼顶被抓。但这不是问题。问题是他自始至终都没有招供监禁异彩的地方。"

成洙再次感到肩上一沉。目前什么都还没有解决。

那小子为什么在这儿？

听到"哐哐"的敲门声，LAN的心脏也跟着跳了起来。在走廊上碰到的明明是孔作家和成洙。

LAN不知道哪儿出了问题。他们几乎没可能发现自己的临时住所。但是……

"姜慧万！"

听到玄关门外传来的名字，LAN回过头。

他知道我的本名？

LAN的眼里迸发出凛人的杀气。他快速地盘算着。若是知道我的本名，他站在门外就绝非偶然。

但是，又有一个疑问。

他是怎么知道的？我有什么地方出错了吗？

在此处落脚不过短短一个星期而已。不对，现在重要的并不是他是怎么知道的。

要不然把他拉进来？打探下需要的信息后，处理掉再说？

虽然对方是两个人，但是没关系。因为其中一个人，现在能走就已经是个奇迹了。挨了刀子还能活下来，真是厉害。都怪事发突然，当时处理得太马虎。

LAN拿起放在洗碗槽上的菜刀。想通过对讲机观察一下外面的动向，外面却开始喧哗起来。

"姜慧万真的在这里面吗？"

"我看到他进去了。"

"请您往后退一退。"

姜慧万通过内线电话的屏幕能看到三个人。其中一个人是孔作家，另外两个男人是第一次见。随后又来了几个穿警服的男人。

警察？

他只把重要的东西放进了背包，然后打开了客厅的窗户。他伸出手抓到了墙外围的天然气管道。

他无意间向下看了一眼。

那又是些什么人啊？公寓周边围满了人。光瞥见的警车就有五辆。他吃惊地咂了咂嘴。

他本打算这样爬下去，但极有可能被发现。

要不爬上天台再从楼梯走下去？对，只要能下去就行。这样反倒容易混进人群藏身。LAN尽量让自己保持镇静，爬上了管道。

那一瞬间，他听到"哗啦"一声，似是里屋窗户被砸碎了。现在，警察闯进来只是时间问题，窗户上甚至都没安防盗窗。

"弄不好的话，这次真他妈死定了。"

他顺着管道快速地往上爬。因为五楼是顶层，所以爬到楼顶并不困难。

爬上楼顶的LAN飞速跑到楼梯口那里。他刚要下楼，就听到了有人上来的脚步声。

"他就是在楼顶。我确定！"

这是成洙的声音。

LAN在心里咒骂着关上了楼顶的门。

"要疯了！"

现在，他真是插翅难飞了。

怎么回事儿？仅因绑架未遂的罪名不会对我这样穷追猛打啊？

——快快快——快快快[①]——

在一片混乱之中，手机铃声再次响了起来。他看了一眼手机，这次打电话过来的也是孔道河。

这家伙……

从孔道河委托他调查孔柳河和郑多彩开始，他就觉得奇怪了。就在他打算直接挂掉电话的瞬间，楼梯口处的一个小通风口被砸碎了。

孔作家和警察们正在费力地试图破门。楼顶门被打开只是时间问题。无路可走的LAN接通了电话。

他打着了解下当前局势的算盘，这才接通了电话。

[①] "快快快"的韩语发音和手机铃声"丁零零"相近。

"楼顶怎么样了啊?"

听着他那从容的语气,LAN脸上的表情扭曲了起来。但是,LAN又觉得哪里有些不对劲儿,他通过通风口看到的孔作家手里并没有拿着手机。

LAN的眼神变得凶狠起来。

"孔道河,你别太高兴,我心情可不好。"

"我心情也不好,所以说重点吧。"

感觉到不对劲儿的LAN转了转眼珠。他看到通风口那边的孔作家正一脸焦急地跟警察说着什么。

……难道不是孔道河?

那么,冒充孔道河的这个人是谁?

LAN把手机放到耳边,问道:"你想说什么?我现在很忙。"

"反正你也无处可逃了,不是吗?"

"你为什么会认为我无处可逃呢?"

"因为你就是无处可逃。"他断言道。

"你,是谁?"

"我是新的委托人。我的委托很简单,只要你自首就行。反正你也知道自己的处境,马上会被捕嘛。如果你自首的话,既能为自己减刑,又可以赚钱,这样不好吗?"

"反正我马上就会被抓起来,那你为什么会对我提这样的要求?"

"委托费给你一张①,怎么样?"

"……如果我不接受呢?"

"当然,我是有条件的,既然是自首,那你要跟警察说出你知道的所有事儿,包括你把人监禁在什么地方。还有一个条件,那就是你以后都不能再报复孔道河、孔柳河、郑多彩、郑异彩、金成洙他们。"

"有这些个条件我更不想接受了。"

"我都说给你一张了啊!"

---

① 一张,在韩国一般指的是一千万韩元。

"不过，我还是更想报复他们啊！"

"你可真是木讷啊。那么，我给你脑子里想的那个数字再加个零。"

LAN怀疑着对方。仅自首就承诺给他这么多钱，这点很奇怪。

"你在打什么算盘？"

"我只不过是想让事情能够简单地解决。"

"你，是谁？"

"这你不用知道。重要的是委托费够多，不是吗？反正你从监狱出来之后，也干不了情报商人这一行，只能进个征信所之类的地方混吃等死。在这之前，你得先捞一笔钱啊！"

虽然LAN很不满意对方的说话态度，但这确实是个不错的提议。反正会被抓，能捞到一笔钱也不错。

LAN试图与对方协商。

"先转账，后自首。"

"我怎么相信你？"

"那你先预付50%。"

对方没有回答，但是LAN的手机收到了一条信息。

——[Web来信]M银行转入05/26 15:37孔道河50,000,000韩元。

这上面明确显示，以孔道河的名字往他的存折上转入了一半的金额。

确认了信息的LAN脸上的表情僵住了。这是他为通过验证的VIP顾客专门开设的海外账户，电话那头的人正是转账到了这个账户。

他到底知道多少？

"我所处的位置和我的本名，顾客您都告诉警察了？"

"看来你也不傻。"

LAN的眼神里充满了杀气。

"尊敬的顾客，我接受您的委托。等我自首之后，请您务必转入剩下的金额。"

"当然。"

"我还有一句话要跟您说。您不让我报复的人的名单上好像并不包括您本人，等出狱之后，我一定会去杀了您。"

"随便你,我还正想见你呢。被你捉弄了两年之久,我还委屈呢!"

"两年?你到底是谁?"

"你有能力的话,就找找看啊!你可得抓紧了,因为你可没有多长时间能找到我了。"

"既然委托人您都这么挑衅我了,我可不能让您失望。不久后见吧,我会去找您的。"

LAN挂掉了电话,走到楼梯口门前。他对着通风口说道:"我要自首。"

LAN认了所有的罪,也说出了被监禁人的地点。他供出的地点是在一个破旧的老住宅里,看起来已有五十年历史。

警察打开那扇生锈的大门,走了进去。院子里的杂草长到了人的腰部那么高,由此可知,这是一个被放置了很久的地方。

警察阻止了孔作家和成洙进入到这个地方。他们两个不得不在外面焦急地等待着。

警察带领"119"急救员砸开了锁着的玄关门的门把手。打开门,一股潮湿的空气迎面扑来。他们进到里面并打开了灯,就看到客厅里贴满了隔音材料。

外面还有一扇挂着锁的门。

警察们和急救员再次砸开了门把手,躺在黑暗中的他们抬起了头。多彩难以置信地喃喃自语道:

"警察?"

"得救了……"

"呜呜呜!"

里面传来了柳河大声的抽泣声。

"119"急救员们赶紧给他们松了绑,检查了他们每个人的身体状况。第一个走出去的是多彩。

"姐姐!"

成洙慌里慌张地跑进了院子里。

"啊!"

多彩干涩的嘴唇里发出一声感叹。她见到成洙太高兴了，高兴得想掉泪。假如能再次见到他的话……

多彩将想法化为行动，抬起了胳膊。然后，她用胳膊肘碰了一下跑过来的成洙的侧腰。

"你！都跟异彩说什么了！"

"啊！姐姐！"

成洙扶着侧腰处倒了下去。

"你这是跟谁装柔弱呢！"

跟过来的异彩瞪大了眼睛。

"姐姐！成洙是患者！刀！他被刀刺中了。"

"刀？"

多彩这才看向成洙，被吓得脸色惨白。

"没，没事儿吧？让我看看，你是怎么受伤的啊！"

多彩拉住成洙。成洙又发出一声惨叫。

"啊啊！姐姐！"

"姐姐，不要碰他！"

在他们手忙脚乱之时，有一个人渐渐走近他们。

静静地走上前来的孔作家一下子将异彩抱在怀里。被他抱在怀里的异彩一动也动不了，甚至都无法呼吸了。她听到他那剧烈的心跳声。

"啊，那个……"

她低声说道：

"……我回来了。"

孔作家更加用力地抱紧了她。

他的怀抱犹如牢狱，比被捆着关在密室里的时候，更加让异彩喘不上气来。但她并不想逃脱他的怀抱，她感觉到的压迫感立马转变为了安全感。他再次抱紧了她。

"伤到哪里了……"

"没有。"

"谢谢你，能安全地回来。"

他将脸埋在了异彩肩膀上。寻找她的那段时间简直就像在地狱一般煎熬。所以他很害怕,害怕失去她之后,他会一直在地狱里徘徊。

紧接着,柳河被警察包围着走了出来。柳河的视线落在抱着异彩的孔作家身上。

"哥,我……"

柳河无法继续说下去,低下了头。

附近医院的二人病房里,异彩和多彩穿着患者服并排躺着。处于虚脱状态的多彩正在打着点滴。异彩在她旁边的病床上。

"真幸运。"

"谢谢。你能来找我。"

她们二人享受着重逢的喜悦。

"不是我一个人在找,有了大家的帮助,我才能找到姐姐。有成洙,有孔作家,还有……"

异彩说到一半不说了,她现在还没有办法圆满解释阳台对面的他。她觉得,与其给姐姐解释,还不如直接介绍给她。

"还有一个人,他给的帮助最大了。要不是那个人,我肯定找不到姐姐。等你出院了,再给你介绍。"

"好吧,那就这样吧。"

异彩拿起手机,输入了信息。

——道河先生,我是异彩。我现在在医院。大家都很安全,所以请不要担心,您就安静地等着就行。我们也找到孔柳河了,虽然他绑架了姐姐,但要杀我们的好像是TOP组织的姜慧万。我马上就会回去。一切事情都解决了,所以拜托您千万不要出去。您这次一定要听我的话,好吗?

这条短信应该多少能让道河释怀。

LAN所说的新的事业项目是"软玉项链"中介业。有太多的人想拿自己的全部财产来换取软玉项链了,听说也已经有很多有意购买项链的人表明了自己的意向。

多彩摇了摇头,表示无法理解这些人。但异彩却比任何人都清楚这条项链的价值。

这条项链可以救爱的人,甚至是自己的性命,那他会舍不得自己的全部财产吗?

"我是运气太好了吗?"她不禁思索着。

很庆幸在这一个月过去之前,所有的事情都解决了。现在,她好像可以放下心里的负担去面对他了。

异彩放下了手机。多彩担心地说道:"话说回来,成洙没事儿吗?"

偏偏三个人中,健康状况最不好的是成洙,他正等着做再次缝合手术。

"会没事儿的。因为已经找到姐姐了。"

异彩的嘴角边露出了微笑。多彩有些难为情,她重新把矛头指向了异彩。

"你怎么会跟那个叫孔道河的男人交往?"

"恋爱新闻是假的啦!为了找姐姐,我们经常在一起,然后就变成这样了。"

"你以为我是瞎子吗?"

被救出后,孔作家紧紧抱住异彩,如果当时没看到孔作家的表情,多彩可能会相信异彩的话,但是……

"嗯?"

"没什么。不是真的就算了。"

多彩决定不露声色。因为他是孔柳河的哥哥。

"现在只剩下一个问题了。姐姐。"

"什么问题?"

"我们的朴女士。"

多彩听懂了异彩的话,她坚定地说道:"我们对朴女士保密吧!"

"没用的。姐姐。新闻已经报道了,而且还是铺天盖地报道。"

"朴女士不是不太看新闻吗?网络新闻就更加不看了。"

"最近她经常看新闻。姐姐的头发估计要被剃掉了。而且之前妈妈就打算这么做了。"

"唉……"

多彩长长地叹了一口气。这时,主治医生开门进来了。

"你们好。有没有哪里不舒服？"

医生问过之后，还没等她们回答就继续说道："检查结果出来了。郑异彩小姐身体没有任何问题，可以直接出院了。然后，郑多彩小姐。"

"在。"

"郑多彩小姐，您首先要安静地休息，然后要多吃有营养的东西，补充体力。您有些脱水症状，您不能输液，也不能使用任何药物，所以一定要加倍小心。虽然是怀孕初期，但是胎儿发育得很好。不需要太过担心。"

"什么？"

躺在床上的多彩一下子坐了起来。看到她发蒙的表情，医生平淡地说道："原来您还不知道啊！祝贺您，您怀孕五周了。"

告知多彩怀孕后，医生走出了病房，在那之后多彩又愣了好一会儿。

异彩一边观察着她的脸色，一边摆弄着手指。这时，病房门又开了，睿熙走了进来，后面跟着金代理。

"嗯？"

看到突然到来的睿熙，多彩和异彩都变得慌乱不已。睿熙看了看她俩，最后视线固定在了异彩身上。

"长得不好看啊！"

她蹦出这句话后，毫不犹豫地转过身去。

"金代理，走吧。看来他真的是喜欢麻烦的女人。但是麻烦到被绑架就有点儿过了。我放弃了。"

"那个，您真的要走吗？"

"嗯，我得尊重别人的个人品位。"

当睿熙准备回去时，金代理悬着的心终于落了下来，但是她又觉得来都来了，就这么回去有些可惜。

"那个，罗演员，您都特意来到这儿了，能拍张照片再走吗？以后可以传到SNS上。"

"在哪里拍？"

"就在这里。您坐到郑异彩小姐的前面,我来拍。"

"为什么?"

"留作纪念?"

"但是我并不想留念啊!"

金代理又继续劝说道:

"趁这个机会,更新下相关热搜不也挺好的嘛!现在的氛围很好啊!怎么样?罗演员。"

"嗯,好吧。那就拍吧。"

睿熙自然地坐到了家属座位上,翘起了腿。而金代理则从各个角度"咔嚓、咔嚓"地拍起了照片。

异彩和多彩不知道这两人在干什么,只好茫然地呆坐着。

"行了吧?现在走吧。"

睿熙没打招呼就走出了病房。而留在病房里的金代理则把手机屏幕给异彩看了看。

"这张照片怎么样?我特意把异彩小姐的脸拍得很小。我会美颜一下再上传的。"

异彩皱起了眉头。

"您这是在干什么?你们怎么找到这儿的?"

"啊,您还不知道啊。那个绑架犯啊,相当于是罗演员抓到的。所以说,公司早晚都会联系你们做采访的。到时候还请多多美言。今天我们就先走了。很抱歉打扰你们了。祝早日康复。罗演员的冒失行为反倒帮上了忙,真是万幸。啊,还有这个是马卡龙。来探病总不能空着手来。"

金代理把一个小盒子放在床头柜上后,低着头走了出去。

"一起走吧,罗演员。"

金代理刚出去,珠雅又突然闯了进来。

"这都是些什么事儿啊!"

珠雅高声叫着走进病房,她看到多彩后,惊得目瞪口呆。

"郑组长为什么会躺在这儿?您不是去旅行了吗?"

多彩觉得头很疼,她不知道该从何说起。

成洙和柳河齐齐躺在昏暗的双人病房里。

手术结束后，不知是受麻醉的影响，还是因为精神突然放松下来，成洙一直处于昏睡状态。

相反的，柳河则一直辗转反侧。

为了让柳河有时间思考，孔作家故意走到走廊上。然后他坐到了医院电梯前的椅子上，头往后靠着。

异彩和多彩住在楼上的病房里。虽然他很想去看看异彩，但是却始终迈不开步子。

他拿出手机，重新确认了一遍信息。

——[Web发送]H银行支出05/26 15:37 LAN 50，000，000元

孔作家在和姜慧万对峙的时候，收到了这条信息。收款账号的主人是"LAN"。还有紧接着收到的信息。

——这些钱用来让姜慧万自首了，你就当作是那段时间的情报费吧。不要报警。如果你让他吐出这些钱，他出狱后会报复郑异彩的。如果姜慧万供出所有的事情，还会再支出一笔钱。

这是"resemble man"发给孔作家的信息。还有……

——[Web发送]H银行支出05/26 18:49 LAN 50，000，000元

姜慧万在警察局招供犯罪事实后，又有一笔钱打入了LAN的账户。孔作家冷笑了一下。

先不说这不可思议的情报搜集能力，他居然还盗取银行账户。

盗取银行账户不是一件容易的事情。孔作家只使用生物认证。而且用的还不是指纹，是虹膜识别。

"是不是应该说他真的很厉害。"

所有人都说那个男人跟他长得很像，甚至像到会混淆的程度。

"难道是我的翻版吗？"

孔作家打开手机备忘录，在里面增加了"虹膜识别"和"另一个我"两个词。

"我在想什么呢。"

孔作家看着备忘录，立刻打消了自己的胡思乱想。

"道河啊。"

孔作家抬头一看,看见刚下电梯的在熙提着一个巨大的行李包站在那儿。

孔作家犹豫地站起来,接过了在熙那沉重的包。

"……您来这儿干什么?"

"柳河呢?"

孔作家迟疑了一会儿,回答道:

"睡着了。您现在最好不要去见他。爸爸呢?"

"……你,没事儿吧?有没有受伤?"

在熙避开了他的问题。

"嗯,我没事儿。"

"嗯,那就好。只要没受伤就好。"

再次确认了孔作家安然无恙,在熙才放下心来。

"家门口还有很多记者吧?"

"好像多了好几倍。可能那个人的衰败很有意思,据说还要被调查……"

"那他应该非常生气。"

在熙的眼圈变红了。

"对不起,道河。"

"……您跟爸爸吵架了吗?"

在熙摇了摇头。

"你的爸爸是会跟我吵架的人吗?只是我觉得很对不起你。妈妈错了。其实我早就知道自己错了,只是在争一口气而已。所以伤害了你和柳河,妈妈做错了。"

在熙的神色有些不正常。她拎过来的行李包也很奇怪。

"您离开那个家了吗?"

"……我打算回我们以前的家去。空置了好久,要打扫干净得费些力气。"

孔作家想起那长满霉块的高级商住两用公寓。虽然偶尔会请人去打扫,但是毕竟是空置了二十年的房子。现在应该不是"高级",而是

"陈旧"的商住两用公寓了。

"霉块是个问题。"

"现在都得除掉。"

在熙露出轻松的表情。现在她应该作为一个母亲,而不是作为一个女人生活下去。

"您没关系吗?"

虽然让人难以理解,但是在熙仍旧爱着爸爸。

"我没关系。你呢,为什么脸色这么差?是因为那个女孩吗?"

"可能是吧。"

"为什么好像在说别人的事儿一样。这是你的事情啊!"

"我也不知道以后该怎么做。"

"不知道的话就继续想,直到你想到怎么做为止,不管需要花多少时间。但是如果你已经知道了,就不要躲避。道河啊,不然你会生病的。现在这个时代虽然能治疗癌症,却治不了心病。"

孔作家知道自己的心,他想留在异彩身边。为了留在异彩身边,他可以承受一切。

但是,异彩也这么想吗?

"我也不知道。我好像连资格都没有。"

"我真是生了个傻瓜。人和人在一起,需要什么资格呢?只要有爱她的心就可以了。"

这话还真是在熙的风格。而且她的话让孔作家的心动摇了。也许他就是在等着有人给自己一道"免罪符"。

没关系。可以到她身边去。

"只要心中有爱,就可以吗?"

"就按照你的心去做。只要是你的选择,我都会支持你。"

孔作家的嘴角露出了苦涩的微笑。

"不管是什么选择吗?"

"不管是什么选择。"在熙用力地说道。

"我,要去个地方。很快就回来。"

"好的,你去吧。妈妈来守着病房。"

孔作家没坐电梯,而是走楼梯上去的。异彩不可能逃走,但他的心情却无比焦急。

异彩病房的门半开着,孔作家正准备敲门,突然听到里面传出奇怪的喊叫声。

"你去死吧!去死吧!"

孔作家吓了一跳,打开了门。

"疼啊!好疼啊!"

"就是要你疼才打你的!我要打得你更疼!简直疯了!还没嫁人的闺女居然怀孕了?哎哟,我没法活了!"病房里的情况跟孔作家所想的有些不同。

"啊,那个。"

坐在病床上被朴女士打的多彩与孔作家四目相对。

过了一会儿,朴女士也回过头来。

"孔女婿?"

朴女士尴尬地放下了准备打多彩背的手,孔作家立刻弯下了腰。

"您好。"

"快,快进来。你是来看异彩的吗?这怎么办呢,你们错过了。异彩说有事儿要处理,回首尔了。"

看情况,朴女士还不知道柳河和孔作家的关系。孔作家再次弯下了腰。

"对不起。"

"不是,这是怎么了?孔女婿。"

孔作家说出了自己不得不说的话。

"我是柳河的哥哥。"

"哥哥?突然说什么哥哥啊?"

"牵涉绑架案件中的其中一名犯人是我的弟弟。伯母。"

朴女士如同石化了一般僵在原地。

一辆出租车驶到了TOMATO公寓楼下。异彩从出租车上下来,一口气跑上了五楼。她跑得上气不接下气,心情也激动不已。到了门前,她不假思索地按下一连串的密码。

不一会儿，门就被打开了，道河的身影出现在她眼前。

"快进来。"

异彩愉快地笑了起来。

"我回来了。"

好一会儿，两人就那样相视而立，默默无语。所有的事情都顺利解决了，他们还是觉得心里沉甸甸的。

"傻站在那里干什么？快进来啊！"

"啊，是得进去。"

异彩这才脱了鞋子，走了进去。

"辛苦你了。"

听到这温柔的声音，异彩仔细端详着道河的脸。他的表情看上去很放松，也多亏了看到他这副表情，异彩才能也装作若无其事。

"您刚才在干什么呢？"

"等你啊，一边在这儿来回闲荡。"

其实他一直在苦恼，还剩下该如何消失的问题没有解决。

"道河先生可不适合来回闲荡。"

"人总得做做没做过的事儿啊！"

"您吃过饭了吗？"

"没有，咱们到阳台对面去吧，我都准备好了。"

"嗯？不是说在来回闲荡吗？"

"因为我不适合老来回闲荡。"

"正好我也饿了，我可以期待一下美食吗？"

"敬请期待。"

"走吧。"

两人一起越过了阳台。

道河家的餐桌上摆满了食物。满满当当的食物中间还放了一瓶白葡萄酒。明显地可以看出，他很用心地准备了这一餐。

坐在餐桌前的异彩抿嘴笑了。

"您怎么又准备了这么多啊？"

"我在等你的时候,不知不觉就准备了这么多。葡萄酒还不错吧?"

异彩看了一眼葡萄酒的标签,觉得好像在哪儿见过。

"在这种日子里当然不能缺了酒。这是白葡萄酒啊!"

"我上次见你好像挺喜欢喝这个的。"

"……啊,是我那次喝的那个啊!"

不知怎么的,她有点儿不好意思。

"就是你那次喝的那个。"

"其实我已经不记得什么味道了。我那天真是疯了。"

"你那天让人赏心悦目。"

异彩本来是想请求他忘掉那天,但她还是闭上了嘴。有没有让他不会忘记这段记忆的方法呢?有没有让他不消失在时间里的方法呢?

她抿了一口道河为自己倒的葡萄酒,一股甜蜜清凉的香气在口中弥漫开来。但随着时间的流逝,情绪却愈加低落。

现在的状况,应该开心得手舞足蹈才对,可她为什么会觉得心里沉甸甸的呢?

"您还记得我们第一次见面的那天吗?"

"不,记不太清了。"

"也是。您在阳台上第一次见到我的时候,也没一眼认出来我吧?只凭三年前见的那一面。"

"我不是在那时候第一次见到你的。"

"啊?"

"我说第一次遇见你的那天。"

异彩不解地歪了歪头。

"您在那之前也见过我吗?所以,在便利店前您才帮我的?"

"我并不是因为见过你才帮你的。不过之前确实见过你。"

"嗯。我怎么不记得呢?"

道河意味深长地笑了。

"你也记着呢!"

异彩的眼睛骨碌碌地转了起来,但她一点儿也记不起来。她本来就知道明星作家孔道河这个人,但确实没有跟他见过面。

但他说的话又很奇怪。

"道河先生您不是说，记不太清我们第一次见面的那天吗？"

"我是不记得，但你记得。"

"……啊？您这是什么意思啊？我不记得啊！"

"那你就把这个当作作业吧，有时间了解看看。"

"要想在剩下的时间里解开这个作业，您不是应该给我点儿提示吗？"

他笑的样子像一幅画一样迷人。

"你去和孔作家确认答案不就行了吗？"

"如果我解开了会有什么奖赏吗？"

"也许会有吧。"

异彩耸了耸肩膀。然后，夹起一个培根卷放到了嘴里，又接着吃了一口意大利面。餐桌上的食物全都好吃得让她难以置信。

"太好吃了。"

"我也觉得好吃。能跟你一起吃饭，真好。"

异彩听到这话，心里"咯噔"了一下。对于走到月池外面感到越来越吃力的道河，现在像是被关在这里一样。

"……您一直是自己吃饭的吧？也出不去。嗯？您也出不去，那这些食物应该都是您的手艺了？"

"不是，这些都是允亨哥母亲的手艺。我用心地热了热。"

"哦，怪不得这么好吃呢！"

"幸好合你口味，多吃点儿。"

他们两个正式开始享受这备好的美食。

在从庆州到首尔的路上，异彩一直在和道河发信息，道河也掌握了全部的情况。不知道是不是因为这个，道河一直都没有提及任何和柳河或者是姜慧万相关的事儿。不，或许是因为他不想破坏现在这一瞬间。

因为直到现在，他们两个才可以好好地聊聊天儿。

但是，除了和柳河或多彩、月池、项链相关的事情，他们好像没有别的话题可以谈。因此，异彩觉得有点儿尴尬。本来就没有什么话题可说，以至于异彩连道河看向她的视线都开始在意了。

所以，异彩更多、更努力、更快地吃起了饭。

"该噎着了，慢点儿吃。"

"我是因为太饿了。太饿了。"

道河直勾勾地盯着一直往嘴里塞东西的异彩看。她的手腕处吸引了道河的视线，那么深的红印，那里是被什么东西捆绑过的痕迹。

"你的手腕，不疼吗？"

"没事儿的，虽然看上去有点儿严重。"

"感觉你就算疼也会说没事儿的，所以你的话没有什么可信度。"

"哦，是啊！本来大家都是说着'没事儿的，没事儿的'这样活下去的。"

"……是啊。"

道河苦笑了一下。这是在熙整天像口头禅一样挂在嘴边的话。也许，在他七岁的时候就跟异彩说了这句话。

他们的对话再次中断了。因为正在吃饭，所以这样断断续续的对话倒也没有不自然。但在这短暂的瞬间里，他们二人的思绪都陷入了混乱。

我们现在在做什么？这个位置对于我们来说，又是处于什么样的位置呢？我们应该说些什么呢？

道河先打破了沉默。

"你就直接对我说'谢谢'吧。"

"什么？"

"否则以后你说不定会后悔'我当时应该说了的'，提前说吧！"

他说的很对。他马上就要消失了。消失在时间里的他会怎么样呢？只对他说句"谢谢"就把他送走也可以吗？

异彩放下了叉子。

"谢谢您。"

"你今天倒是挺听话啊！"

"嗯。这次不算，因为你提前给了机会，所以我要下次重新说。"

"随你便。"

道河提出了别的问题：

"现在，你打算和他怎么着？"

这真是一个暧昧不清的呼称。但异彩也不至于没有眼力见儿地再反问道河，"他"指的是谁。

"不知道。"

她是真的不知道该怎么办。她之前一心只想着找到多彩，其他的问题都往后推了。

推了又推，一直推到了现在。

"你们两个要想维持关系不会很容易的，会遇到很多困难。"

"我知道。"

"我是不是太不自量力了？"

一个快要消失的人说这些。

"不是，不是的。您怎么能这样说呢？"

异彩一口气喝完了杯子里剩下的葡萄酒。道河再次为她倒上了酒。

"别喝醉了，你不是会撒酒疯嘛。"

"我撒酒疯又能做出多么过分的事儿呢？您至于这样说吗？"

"你每次撒酒疯的方式都很新颖啊！"

"啊，您是说我喝断片儿那天啊！我那天做了什么事儿吗？"

"做了让人值得一看的事儿。"

道河想起那脸蛋粉嘟嘟的小熊内裤，不禁嘴角上扬，笑了起来。

"您不打算告诉我吗？"

"你就知道是新颖的酒疯就行。"

"哈啊，发生了还不到一个月的事儿，感觉像是很久以前的事儿，但又像是昨天才发生的事儿。"

"因为一直都忙得迷迷糊糊。"

异彩突然陷入了沉思。

"……为什么会是我们呢？为什么项链让我们两个的时间连接了呢？"

"这也是作业。"

"作业怎么这么多啊？不知道的还以为是学校放假了呢！"

道河又露出一个跟刚才相似的微笑。

"也许这两个作业的答案是一个。"

"是什么啊?我很好奇,您就直接告诉我吧!"

"我就是要让你好奇。"

因为,只有这样才会记得更久。因为好奇,所以才会想了又想,一直想下去。

"您这是在耍花样吗?"

"也有可能是。"

道河凝视着通往未来的玄关门。现在,那玄关门外的世界,又会有另一个异彩生活着。其实,只要有这一点就足够了。

异彩的目光也看向了玄关门。

"现在,道河先生会怎么样呢?"

她一直避而不谈的问题终于说出了口。

"这个你不用在意。"

"我怎么能不在意呢?"

"留给你的只有现在。过去和未来对你来说都是虚像,像梦一样。所以老是在意虚像,就是在浪费现在。"

"又像是在说别人的事儿一样呢。"

接下来即将是一大堆不满的唠叨,就在这时,异彩的手机响了。是孔作家打来的。异彩莫名地看了一下道河的眼色,道河先开口说道:"没事儿的,你接吧。"

在他说这话的期间,铃声不再响了。异彩反倒感觉庆幸,结果铃声又响了起来。异彩不得已接了电话。

"喂。"

"你为什么去首尔了?"

听到他的声音里满是担忧,异彩感到很愧疚。

"您找我了?"

"你在哪儿?你不是有什么事儿吧?"

"我在家,我没事儿。"

"在家?你在这个时间回家了?"

孔作家觉得很荒唐。

"是的，那个，我回家了。"

"你忘了明天得去庆州警察局了吗？"

"我知道。我明天早上会坐第一班车过去。"

电话那头传来孔作家轻轻叹气的声音。

"你在家等着，我去接你，大概四个小时到。"

"不用，没关系，你不要来，我明天自己过去。"

"早上一定会有很多记者，半夜出发比较好。"

"不了，我今天想待在这里，明天，我看着时间过去。"

那一瞬间，透过电话感受到了混乱。

"你和他在一起？"

"……是的。"

"……那好吧。"

电话就这么挂断了。

异彩表情苦涩地放下电话抬起头，道河说道："你可以稍微搪塞一下的。"

"我跟他约好不说谎了。"

异彩不由自主地动了动手指。

"你还要过去吗？"

"要做笔录，姐和成洙也还在那里的医院。大概要花一到两天时间。"

"只是一两天的话，你可以先处理好那边的事情再回来的。"

异彩笑了笑。她只是觉得至少今天应该和道河在一起。她先举起了酒杯。

"要干杯吗？"

"为什么干杯呢？"

为我们一起在阳台度过的……

"时间。"

道河也举起酒杯。为了那段深爱你的……

"时间。"

虽然不是烧酒，但两人都一口喝光了。

异彩把视线转向阳台。以后每次看到阳台，应该都会想到他，想到现在这个时光。

"饭都吃完了吧？"

"嗯，好饱，我吃得很好。"

这样一起吃饭的机会，还有几次呢？

"你先歇着，我大体收拾一下，然后一起喝第二轮吧。"

"好啊，你有什么酒？"

"……只有，红酒。"

"那喝度数最高的吧。"

"那我会害怕。"

"别担心，今天我不会发酒疯的。"

异彩站起来收拾碗筷，但马上被他阻止了。

"你快歇着吧，熊猫都要扑上来和你交住了。"

异彩揉了揉布满黑眼圈的眼睛。

"嗯，那我稍微休息一下。"

她走到沙发前坐下。不知是因为沙发的柔软，还是因为绑架的压力，还是因为从庆州赶回首尔的疲惫，身体一下子很困倦。

大体收拾完碗筷的道河整齐地切了水果做下酒菜。他拿了一瓶红酒，端着盘子来到客厅，看到异彩的肩膀随着呼吸一上一下均匀地动着。

她呼呼地睡着了。

"胆子真大，就这么睡着了。"

道河调暗灯光，帮她盖上了一条毯子。她翻动了一下，把毯子拉到脖子。

但也多亏她睡着了，他才得以这样毫无顾忌地看着她的脸庞。布满疲倦的眉眼，还有鼻梁，以及微张着嚅动的嘴唇。

"这程度应该没关系吧，这程度。"

道河看着酣睡的她，嘴唇轻轻吻上她的额头。

异彩以为他和孔作家还有很多时间一起度过，所以少一天没什么关系。

但看到眼前的情况，她才明白。

自己太天真了。

"真是对不起，是我没教好儿子。"

在熙对面前的朴女士弯下腰。她美丽的脸庞非常憔悴，脸上充满了忧虑。孔作家也在她身旁一起低着头。

"真的对不起，除此之外我不知道还能跟您说什么。"

在熙再次深深弯下腰，仿佛要把头碰到地上一样。

朴女士并没有把身为柳河家人的他们当作罪人，但也没有阻止他们谢罪。因为她只要一想到多彩就心里一股火气，一想到异彩火气又冷却下来。

"对不起。"

在熙第三次道歉的时候，不知所措的多彩发现了异彩的出现。

"……异彩。"

所有人的视线都看向她，情况一下子变得非常尴尬。

异彩一句话都说不出来。像石头一样僵在那里凝视着女儿的朴女士轻声叹了一口气。

"算了，谁没有子女，请坐吧。异彩啊，你也过来。来了为什么站在那儿？"

异彩不好意思地走过去，向在熙打招呼道：

"您好，伯母。"

"嗯，你也受苦了，没受伤吧？"

"没有。"

"真对不起。"

在熙对异彩也低下头。

正当说不出来的尴尬在整个空间里蔓延之时，两个男人走进了病房。是带着律师一起来的孔作家的父亲。

"你在干什么？为什么低着头？先低头的话对方就会爬到你头上，难道不知道吗？"

毫无预警突然登场的他朝在熙一顿大吼。

瞬间病房里的温度似乎掉到了零下。一看朴女士瞪着自己，他更提高了嗓门儿。

"我会支付足够的和解金，差不多就得了。这位难缠的小姐还说什么中彩票，原来是想用这种方式大捞一笔啊！"

"爸爸，您别说了。"

虽然孔作家出手阻止，但他的气势丝毫未减。

"什么别说了？你以为他们想要的是这种道歉吗？太天真，所以我才说你不行，直接问他们想要多少钱不就行了，真没用。"

朴女士的脸一阵青一阵白。异彩担心她血压上升，抓住了她的胳膊，但已经晚了。朴女士怒吼道：

"不和解！给我亿万我都不和解！从这个病房出去！"

"真难缠，韩律师你看着处理吧，我做到这程度应该够了。"

"充分够了，医院外面有记者，您出去的时候控制一下表情，不要回答任何问题。如果能掉一滴眼泪的话就更好了。"

"知道了。"

他把情况弄到最糟以后就那样退场了。独自留下的韩律师转过身朝着朴女士。

"您好，我是律师韩启柱。"

朴女士转过头不看他，意思是不想听，但他圆滑的声音还在继续。

"这是我起草的一份简单的协议。请读一下，如果没问题的话，盖上被害者的印章就行了。啊，签名也可以。您肯定会满意的，这里面的金额一定超出您的想象。我们议员先生出手很大方。"

朴女士接过韩律师递过来的协议书，看都不看就撕成了两半。她还不解气，又撕了一次。协议书的碎纸在空中飞舞的时候，异彩和孔作家对视了一下。

异彩发现孔作家眼里闪过的细小颤抖后才领悟。

以后要想见他的话，也许得开假面舞会才行。要想在一起，只能一起喝毒酒了。

看着地上掉落的协议书碎纸片，异彩暗暗这么想。

丁零零，丁零零……

从她的阳台上传来一阵风铃声。

靠在阳台栏杆上的道河把马克杯放到嘴边。他慵懒地品味着咖啡，看着阳台对面的房子。但因为阳台门玻璃上厚厚的便利贴，不怎么能看清里面。

遇见她以后的事情像走马灯一样在眼前闪过。

"真像一场梦。"

她说过到今天为止她都要待在庆州。

往后能和她在一起的时间最长也就只有3天了。

他又喝了一口咖啡，这时什么东西反射的光线令他有些刺眼。他低下头查看阳台下方，看到了飘浮在空中的相机。

那个相机是几天前异彩掉在下面的，还说分期付款没还完。

"帮她找到，她一定很开心。"

道河翻越栏杆下到有弹性的虚空中。捡起相机后，他就地躺倒在月池上。

虽然下面看得一清二楚，但他并不害怕。蔚蓝的天空灿烂到让他忘记本能的恐惧，他真想让她也看看这样的风景。

如果能和她肩并肩躺着仰望天空，那该多好。

道河躺着打开了相机屏幕。储存卡里记录了很多异彩和朴女士、多彩、成洙在一起的时光。

那是她的小世界。

一张一张往后翻，屏幕上出现了异彩在画廊里拍的照片。

"……这个女人是……"

道河的眼神开始动摇。

"不一样？"

画中的女人不一样。

道河在郑画家家中看到的画上是一个中年妇女。但异彩相机中的女人很年轻，大约二十岁左右。仔细一看，两个女人确实是同一人。

如果说郑画家是想象着女人上了年纪的样子画的，也有点儿说不过去。一般那样想象着画的话，会画得和年轻时差不太多。但两幅画中人差异很大，乍一看几乎看不出来是同一人。

就好像是，看着实际老了以后的样子画的。

"难道，有方法？"

难道有什么方法能在连接断开以后再见到她吗？

道河坐起身。要赶紧把这个事情告诉异彩。他向排气管走去，但突然感觉脚往下陷。没来得及叫出声，他的身体就朝月池上往后仰。

月池的透明边界在隐约晃动。

他赶紧抓住排气管，正想喘口气，脚下突然变得空空的，感觉一不小心就会坠落。

感受到危险的道河迅速爬上了阳台。

对面的阳台也在晃动，"贴满便利贴的窗"和"什么都没贴的窗"交替出现。

"时间明明还有剩余……为什么会这样？"

成洙一个人躺在病房里，旁边柳河的床一直空着。

"该不会逃跑了吧。"

但如果他逃跑了的话，医院里不可能会这么安静。这时正好护士进来换输液瓶。

"那个，我隔壁床的患者，在哪里？一直没看到他。"

"今天一早就出院了，说要去警局。"

"啊。"

是去接受调查了吗？

成洙调着电视频道，已经过了上午十一点了。但一个人都没来找他。他特意没告诉家里人，家人没来很正常。但连异彩或多彩都没消息就有点儿奇怪了。

"该不会是出什么事儿了吧？"

他苦恼了一会儿，给异彩打了电话。通话连接音还没响，就传来她气喘吁吁的声音。

"喂。"

"什么啊，你声音为什么那样？"

"我正在去警局的路上，为了甩开记者跑了一会儿，为什么给我打电话？现在好点儿了吗？"

"啊，那个，我有事儿要问你。"

"我要进去了，你快点儿问吧。"

成洙有口难开，磨磨蹭蹭地说道：

"那个，那个。你和哥说过的那件事情。那个……不是说那个……"

"啊，那个？"

"嗯，那个！"

"我要当姨妈了。"

"什么？真的吗，真的吗？我要当爸爸了吗？"

"是呢。"

成洙羞红了脸，他的声音突然变得沉闷。

"姐姐……为什么没有告诉我呢？"

"等等吧。姐姐，好像很意外。朴女士更意外。"

"伯母也……知道了啊！她很生气吧？"

"但鉴于你是找到姐姐的一等功臣，还受了伤，所以气消了些。"

"……谢谢你替我说好话。"

"你好好养身体。姐夫。若是你贸然去找姐姐，被朴女士发现了，说不定要重新手术。你乖乖躺着。做完供词我告诉你。"

"嗯！"

成洙挂掉电话，像傻瓜一样呵呵直笑。

金成洙二代啊！

他拉过枕头紧紧地抱在怀里蹭来蹭去。这时，手机震动了。原来是珠雅发来的信息。

——剧透，这是将由你们组负责修复的画。这幅画是这次在月池中被发掘的，现在学界已经乱作一团了。

成洙放大了附件里的图片。这幅画是一幅写实主义的人物画，画着一对男女。

画中的男女穿着的服饰类似于现代改良版韩服。背景是相连的各式各样的方框，让人联想到彩绘玻璃，又有点儿像蒙德里安的画。

但是，吸引成洙视线的却不是这个。

虽然难以理解，但画中的男人却很眼熟。成洙盯着看了好一会儿，终于想了起来。

钓鱼场？

他长得像和柳河一起钓鱼的那个男人。

成洙打开了手机里的图片文件夹。他把行车记录仪视频里的几个主要画面截屏保存了起来。点开钓鱼场的画面对比一看，和画中的男人真的是惊人的相似。

怎么回事儿？感觉不妙啊！

这件事情本可以一掠而过，但总有一种莫名的违和感。这时，手机又震了起来。这次是道河的信息。

信息附件里有两张图片。

这也是肖像画啊！

一幅是年轻女人的样子，另一幅是中年女人的样子。

——这是异彩在画廊拍的照片和我在郑画家的家里拍的照片。虽然不是重要的事情，但也许以后会需要，所以我先发给你。

成洙鬼使神差地再次点开珠雅发过来的图片。

三幅画中的"女人"看起来像是同一个人。只是，年龄各异。

"这是怎么回事儿？"

成洙一时想不明白这画意味着什么，干眨了几下眼睛。

天轰然塌了。金代理茫然地看着眼前愤怒的男人。

"什么？"

"你没听懂吗？你被开除了。"

这话犹如晴天霹雳。

"代表，您突然这样……还是顺利解决了，不是吗？现在，舆论氛围也不错。多亏了罗演员，被绑架的郑异彩小姐也得救了。之前的事情不也被解释为某种玩笑，得到了很好的处理吗？"

但是，代表的反应看起来很是冷淡。

"你我都很清楚，这是偶然。是吧？"

千真万确。若不是刚好异彩被绑架了，睿熙上传的SNS将使她遭到大众的谴责。那可能会严重地破坏形象，进而造成公司收益的下滑。

"我保证再也不会发生这样的事儿了。"

金代理恭敬地将双手叠放在身前，露出哀切的神情。

"没有下次了。连一名演员都掌控不了，这样的经纪人我不需要。"

"代表。"

"我已经决定了，也通知了人事组。此事没有回旋余地，你卷铺盖走人吧。交接之类的也不用做了，直接走。"

代表挥了挥手，似是没有重新考虑的余地。

金代理眼前一片漆黑。一直以来，把她束缚在公司的存款和信用卡的费用，重重压在她的肩上。

现在，该怎么过活啊！难道应该庆幸还有退休金吗？既然是被开除的，应该还能收到失业津贴吧。

但是，公司外面就是"丛林"。就业形势不是很严峻吗？如果传出去自己是被开除的，也许就要彻底转行了。

自己能在领完失业津贴之前找到新工作吗？

忧虑逐一堆上心头的时候，门开了，睿熙走了进来。一直横眉冷对的代表瞬间笑逐颜开。

"来了吗？罗演员。"

睿熙一进门就开口问道：

"代表，金代理被炒了吗？我可是这么听说的。"

"嗯，我正想说呢。罗演员，你不必在意。都是我的错。不该让代理这种小角色负责你。你知道朴组长吧？我把我们公司的王牌朴组长调来负责你。"

金代理观察着睿熙的表情变化。

看她板着脸默不作声的样子，心情应该是不怎样。但是，现在已经没关系了。反正自己都被炒了，不是吗？不管说什么，硬着头皮听着，然后走出这个门就都结束了。

"您确定金代理被炒了吗?"

"确定。明天我立刻派朴组长去。不会让你操心的,所以你别担心。我们罗演员理应受到更系统的管理啊,因为你珍贵嘛!"

"您再考虑考虑?我觉得金代理不错。"

金代理的眼睛闪烁着光芒。她感觉倒塌的天空中垂下了一条救命的绳索。

"把事情搞得这么大,全都是金代理的错。幸好事情解决得不错。罗演员你的形象差点儿大大受损。"

"我知道了。"

没几秒钟的工夫,金代理的期待就轰然倒塌。

睿熙一副没办法的样子,耸了耸肩,回过头看着金代理。

"金代理。你现在要去哪儿?"

"啊?什么?"

"公司啊,你不再重新找了吗?"

"当然得找啊!总不能游手好闲啊!"

"换公司的时候,你要求两倍的年薪。不对,金代理的年薪少得可怜吧!那要五倍的年薪。"

"什么?"

"别去太差劲儿的地方啊。我的合约过几个月份不就到期了嘛。金代理去哪个公司,我就去哪个公司。你先去尽可能抬抬我的身价。要不然就干脆成立一个公司。反正,金代理你看着办吧。"

"什么?"

"我可是很讨厌同样的话说两遍。"

睿熙微微笑了。

"是!那是!您讨厌的!"

"明白了就出去吧。"

"是。"

金代理点头行了个礼,刚一出去,僵住的代表便开口说道:"你是开玩笑的吧?"

"没有啊!"

睿熙眨着眼睛，一脸无辜。

"你真的要跟她走吗？"

"我不是说了吗？我觉得金代理不错。"

见睿熙板着脸快快不乐，心急如焚的代表连忙表明态度：

"我！我再找她回来！涨工资，撤销开除！"

"不知道金代理还愿不愿意再回来。"

睿熙漫不经心地走出了代表室。

道河一下子越到异彩的家里。

他把打印纸放在贴满便利贴的墙壁上，用透明胶带固定住四个角。那是打印的异彩在画廊看到的"画"和道河在郑画家的家里看到"画"。

画中的女人年龄各异并不是一件奇怪的事情。因为，有可能是郑画家的想象画。但是，如果不是想象画的话……

阳台的门开着，一阵风吹过，拂动了贴满墙壁的便利贴。道河的视线很自然地转移到周围的便利贴上。

当他浏览完大半的便利贴的时候，新手机收到了一条信息。还没来得及确认信息，他就收到了成洙的电话。

"喂，你好。"

"哥，我给您发了一张照片。感觉有点儿奇怪。我也感觉不太踏实。"

"照片？"

"是在庆州月池里发掘的，男人和女人并肩而坐的一幅画。您之前不是给我发了肖像画吗？这几幅画里的女人是同一个人。但是那个男人，又和我分析行车记录仪时，在钓鱼场发现的男人长得一模一样。您先看一下吧！"

挂掉电话后，道河确认了信息附件里的图片。

他眉头紧蹙。

画廊里的"画"和郑画家家里的"画"，还有成洙发过来的"画"，三幅画里出现的女人都是同一个人。

但是，道河蹙眉却另有原因。

……这个男人。

在庆州发掘出的画中的男人，看到他的瞬间，道河想起了郑画家。

成洙发来的图片不止一张。还有行车记录仪视频的截图，截图中和柳河亲切交谈的男人果然也是郑画家。

郑画家说他没有见过柳河。是说谎吗？

也许，还有些尚未浮出水面的东西，想到这里，他顿时感到毛骨悚然。

正在此时，他听到了按动玄关密码的声音。

会是谁呢？

异彩和多彩还在庆州。所以，他想不起还会有谁能按密码进门。门锁开了，郑画家走了进来。

两个人的视线交会在一起。

"你是谁？你为什么在这个家里？"

道河的表情变得僵硬。反倒是郑画家泰然自若地脱掉鞋子，走了进来。看他自然而然的行为，仿佛这儿就是自己的家。

道河没有回答，而是郑重地反问道：

"老人家，您是哪位？"

"我是异彩的父亲。"

听到他的谎言，道河的脑子清晰起来。

"……初次见面，幸会。我是异彩的男朋友，孔道河。"

道河问好以后，注视着郑画家的一举一动。这算是案件的线索自行露出端倪了吧！

对于走不出月池的道河来说，这是值得庆幸的事情。

"好。你和我家孩子恋爱，可真是热闹。"

"对不起。但是，异彩小姐现在不在家。"

"我知道。我想收拾点儿行李去医院。以后一起喝一杯吧。"

郑画家从容地绕过道河，走向衣橱。他取了几件衣服，又再次向书桌方向走去。

道河看到他拿起放在书桌上的软玉项链，放进了裤子口袋。

他一直觊觎着项链。

拼图的最后一个碎片被拼凑了起来。

"伯父,其实我好像之前见过您。"

走到玄关前的道河,自然地拿起放在鞋柜上的瓦斯枪。

"我吗?是吗?"

"在庆州您老人家的家里。当然了,那是三年后的事情。"

翻着抽屉的郑画家停下了动作。

"你,穿越了时间啊!"

"是啊!"

他起身凝视着道河。

"有意思。"

道河用瓦斯枪指着郑画家。

"虽然还没理清前后的情况,但我知道了一点。那就是,你才是真正的犯人。教唆LAN的人也是你吧。"

"看来我失误了啊!把事情搞砸了,所以现在才这么焦躁。那你现在是要拿枪射我这个老头子吗?"

"如果可能的话,我想尽量不用枪就抓住你,用枪的话不就太没意思了吗?"

"抓住我之后,你打算怎么办呢?你在这儿又能做什么?反正你也是属于未来的人,不是吗?"

郑画家肆无忌惮地说道。他就算对着枪口也不失从容。

"你好像误会什么了,我一直在和外界保持联系。知道这月池的秘密的人,你以为只有异彩一个人吗?这里连着网,我也有在这个时间里,可以使用手机。也就是说,我现在可以马上报警。"

郑画家的肩膀蜷缩了一下。

"看来事情又变麻烦了。"

"转过身去。"

郑画家举起双手,缓缓转过身去。但他看上去并不是要善罢甘休。他反而嘴角上扬,意味深长地笑了。

"你,杀过人吗?"

"什么?"

"我杀过,杀过几次来着?"

"你别耍花样。"

"你不好奇我为什么为了找到项链而做到这个份儿上吗?"

"这个你留到警察局去说。"

"你应该也像我一样,爱上了这个时间里的某个人吧,不是吗?"

道河举着瓦斯枪的手微微颤抖了一下。郑画家用沉稳的语气继续说道:"如果可以再次相遇,你怎么想?也就是说,在连接中断之后,你还能再遇到你的她。我就是遇到过几次。"

郑画家泰然自若地指着墙上贴着的那幅画。

"你们连这幅画都打探到了啊!那些画只是一种诱饵罢了,那些人大难临头了都不知道,还自己飞蛾扑火。孔柳河也是那些飞蛾中的一只。真遗憾变成这样。在今年冬天之前,应该再穿越一次的,那这种事也就是我最后一次做了。这是老头子我最后的愿望啊!"

"最后一次?"

"她生命的最后一刻,我想守护在她身边。咱们能不能协商一下?时间连接结束后,也有能见到郑异彩的方法。怎么样?你放了我,我告诉你方法。"

"不,如果我在这个时间里放了你,异彩肯定就危险了。"

"看来你是不相信我啊!"

话音刚落,郑画家快速转身并伸出了胳膊。不知什么时候,他的手里拿了一把刀。那是放在书桌上的柳河的折刀。

道河下意识地躲开了,但是他的胳膊还是被刀划过,流了血。他推开道河,向外跑去,嘴角挂着会心的微笑。他比谁都清楚,道河脱离不了这个家的范围。

只要跑出玄关门,他就成功了。

但就在郑画家打开玄关门,打算跑出去的那一瞬间,他被一道有弹性的透明的墙挡住了。就在郑画家手足无措时,拽住他肩部的道河向他发射了瓦斯枪。

郑画家扔掉了手里的折刀,捂着脸倒在了地上。

道河抓着他的衣领把他推进了屋里,挥拳打向他的脸。郑画家发出痛苦的呻吟。道河将他的胳膊扳到背后，用异彩的丝袜紧紧地捆绑住了他的双手。

"你拿着的那条项链是在未来制造出来的仿制品。"

道河说完，给"112"发送了短信。短信内容是：郑多彩、郑异彩绑架案的真凶在TOMATO公寓501号。

郑画家被捆绑着侧倒在地，催泪液让他无法睁开眼，他露出沾上血的牙，笑了起来。

就这样结束了吗？郑画家由于催泪液的作用，眼睛变得模糊起来，眼前浮现了月池的风景。

他贪恋着不属于这个世界的东西，所以他也预想到自己的结局并不会美好。虽然他并不后悔，但他也不甘心就这样束手就擒。

只要再穿越一次时间就可以了，就一次。

"时间连接结束后，项链就会消失。它会去找新的主人。"

"我并不想听。"

"我告诉你可以再次见到她的方法。"

道河并没有因为诱惑而丧失理智。

"应该过去的就该让它过去。还是让它作为过去的记忆留在脑海里比较好。"

她也这样说过。

但郑画家继续说道："找到软玉项链的主人，杀掉他（她），取了他们的血。把项链放进他们的血中，再放进一滴自己的血就可以了。这样就可以夺走项链主人剩下的时间了。不用担心和你连接的会是其他人，连接起来的不是时间，而是只能和那一个人连接。是相遇。"

"……你觉得我会做出那种事吗？"

郑画家看着孔作家笑了起来。

"还是值得一试的，因为代价很甜蜜。"

"你最好还是闭上嘴。"

"你对长辈说话怎么这么难听啊！"

"你再啰唆的话，我怕我会变得粗暴起来。"

"你一个小说家，一个正人君子，就算粗暴起来能有多粗暴？"

"我跟你之间的恩怨可不少。"

道河每天走到月池外面,可是看到了因为失去异彩和柳河而渐渐疯掉的孔作家的未来。他在这之间累积的怨恨便增加了几倍之多。

"话说回来,真是可惜啊,我本来还期待着第十二次相遇呢!"

道河僵在原地。

"……你杀了十一个人了?"

道河激动地抓住郑画家的衣领,摇晃着他。

"第一次难,从第二次开始就容易了,你试了就知道了。"

道河的拳头挥向郑画家的脸。郑画家一头摔向阳台门那边,他舔了舔嘴角的血,大笑道:

"很抱歉,但是你斗不过我。"

郑画家艰难地站了起来,就在那一瞬间,他跳下了阳台。他就那样被捆绑着双手越过了栏杆。

道河急忙伸出手,但连他的衣角都没抓住。

郑画家坠落在月池上面,仰翻的他"咯咯"笑了起来。这对他来说是稍微冒险的做法。他从异彩那儿得知,他们是通过阳台连接起来的。他猜测这里应该是属于月池的领域,而现在也证实了他的想法没错。

郑画家躺在月池上,仰望着道河。

"现在,你打算怎么办?打算像我一样跳下来试试吗?"

郑画家奚落道。他确信道河不能跳下来。因为道河无法断定要使用什么装备,是拿出项链还是其他的奇迹。

但是和郑画家预想的相反,道河的反应很淡定。

"很抱歉,我已经掉下去过了。"

郑画家现在就是瓮中之鳖。就在那时,月池再一次晃动了起来,郑画家的腿和屁股都陷了下去。

他吃惊地张开了嘴。

"怎,怎么回事儿?为什么……"

郑画家瞪大了眼睛,扭动着身体试图站起来。奈何他的双手被捆绑在背后,动弹不得。

"救,救我!"

郑画家陷入了恐惧之中，就在他抬头看向道河的那一瞬间，他的身体急速陷落，摔在了地上。他的眼睛失去了焦点来回晃动着，月池里传来震耳的悲鸣声。

道河来不及采取任何措施，这件事儿就这样发生了。在柏油马路上渐渐浸染开来的血迹暗示着他的这一生已经结束了。

"……不要啊！"

他掉在月池外面摔死了。

问题是道河已经报了警。这样下去，阳台的秘密就会被发现了。如果项链可以实现时间旅行的事情传出去了，那就世界大乱了。

必须得中断连接。

道河拿起了手机，但他想到异彩现在应该正和孔作家在一起。他又放下了手机，坐在异彩的笔记本前，打开了电子邮箱。

在一番冥思苦想之后，他发送了电子邮件。刚发完邮件，门铃就响了起来。他屏住呼吸，不久传来了敲门声。

"我们是警察。"

道河走到了阳台门前。他被那些花花绿绿的便利贴吸引了视线。他在便利贴上写下"真凶是郑画水"，之后将便利贴随便贴在了一个地方。

迟疑了片刻，他又贴上了一张便利贴。

"我们是警察，我们是接到报警才过来的。"

急忙越过阳台的道河回头看了最后一眼异彩的家。

"她该伤心了。"

他本来以为可以和她再共度几天，没想到就要这样离开了。现在，剩下的事情只能交给他来办了。

道河打开了自己家的玄关门。难以承受的疼痛和新改变的记忆同时袭进他的脑海。他的身体好像被什么东西吞了进去，然后被吸到了某个地方。

"嗯？"

坐在椅子上的道河自言自语着。

"我刚才在做什么来着？"

他晃了晃脑袋，一副不明所以的表情。他的手放在笔记本电脑的键盘上,一时失了神儿。

"是因为睡眠不足吗?"

道河嘟囔道。他合上电脑,向窗边走去。

他爱惜的无花果结出了果实。他听到敲门的声音回头看去,工作室的门轻掩着。

道河打开门,对着来人露出了微笑。

杀害郑画水画家的人是谁呢?

这看上去并不是事故死亡,说是脚踩空才掉下去的话,但他的两手却被捆绑在背后。在异彩的家里检验出来的只有郑画水的痕迹。没有发现任何嫌疑人的指纹、脚印和血迹。公寓周围的监控摄像头也只拍到了郑画水一个人。

报警用的手机是以"异彩"的名义申请登记的。虽然她的嫌疑最大,但在事故发生时,她在庆州。多彩、成洙和孔作家也是一样的情况,他们都有确切的不在场证明。

在案件渐渐变得扑朔迷离之时,姜慧万推翻了之前陈述的所有证词,说并不是他一人的策划,所有事情都是郑画水在背后指使他去做的,并提交了相关的证据。

经证实,他们三人被监禁的房子的房主确实是郑画水,案件就此让人更加费解了。这其中,让人感觉最荒谬的是柳河的陈述。

"所以,你就相信了项链的传说,就实施了绑架?"

"是的,没错。"

柳河不断地点头,一副不容置疑的样子。

"可以实现时间旅行的项链?真是的。"

刑警数落道。成洙的肩膀耷拉了下去。

"是真的,我在钓鱼场遇见的那个大叔……"

柳河低声陈述着。刚想要继续,耳边传来了敲门的声音,门被打开了。是负责刑事三组的组长伸头进来。

"郑多彩小姐说想要跟他谈谈。"

担当警察点了点头,表示同意。多彩走进来并坐在了柳河旁边,柳河一下子低下了头。

她问道：

"你为什么自首了？"

"……我想有个新的开始，以我自己的力量。"

他磕磕巴巴地回答道。多彩一脸不满意的表情向担当警察问道：

"他的量刑是怎样的呢？"

"五年以下徒刑或是七百万韩元以下的罚款。但由于他是自首的，再加上他已经在反省了，又是初犯。"

刑警一直在拐弯抹角。

"所以，量刑是什么呢？"

"雇用个好律师的话，可能是缓期执行或者罚款处理。虽然很无耻，但这就是法律。"

"如果我要和解的话，应该也会酌情处理的吧？"

"是的，是这样。"

"那我要和解，我不想让他受到处罚。"

多彩再次告知了自己的意向。柳河一脸迷茫地抬起了头。

"姐姐，你为什么要跟我和解？"

"你想要的那个机会，不是神而是作为人的我应该可以给你。"

"那也……"

"怎么？不想要？"

柳河没有做出任何回答。

"好了。我不是因为喜欢你才给你机会的，我也是想让自己心安而已。"

多彩说完要说的话，便走出了审讯室。

异彩在听到郑画水画家的消息之后，就立马回到了首尔。道河一直不接她的电话。

"是因为警察才越过去的吗？"

郑画水坠亡的地方是TOMATO公寓和Rivervill公寓之间的空地。当异彩听到这个消息时，吓得心都快要跳出来了。

"他不会受伤了吧？"

异彩掀起拦在TOMATO公寓501号房间入口处的警戒带，走了进去。幸好警察都已经撤退了。

她先打开了阳台的门，发现对面道河的阳台不见了。

"没了？"

异彩确认了下日历。时间还剩下两天。但是为什么看不到他了？

她把手伸进床底下，拿出了存放软玉项链的木盒。打开一看，木盒里什么都没有。

"不见了。"

床头柜周围零乱地散落着面值500韩元的硬币。道河送她的储蓄罐也一起消失了。

异彩一下子瘫坐在了地上。

这不是梦，也不是幻想。他之前明明就在这里，但是现在他不见了。

"期限还没到啊……"

还没来得及跟他说句"谢谢"。异彩想正式地跟他道谢，但一直拖延着。她以为，她可以微笑着跟他道别。

他就像是被时间推动着，突然消失不见了，如果她早知道会这样……

"道河先生……"

他消失后，TOMATO公寓501号房间里只剩下一片空虚。

孔作家盯着被警戒带拦起来的501号房间的玄关门。因为"resemble man"发来的信息，他找来了这里。

"resemble man"发的最后一条信息里，只简单地写着"拜托了"。那简短的嘱咐仿若重担，压在了孔作家身上。

从沉思中回过神来后，他握住了玄关门的门把。还好门没锁。孔作家小心翼翼地走进去，打开灯，看到屋里一片空荡荡。

地板上沾满了血迹。

他走到阳台上，然后看到了对面的房子。果然是不可能越过去的距离。

他顺着阳台栏杆往下看，看到了用喷剂画出人形。郑画水为什么会被绑着双手从这里掉下去？是谁推他下去的呢？

孔作家怀疑凶手是"resemble man"，但是没有证据。

一阵风吹来，他的耳边传来了"当啷、当啷"的声音。孔作家环视了下四周，发现一个布娃娃模样的风铃挂在阳台的角落里。

只要有风吹来，布娃娃的裙边就会一边摇晃着，一边发出美妙的声音。

孔作家重新回到屋里，看了看贴满阳台门和墙壁的便利贴。上面的内容记录着整个事件的发展过程。事件的开始是郑多彩得到了软玉项链。孔作家慢慢地看着写在便利贴上的内容，拿下了一张粉红色的便利贴。

"我的笔迹？"

写在天蓝色和粉红色便利贴上的内容大部分都是孔作家的笔迹。

他又拿下了一张显眼的便利贴。

上面写着："变化的未来。"

他实在理解不了上面写的内容。

无法预知的三年后的情况也被清晰地整理出来了。那未来甚至一直在改变。

他继续仔细地看着便利贴的内容，又拿下了其中一张。

——我爱你。不管在什么时间里。

虽然写得比较潦草，但那也是孔作家的笔迹。

"我爱你"这三个字让他变得混乱无比。他把便利贴揉起来放进衣服口袋里。这时，玄关门发出了很大的声响，然后关上了。

在他回头的瞬间，有个人朝他跑过来。

"道河先生。"

冲过来猛地抱住他的人是异彩。

"我以为您消失了。有没有受伤？听说郑画家才是真凶，我都吓坏了。我连这个都不知道，还去找过他好几次。还好没什么事儿，我以为都不能跟您告别了。我还没好好地对您说声谢谢呢……为什么不说话？"

道河沉默不语，异彩这才慢慢地反应过来。被她抱着一动不动的，让她心动加速的人，不是道河。

"孔作家……"

异彩抬起头确认过后，往后退了一步。

孔作家立刻抓住了她的手臂。

"你爱的人是我，还是他？"

异彩不知道如何回答，因为道河就是孔作家，她无法否定。

看到异彩沉默的样子，孔作家放开了她的手臂。然后慢慢地从她面前走了过去。如果她想的话，完全可以拦住他。但是她并没有动。孔作家就这样走出了TOMATO公寓501号房间。

异彩呆呆地站在那儿，过了一会儿她感到手机振动，于是她掏出手机。

——[整洁洗衣店]请来取您的衣服。

也许再也不能把他的夹克衫还给他了。

异彩和多彩决定卖掉TOMATO公寓501号房间。因为连环杀人犯死在这里，也不知道能不能卖出去。异彩和多彩把房子委托给中介后，回到了朴女士的家里。

生活很快安定下来。

异彩结束休假后，回到了博物馆。平凡的日子一天天地过去。如果说有什么问题的话，那就是堆积如山的业务。

异彩不辞辛苦地工作着。但是不管有多忙，她还是感到内心非常空虚。

孔作家没有联系异彩，异彩也没有联系他。但是她偶尔还是会盯着手机里他的号码看。

周末，异彩在家无所事事。她趴在床上用笔记本电脑看起了网络新闻。

门户网站的新闻页面上，关于"修复师姐妹绑架事件"的新闻被做成专题报道。其中，标题为"现代版罗密欧与朱丽叶"的新闻尤其刺激了异彩的神经。这是一篇详细叙述异彩和孔作家恋爱史的新闻。

从最初在H酒店被拍到的照片开始，承认恋爱绯闻，采访和接吻视频，到绑架事件都一目了然地被罗列了出来。新闻下面已经有数千条评论。人们似乎都希望异彩和孔作家能喝下毒酒。

连环杀人犯郑画水的新闻也被列入相关新闻。在郑画水名下的山上，发现了八具尸体。

是什么使他变成了这样？

看着新闻的异彩，突然发现了一个小小的广告条。

"储蓄罐？"

吸引住她的是一部动画片的预告片广告。

就像是被什么迷住了一样，异彩点开了视频。动画片的主人公是一种叫水豚的动物。它非常具有亲和力，狗、猫、鸟、鳄鱼等所有动物都喜欢它。

动画片的预告片结束后，出现了卡通商品广告。道河买给自己的储蓄罐，原来不是狗，不是熊，也不是水獭，而是"水豚"。

异彩拿着钱包爬了起来。当她走到客厅时，正在吃草莓的多彩回过头来。而多彩的面前，成洙正跪在地上。

最近成洙天天来家里负荆请罪。但其实负荆请罪是借口，在多彩身边讨好卖乖才是真正目的。

多彩的嘴里塞满了草莓，她问道：

"去哪儿？"

"去买储蓄罐。"

无缘无故地突然要去买储蓄罐，虽然成洙和多彩觉得很奇怪，但也没有说破，因为最近异彩一直很奇怪。

当然，他们也知道原因。

"你去哪里买？市场那边？"

"不，我去超市买。"

"你回来的时候，到十字路口的炒年糕店里买点儿炒年糕和炸什锦回来。啊，还有米肠，多放点儿猪肝。"

"我知道了。姐姐,你就原谅成洙吧。再怎么说也是你们俩一起闯的祸啊!"

多彩看了看跪在那儿的成洙,说道:"是该这样了。"

本来垂头丧气的成洙顿时露出了喜悦之色。

"多彩姐,那就原谅我……"

"知道了。我们结婚吧!"

"啊啊啊?"

成洙惊讶地怪叫起来。

"不愿意?不愿意就算了。"

"不是的。我愿意!多彩姐,结婚吧!我们结婚吧!结婚!"

成洙激动地跳了起来。他抱了抱多彩,又抱了抱异彩,非常兴奋。然后,他又一下子瘫坐在地上。

"啊啊!腿!我的腿!抽筋了!"

多彩慌张地给成洙按摩腿,异彩看了看他们,走出了家门。

花了一万元韩币,消失在时间里的储蓄罐又回到了异彩身边。但是道河,不管付出什么代价,都找不到了。

虽然道河消失了,但是孔作家开始了新的人生。听到他的新作《谜题》出版的消息,异彩有些心动。

孔作家是有名的作家,他的一举一动都会公开,所以异彩不难得到他的消息。

她慢慢地走着,突然闻到了一阵随风飘来的清香。不知不觉,夏天就快结束了。

TOMATO公寓501号房间还没有卖掉。异彩搬走最后一批行李时,给道河写了一封信。然后她把信一起埋在了之前埋500元硬币的那个花坛里。

跟他在一起的如同魔幻一样的时间就这样结束了。

也许她永远也忘不了这段时间。它会成为珍贵的回忆。不管过了过久,也不会忘记这段珍贵的过去。

也不会忘却留在时间某处的两个人的阳台。

道河站在人行道前面,注视着前方。到处都能听到"孔道河"这个名字。中间还夹杂着"郑异彩""修复师""罗睿熙"等词语,这虽然让他很烦心,但是他仍旧假装没听到。

信号灯变绿后,道河迈开了脚步。他无意间抬头看了看天空,天阴沉沉的,就像马上要下雨一样。

带着湿气的风吹来,吹乱了道河的头发。

这带着湿气的风,便是所有一切的开始。

道河不经意地一回首,一家便利店映入眼帘。他在这个地方遇到了她。醉得不省人事的她不在了,但是那张简易桌子还留在原来的位置。

这家便利店里可以买到袋装烧酒,能插着吸管喝,很方便。道河买了几袋烧酒,坐到了简易桌子旁。他把吸管插到烧酒袋里,吸了一大口,忧愁似乎少了一些。是因为这样人们才喝酒的吗?

"要是下雨就好了。"

那么,亲切的便利店大妈会不会帮他联系她?

道河喝完三四盒烧酒后,起身迈开了脚步。本来只是想散会儿步,结果一不小心就走远了。

他走着走着,回过神来一看,发现自己已经站在TOMATO公寓的花坛前面了。

"又来了。"

道河觉得很奇怪,只要自己一喝酒,就会到这个花坛前面来。这是新的耍酒疯方式。花坛里的传出了浓郁的青草味。她曾经在这里玩儿泥巴。

"玩儿泥巴?"

道河不经意间发现花坛边上有一块凹陷的地方。一个塑料袋末端从泥土里冒了出来。道河"哗"的一下把它拉了出来。

埋在里面的拉链袋被拉出来时,泥土四溅。

"这是什么?"

道河打开拉链袋,拿出了装在里面的面值500元韩元的硬币。硬币的正反面各写着不一样的签名。

"这不是我的签名吗?"

他又打开了装在里面的另一个袋子,看到了一封信,字是手写的,圆圆的很可爱。

您过得好吗?希望我这封信能够传递给在某个时间的您。

第一次见到您是在阳台上。跟您在一起的时候,心动过、怨恨过,还故作冷漠过。

在一个月都不到的这段时间里,真的发生了很多事情。您陪我经历了这么多,我却没能好好地对您说声谢谢,这让我很过意不去。我很感谢您能让我用"谢谢"这句话来结束这一切。

我很后悔一直拖延着没跟您说声谢谢。我应该早点儿好好地跟您道谢的。

我一直假装不害怕,假装没关系,但其实我非常害怕。听到姐姐、我和成洙都会死去的消息,感到害怕那是理所当然的。但是因为有道河先生在身边,我才能坚持了下去。

谢谢您给了我们新的时间,也谢谢您给了我这么多的爱。很抱歉我一直假装不知道。因为当时我们之间的问题实在太多了,而情况也变得越来越复杂。

如果我能够及时说出对您的感情,我们的关系会有所改变吗?虽然现在说这样的话已经毫无意义了。此时此刻,我只想对您说声谢谢。

谢谢您。

祝阳台对面的您在时间的某个地方,幸福地生活下去。

总有一天,我们会再次在阳台相遇的。

信中所写的称呼吸引了道河的视线。

他似乎明白了她拒绝"道河先生"这个称呼的原因。因为让她称之为"道河先生"的已另有其人。

"早知道就不看这封信了。"

现在真的是再也无法联系了。

"妈妈，我去看看姐姐再过来。"

身穿两件套正装的异彩逃跑似的走出了婚礼大厅。她在朴女士身边一起接待宾客，站得腰酸背疼。

"姐姐！"

异彩把头伸进新娘休息室，里面的人纷纷看向她。

"异彩，你快来，一起拍照吧。"

异彩自然地站到多彩身后，摆好了姿势。近距离一看，她发现多彩的肩膀变得很僵硬。

"你紧张吗？"

"我怎么为这种事儿紧张成这样。"

多彩在被绑架的情况下都表现得很淡定，但是到了结婚典礼，却变得很紧张。

"不管怎样，还是笑笑吧。不然姐姐你以后看照片会后悔的。"

"我不看照片就行了啊！"

"咔嚓"一声，摄影师抓拍下了两人的画面。

"咦？也不在这儿。"

这时，珠雅走进了新娘休息室，四处张望。异彩问道："你找什么呢？"

"你看到成洙没？"

"成洙不见了？他刚才还在大厅跟宾客们打招呼呢！是不是去卫生间了？"

"听说也不在卫生间。他到底去了哪儿啊！长辈们都在找他呢。"

"我也出去找找。"

异彩走出新娘休息室，走向婚礼大厅。

珠雅说的没错，本应站在大厅入口处跟宾客打招呼的成洙不见了踪影。异彩环视了下四周，打开了通往应急楼梯的门。

这里是不久前她跟润宇、孔作家三个人对峙的应急楼梯。因为正好有人取消了婚礼预约,所以成洙就立刻定在这里举办婚礼,真不是个明智的选择。

异彩往楼下走了几步,就看到那个不明智的男人低着头蹲坐在那儿。

"你不去大厅接待宾客,坐在这儿干什么呢?"

"异彩啊……"

"你疯了吗?你的礼服要变皱了!快起来。"

成洙脸色苍白。

"我快要吐了。"

"怎么了?是伤口疼吗?要去医院吗?"

"我紧张。"

看来成洙还是因为这突如其来的婚礼,精神变得有些恍惚了。

"你怎么了?成为我的姐夫不一直是你的梦想吗?"

"是啊!但是多彩姐是因为怀孕了,才无可奈何地嫁给我的啊!"

"这也是事实啊。"

成洙抓住了异彩的衣角。

"是吧?果然是这样吧?多彩姐是因为怀孕了才跟我结婚的。"

"你是傻瓜吗?"

"嗯?"

"姐姐是那种怀孕了就选择结婚的人吗?如果她心里没有你的话,肯定会情愿做个单身妈妈。你还不了解姐姐吗?"

听起来是这个道理。

"是,是这样吗?"

异彩安慰他似的说道:"姐姐应该是被你的真心打动了。你自己都受伤了,还努力找到了我们。"

"但是……多彩姐都不记得那件事,就要这样负责任。"

异彩抿着嘴笑了,然后凑上前去。

"姐夫啊,我告诉你一个秘密,就当作是送你的新婚礼物了。姐姐那天没有断片。"

异彩说完,就回头走上了应急楼梯。过了一会儿,才听到成洙后知后觉的喊叫。

"什么?"

异彩重新回到了朴女士的身边。手忙脚乱地接待了一会儿宾客后,她听到了成洙响亮的声音。回到原位的成洙大声地对宾客打着招呼,声音充斥着整个婚礼大厅。

宾客们看到新郎紧张的样子都笑了,这让两家父母和异彩觉得非常不好意思。

为了准备结婚仪式,两家父母和新郎都离开了,只留下异彩一个人。这时,穿着正装的润宇走了过来。

异彩希望他可以就这样走过去,但是他偏偏停留在了异彩面前。

"你好像过得不错啊。"

"如你所见。"

"听说孔道河救了你。"

"是的。"

异彩敷衍地回答着。他得知这件事并不奇怪,因为媒体已经大肆报道过了。

"所以你们俩才经常在一起的吗,为了救多彩小姐和孔道河的弟弟?那过去是我误会你了。很抱歉我一直不明事理地纠缠你。"

"如果你觉得抱歉的话,就赶紧从我面前消失。不要在这样的好日子里来打扰我们。"

"好。今天我就先走了。我会一直等你的电话。今天晚上也好,明天晚上也好,后天晚上也好。无论什么时候,只要你想起我,就给我打电话。"

润宇说完了他想说的话后,离开了婚礼大厅。异彩看着他的背影,认真地想了下是不是应该撒点儿盐去去晦气。

结婚典礼热热闹闹地举行了。成洙三呼万岁,而多彩则哭了。朴女士看上去比任何时候都开心,异彩看到她的样子,也开心地笑了。

宾客们前往喜宴时,出现了一些骚乱。大厅里传来了一阵阵的惊呼声。

异彩立刻跑出去查看情况。

当看到睿熙和金代理站在大厅中央时,她愣在了原地。人们围着她们两个,用手机不停地拍着照。

当睿熙的眼神和异彩的眼神交会时,睿熙和金代理穿过人群,走到了异彩面前。

"对不起。因为我,这儿变得有点儿吵。"

"你为什么来这儿?"

在睿熙回答前,金代理插进来说道:"今天新娘是主角,罗演员担心自己进去观礼的话会分散宾客们的视线,所以特意在外面等着。"

"不是,我问你们为什么要来这儿。"

"我们吃过饭来的,所以不用去喜宴。啊哈哈。"

看着金代理哀怨的表情,异彩大概猜到她们的用意了。

几天前,她也看到了"罗睿熙之吻"的视频。因为孔作家和成洙拒绝了,所以提供位置情报的"睿熙的一天"得到了"罗睿熙之吻"这一荣耀。

异彩决定就这样被她骗过去。因为她确实是她们的恩人,而且异彩心里也有些过意不去的地方。

"这里太吵了,请你们先下去吧。在一楼的咖啡馆等我,我整理好后就过去。"

"好的。走吧,罗演员。"

她们一消失,骚乱也跟着远去了。

异彩向朴女士和多彩说明了情况,就去了一楼的咖啡馆。她很快就找到了睿熙,因为人们的视线都被她吸引了,而她也正巧坐在了孔作家和异彩坐过的位置。

当异彩走近时,金代理从座位上站了起来。

"金代理,你去旁边的桌子坐着吧。"

"我现在是金代表了。今天进行了商业注册。"

"金代理更顺口。还是叫金代理吧。"

"好的。"

金代理转移到了旁边的桌子上。

异彩干咳了一下,坐到了睿熙的对面。她再一次真实体会到了万众瞩目的感觉。

"坐一会儿就可以走了吧?"

听到异彩的提问,睿熙却板着脸答非所问道:"我很不满意。"

"什么?"

"金代理说如果就这样去的话,会成为捣乱的宾客。虽然我已经尽量不打扮得很漂亮了,但看起来还是很漂亮。努力过了还是这么漂亮,真是糟糕。看来以后我不能去参加别人的结婚典礼了。"

"是的。"

异彩一时忘记了这个女人是个疯子。

"怎么了?你不这样认为吗?"

"您说得对。"

异彩无法否认睿熙很漂亮的事实。

"还真是糟糕。"

异彩莫名觉得睿熙有些可爱。

"谢谢您来参加婚礼。"

"我不是为了祝福他们才来的。我是为了让你成为我的"素人闺密"才来的。金代理说如果是闺密的话,我就要来参加你姐姐的婚礼。真烦人。"

她们来医院的时候,异彩就感觉到了,金代理在熟练地调教着睿熙。虽然有时候好像也管不住她。

"那也谢谢您。都是托睿熙小姐的福,姐姐和我才能活到现在。"

"我也不是特意去帮你们的,是你们的运气比较好。"

"这个我也知道,但是该谢的总归要谢的。我已经下决心再也不把谢谢的话留着以后说了。"异彩眯着眼睛笑了。

睿熙不能理解眼前的这个女人。异彩的眼神里,包含着对睿熙的各种情感,但是其中并没有负面的感情。

"你不讨厌我吗?我可是曾经讨厌过你。"

"不讨厌。反而觉得有些对不起您。"

"为什么？"

"没有为什么。"

异彩心想，因为自己夺走了本来属于您和他的时间。原有的时间消失了，这是异彩欠睿熙的。

服务员端上了睿熙之前点的咖啡和五颜六色的马卡龙。

"这里的马卡龙很不错，你吃吃看。"

睿熙吃了一口马卡龙，露出了满足的微笑。

"看来您喜欢吃马卡龙。"

"因为它又漂亮又香甜，就像我一样。"

"是的。"

"道河先生呢？大家都在议论他怎么没来。"

"他没来。"

"你们分手了吗？"

"好像是这样。"

"天哪，你被甩了吗？"

"嗯，那个，好像是这样。"

"好可怜。你对他那样软磨硬泡，居然还被甩了。"

睿熙用同情的表情看着异彩。异彩无法理解她的意思，但还是笑了。想要完全理解睿熙的语言，那是不可能的事儿。

"我没关系。"

"你可以哭，我被甩的时候也哭了。"

异彩又笑了。

她没想到，睿熙居然是这样的人。虽然她比较随心所欲，但绝对不是坏人。也许就像消失在阳台对面的男人说的那样，她很单纯。

不对，比起单纯，也许应该说是无知吧！

真正的坏人是像郑画水那样不露声色的人。在我们身边假装善良的人才是真正的坏人。

"我不想哭。因为哭就意味着真的结束了。"

"太可怜了。怎么办？那个男人是不是同性恋啊？他不喜欢我，也不喜欢你这样烦人的女人。"

"还不如喜欢男人呢！"

除了我，不要和其他的女人交往。

"你不要太埋怨他。性取向，我们得尊重啊！"

异彩的笑意渐浓。

"你为什么这样笑？"

"没什么。只是觉得有趣。真没想到，我和睿熙小姐竟然有一天能这样面对面坐着喝咖啡。"

"还不错嘛！我也觉得不错。"

"是呢！"

异彩抿了一口面前的咖啡。酒店昂贵的咖啡不怎么香，但正如睿熙所言，还不错。

柳河把一直珍藏的母亲的古籍全都捐赠给了皇博物馆。古籍得到了专家的解读，并存进了特藏书库。

异彩拿到一张临时出入卡，走进特藏书库。

释本并不难找。异彩找到关于软玉项链的内容，慢慢往下读着，屏住了呼吸。

——"月盈月缺的时间"这一句子反复出现。这里出现的月亮的运转周期估计并不是恒星月，而是朔望月。

原来是阴历？

那么，软玉项链上写的"一个月"不是指三十天。朔望月的周期是二十七点三天。

——据说到了月缺的第二十七天，时间的界限就会出现摇晃的现象。关于"时间的界限"意味着什么，众说纷纭。

原来不是因为郑画水。她回到首尔的时候是第二十八天。已经过了月亮所允许的时间。

无法下定论啊！所有的一切。

异彩读完全部释本，走出了特藏书库。

回家的路上她买了《谜题》。内容和以前在道河家读过的小说没有太大的区别。如果说有差异的话，那就是作为主人公——修复师变成了女人。

而且，他的小说变得更有温度。

初雪那天，他的电影上映了。预告片里的睿熙向男主角轻声诉说着爱意。在异彩的眼中，男主角莫名地和他重叠在一起。

他过得好吗？

异彩坐在工作台前，舒展了一下僵硬的肩膀。

"欲求不满吗？"

听到气呼呼的声音，异彩回过头，看见成洙双手环臂站在那儿。

"你在挑事儿？"

"还不是因为你不下班，还盯着那个看啊！"

异彩看了一眼电脑屏幕。是雨中接吻的视频。她关掉屏幕，厚脸皮地说道：

"我只是看看而已。"

"这又是什么惨兮兮的借口啊！"

"看来我是想他了吧。"

"那就去见他啊！"

"见到他后，我不知道该如何解释。他好像已经看穿了，那问题就更严重了。"

"和盘托出不就行了。'你猜得对，软玉项链是真的，我和三年后的你连接在了一起。'为什么说不出口？"

"我没有回答上来。"

"什么？"

"我爱的人是孔作家还是道河先生。"

"说什么呢。你是不是搞错了？你爱的人是孔道河。既不是孔作家，也不是阳台那边的哥哥。喜欢一个人，怎么可能把过去和未来分离开来呢？所谓的爱一个人，不是爱他的过去、现在和未来吗？也包括那个人没有选择的未来。"

"我知道。但是，还有姐姐的问题。"

成洙"啪啪"地拍着自己的胸脯，似是非常郁闷。

"你是不是傻？姐姐是那种人吗？仅仅因为暂时被关在一起，就会原谅一个绑架犯？"

"不是。"

"那你想想姐姐为什么选择和解。连一分钱都不要。"

……

她一直觉得很奇怪。虽然事情过后，她问过和解原因，但多彩只是笑笑。

"那么，像是斯德哥尔摩综合征吗？"

"不会吧，不会的。"

"对，不是。姐姐现在一进入黑暗的地方，都要先把孔柳河骂一顿。也不管胎教不胎教的了。但是，为什么选择和解呢？还不是因为你吗？因为你和孔道河。"

"……原来是这样啊！"

"知道了的话，现在赶紧跑去见他吧。都过了下班时间，还像个石头似的愣在这儿。你是要去找孔道河，还是要和我一起去喝啤酒吃炸鸡？快决定。"

"还不如变成一个小石子呢。滚着滚着，随便一停。那样的话，只要在那儿安定下来就好了。"

"别，你变成小石子的奇迹可是非常渺茫。"

"那个，奇迹不会再发生一次吗？"

"经常发生还叫奇迹吗？你还真贪心啊！"

"奇迹，如果超市里有卖的就好了。"

"别说这些没用的了，直接去见他吧。"

"没自信。我，是因为没自信。"

"你这孩子怎么变得畏首畏尾了？"

异彩长叹一口气。

"我是畏首畏尾，没错儿。我害怕捞不回本钱。"

"什么本钱？"

"现在这样不是相当于开放式结尾吗？我怕我去找他，就变成悲剧式结尾了。我可不想像罗密欧与朱丽叶一样，上演服毒的戏码。"

"那继续卖惨吧。你继续，我先走了。如果想炸鸡啤酒了，给我打电话。"

成洙摇着头，下班了。

她郁闷地拿起桌子一角的塔罗牌，洗了洗牌。这时，她才后知后觉地明白"水"象征着的是什么。道河和柳河，还有凶手郑画水。很巧，他们的名字都和"水"有关。

异彩摆好了塔罗牌，正准备翻开时，她猛地停下动作。她把卡片聚在一起，然后扔进了垃圾桶。

未来瞬息万变。所以，占卜、命运之类的毫无意义。

"还是下班吧。"

异彩登录了邮箱，把没写完的研究日志文件添加到附件里。她打算回家完成。她把文件发送到自己的账号上，然后，她打开了"写给自己的邮件箱"确认文件是否收到。

里边有一封她没有发过的邮件。

邮件的接收日期是5月27日。题目是……

——来自阳台那边。

她颤抖着点开了邮件。

没能告别，我就要走了。这是约好的彩票号码。为了让你在爸爸面前挺起腰板儿，税后凑了一百亿。

希望你能够看到这封邮件。这封邮件会消失吗？或者说你能够收到吗？如果能收到，你现在应该在笑吧？

都收了一百亿，就答应我一个请求吧。

我想进入你的世界。请你爱我，爱和你生活在同样的时间里的我，让三年后的我能够笑起来。

我,就拜托给你了。

转眼又到了五月。TOMATO公寓前的花坛里,盛开的小雏菊特别讨喜。

TOMATO公寓501号还是从前的样子。只是原来挂着异彩全家福的地方,贴着她写的信。

寂静的501号的玄关门开了,两手提满购物袋的允亨嘟嘟囔囔着进来了。

"搬家吧。这是什么怪癖啊!为什么要买连环杀人犯坠亡的房子啊!又没有投资价值。还挺瘆人的。安保也特别差。"

道河敲击着笔记本电脑的键盘,没有回头看允亨。

"你不就是讨厌没电梯嘛,哥。"

"我确实最讨厌这一点。而且,这里太狭窄了。为什么要这么凄惨呢?我又不是没按时付你版税。到底为什么啊,为什么?"

道河把文章输完以后,转过身望着他,看了一眼他手里的购物袋。

"你怎么又带了那么多东西来?"

"就是说啊!我妈她太喜欢喂养你了。"

"帮我转达谢意。"

"好呀!"

允亨整理着冰箱,也许是觉得太热了吧,他呼扇着自己的手。

"如果不搬家的话,我们买个空调吧。太热了。"

他径直走向阳台。

"你好歹也通通风啊!"

"别开。前面那栋楼正在施工。"

"施工?"

"有几天了。好像是重新装修。"

"哎,不管了。太热了,先开一会儿吧。"

允亨拉开窗帘,拉开了阳台的门。随即,他意外地看到一张熟悉的脸。

"咦?"

异彩就坐在对面阳台的茶几上。

"啊,哦。那个……"

允亨很慌张,好像怀疑自己看到了幻影。异彩用眼神向他微微致意。

"啊,哦。那个。道,道河!道河。"

允亨慌促地喊道。道河回过头来,允亨觉得他动作十分缓慢,再次说道:

"喂!快过来看看。"

"怎么了?怎么跟见了鬼似的。"

"那个,那个异彩小姐。"

"异彩小姐怎么了?"

"在阳台,在阳台。"

道河一脸诧异,向阳台挪动脚步。

风吹起窗帘,就看到对面楼上新多出了一个阳台。异彩正笑盈盈地靠在栏杆上。

"好久不见。您过得好吗?"

道河一时语塞。她为什么会出现在眼前呢?

"这个,阳台为什么……"

"我搬家来的时候,重新装修了一下。阳台离得太近了吧?好像是失误了呢。真是个天大的偶然呢!您要起诉我吗?"

"异彩小姐。"

"您知道我等您开阳台的门,等了多久吗?我们这样在阳台见面,真的很像罗密欧和朱丽叶吧?"

因惊慌失措而僵住的道河的脸这才舒展开来。见他的嘴角慵懒地上扬,异彩笑得更灿烂了。

"难不成你还要唱个小夜曲吗?"

"您喜欢那种东西吗?如果您喜欢,我会准备的。"

"但是,你为什么把阳台弄成这个样子?"

这么一来，这个距离真的是可以越过去。

"为了让您越过来。"

"这里是五楼。"

"如果这都能越过来的话，应该没有其他越不过的坎儿了吧？"

不知从哪儿吹来的一阵风，把两个人拥入怀中，又款款飘走。

异彩对他，还有未来的他说道：

"我爱你。"

希望这句话能够穿越时间，也传到他的耳边。

阳台上的相遇，现在又重新开始了。这次不要按捺自己的心意，毫不隐瞒、酣畅淋漓地去爱他吧！

突如其来的表白让道河红透了脸。藏在后边偷听的允亨的表情也没什么太大的不同。

允亨先回过神来。他蹑手蹑脚地后退着，留下一句简短的"我走了"，就逃也似的离开了。

只剩道河愣在那里。她出现在对面的阳台就很奇怪了，还突如其来说了"我爱你"。

"我们一年没见了。"

她嘻嘻笑着，扯些有的没的。

"天气真好，是吧？"

"好像要下雨了……"

道河话音刚落，雨就像断了线的珠子，开始不断往下落。

"嗯，那雨停了，再见吧。"

"什么？"

"雨停了再见。"

我们，在阳台见吧！

作者后记

某一天，我在阳台晾衣服的时候，看到了窗外。我呆呆地看着对面的公寓，突然有种凄凉的感觉。每天司空见惯又枯燥乏味的空间里，如果能够发生一些"梦幻"的事情就好了。因此，我开始创作《阳台见》。

首先，有件事情需要坦白。故事中反复出现的魔幻空间"月池"，其实不是"阳台"，而应是"露台"的结构。但是，"我们在露台见吧"多少有些疏离不是吗？"我们在晾台见吧"也不太合适。所以，就成了"阳台"。

愿大家海涵。

《阳台见》是关于"相遇"的故事。这一题材扭曲了时空，虽然故事走向是关于机会，但最终讲的还是"相遇"。

仔细一想，迄今为止我都是一个人在写小说。但在筹备《阳台见》的过程中，拥有了很多"相遇"。这些"相遇"引导着我创作了现在的故事。在此，谨向提供帮助，使这个故事变得更完美的各位致以感谢。

也祝愿垂青这本不足之作的读者们，拥有足以改变命运的特殊又美好的相遇。

樱花盛开的季节里
金柱希